쉽게 쓴

쉽게 쓴
문학의 이해

황 정 산

한국문화사

머리말

문학에 대해서는 흔히 근거 없는 환상과 폄하가 동시에 존재한다. 문학이 현실에서는 채울 수 없는 지극히 아름다운 낭만적 꿈을 선사해 줄 수 있을 뿐 아니라 가장 지고지순한 가치의 전달자라고 생각하는 것이 환상에 속한다면, 문학을 한갓 여유 있는 자들의 여기에 불과한 것으로 아니면 위안의 수단 정도로 여기는 생각들이 폄하에 해당한다. 그런데 이러한 환상과 폄하는 문학에 대한 오해에서부터 비롯한다. 그리고 오해는 거리에서 기인한다. 문학은 나와는 상관없는 것이고 문학을 하는 사람들은 나와 전혀 다른 세계의 사람들이라는 생각이 문학에 대한 편견을 만들어 낸다.

이 책은 이러한 편견을 넘어서서 문학에 대한 올바른 이해와 접근을 돕기 위해 쓰여졌다. 그런 이유로 이 책은 문학에 대한 전문적인 개념이나 이론적인 논의들을 깊이 있게 다루기보다는 우리의 삶과 문학을 연관짓고 시나 소설 작품을 자기의 것으로 향유할 수 있는 능력을 길러주는 데 초점을 맞추었다. 그러므로 문학을 전공하거나 문학과 관계된 일을 직업으로 하는 사람들에게 이 책은 별 소용없는 책일지 모른다. 이제 문학에 입문해 보려는 어린 학생들이나, 문학을 좋아하고 문학에 관심을 가지고는 있지만 문학을 제대로 공부해보지 못한 사람들을 대상으로, '교양으로서의 문학'을 설명하기 위한 문학

입문서로 이 책은 쓰였다. 그래서 『문학개론』이라는 일반적인 문학 개설서의 형태를 탈피하려고 노력했다. 문학에 대한 현란한 수많은 지식들, 그래서 문학에 접근하는 데 오히려 장애가 되는 그런 지식들을 과감히 삭제하고 문학을 이해하고 감상할 수 있는 문학적 감수성을 기르기는 데 필요한 기본적 개념만을 중점적으로 설명했다.

필자는 수년간 대학과 사회교육 기관에서 비문학전공 대학생과 일반인을 상대로 「문학의 이해」라는 교양과목을 가르쳤다. 이 책은 그 강의들을 토대로 해서 쓰여졌다. 나는, 문학을 깊이 있게 전문적으로 공부해보지 못한 그들에게서, 문학에 대해 다른 어떤 책에서보다 더 많은 것을 배웠다. 이 책을 그들과 앞으로 내 강의를 듣게 될 또 다른 그들에게 바친다.

2000년 9월 황 정 산

쉽게 쓴 문학의 이해

차 례

제 1 장   문학이란 무엇인가?

1. 언어의 특별한 사용으로서의 문학

문학이란 무엇인가?

이러한 질문은 사실 문학에 대한 여러 분야의 공부를 끝내고 나서야 대답할 수 있는 성격의 것인지 모른다. 문학의 여러 측면 장르라든가 경향이라든가 이런 것들을 다 배운 후에야 문학이란 무엇인가에 대해 이해할 수 있고 또 대답할 수 있는 것이기도 하다. 때문에 '문학이란 무엇인가?'라는 단원은 이 책의 말미에 와야 타당하다고 말할 수도 있다. 그러나 문학을 공부하거나 문학에 관심을 갖기 위해서는 문학이란 무엇인가라는 그야말로 이 초보적인 질문부터 시작하지 않을 수 없다. 또 어쩌면 이런 유치한 질문과 대답을 통해 얼마간 신비화되고 경직화된, 문학에 대한 기존의 관념의 껍질을 깨고 문학의 속살에 다가갈 수 있는 일말의 가능성이 생길 수 있을 것 같기도 하다.

'문학이란 무엇인가?'라는 초보적인 질문에 아주 범박한 그러나 분명한 대답은 문학이란 '언어의 예술이다'라는 설명이다. 문학은 분명 예술이고(그러나 꼭 그렇다고는 말할 수 없다. 사실 문학이 예술이라는 생각은 근대에 와서 생긴 관념이다. 과거에는 주술이기도 했고 때로 종교적 교리, 또한 도덕이나 학문이기도 했다.) 또한 언어를 재료로 하고 있다는 것은 자명하다. 그러나 이러한 정의는 사실 별 의미가 없다. '언어란 무엇인가?', '예술이란 무엇인가?'라는 끊임없이 이어지는 질문들에 다시 대답하지 않는 한 텅 빈 설명에 불과하기 때문이다. 하지만 또 이 말만큼 문학에 대한 정확한 정의도 없다. 이 대답으로부터 문학에 대한 이해를 시작해보도록 하자.

문학이 언어를 사용한다는 사실은 더 이상 설명이 필요 없다. 그런데 일단 문학을 알기 위해서는 언어가 무엇인가를 간략하게나마 이해할 필요가 있다. 언어란 사물을 지시하는 기호라는 것이 일반적인 생각이다. 사물이 존재하고 그것을 대신해서 표현하기 위해 언어가 존재한다는 생각이다. 그래서 언어는 사물을 표현하는 투명한 존재이고 또 그렇게 되어야만 올바른 언어라는 생각도 역시 일반적이다. 마치 숫자처럼 언어는 명확한 어떤 것을 표현해야 바람직하다는 것이다. 그러나 과연 그럴까?

존재하는 사물을 대신 표현하는 것이 언어일까? 사실 그렇다면 언어는 필요 없다. 사물을 가지고 표현하면 되기 때문이다. 나무를 말하고 싶으면 나무를 가리키면 되고 물을 표현하고 싶으면 흐르는 물을 손으로 퍼담아서 상대방 얼굴에 냅다 끼얹으면 될 것이다.

반대로 언어는 있는 사물을 표현하기보다는 없는 사물을 표현하는 것이다. 원시인들이 불이라는 말이 필요했던 것은 타오르는 산불을 보고 놀람을 표현하기 위해서이기보다는 불이 필요한데 불이 없어서였을 것이다. 언어는 없는 것을 표현하기 위해 필요하다. 때문에 언어는 환기적·마술적 성격을 가지고 있다.

이러한 언어의 성격을 프로이드는 다음의 예를 들어 설명한다. 프로이드는 어느 날 자기 손자가 실패를 가지고 장난을 하고 있는 모습을 보았다고 한다. 손자가 실패를 가지고 놀면서 실패가 멀리갈 때 '포르(fort)', 가까이 올 때는 '다(da)'라고 혼자 말하는 것이었다. 프로이드는 이것을 보고 손자의 이 실패 놀이는 자기 어머니가 가고 없다가 다시 나타나는 것을 표현하는 것이라고 설명한다. '갔네', '오네' 이것을 표현하는 말과 동작이라는 것이다. 이것을 통해 어린이는 어머니의 부재라는 참을 수 없는 상황을 견딜 수 있는 것으로 바꾸어 나가고 있다고 한다. 이렇듯 말이라는 것은 부재하는 인간의 욕망을 대신해서 그것을 견딜 수 있게 만들어 주는 것이다.

바로 이러한 언어의 특성이 가장 잘 살아있는 것이 문학에서의 언어일 것이다. 문학은 이러한 언어의 효과처럼 부재하는 욕망을 표현하는 것이라고 할 수 있다. 문학이 언어의 예술이라고 말할 때는 바로 이러한 특성을 지칭하고 있다고도 할 수 있다. 김소월의 시 금잔디를 생각해보자.

> 잔디
> 잔디
> 금잔디
> 심심산천에 붙은 불은
> 가신 님 무덤가에
> 핀 금잔디

이 시에서 쓰여진 금잔디를 주목해보자. 금잔디가 있다는 사실, 금잔디가 아름답게 피어있다는 사실을 설명하기 위해 이 시를 쓴 것은 아닐 것이다. 이 시에서 금잔디는 현실에 존재하는 금잔디를 지시하기 위한 것이 아니라 바로 가고 없는 부재하는 님에 대한 사랑과 욕망의 표현이다. 이처럼 없는 것을 있게 하고 있어야 할 것을 강력하게 환기하는 이러한 언어의 마술적·환기적 성격이 가장 잘 살아있는 것이 바로 문학의 언어이다.

이렇듯 문학의 언어는 있는 것을 그대로 보여주고 설명하는 것이 아니다. 그것은 과학의 언어일 것이다. 있는 사물의 모습을 보여주고

설명하면 그것은 자연과학의 언어이고, 사회의 모습을 보여주고 그
것을 설명하면 사회과학의 언어이다. 문학의 언어는 이러한 것들과
차원을 달리한다. 있어야 할 것 그러나 없는 것, 작가나 시인이 느끼
기에 있었으면 좋을 것을 만들어 나가는 것이 문학의 언어라고 할
수 있다. 그렇기 때문에 진정한 문학은 항상 현실에 대항적인 성격
을 갖는다. 지금의 현실을 넘어서는 더 나은 현실을 꿈꾸고, 지금의
현실에서 실현되지 못하고 있는 좀더 바람직한 가치를 열망하고 추
구해 가는 정신이 바로 문학의 정신이라 할 수 있는데 이는 바로 문
학의 언어가 가진 특성에서부터 기인하는 것이기도 하다.

　문학이 언어를 사용한 예술이지만 문학의 언어는 일상의 언어 또
는 과학의 언어와는 쓰임새의 차이가 있다. 언어의 일반적인 사용과
차별성을 갖는 '언어의 특수한 사용'이 문학이라고 말할 수 있다. 이
를 좀더 명확히 설명하기 위해서 말의 쓰임새를 '과학적 사용'과 '문
학적 사용'이라는 두 개념으로 나누어 볼 수 있다. 이는 말의 사용의
두 극단이라 할 수 있다. 많은 일상적 언어들은 이 둘 사이에 존재하
고 있다. 과학적 사용의 최극단에 가장 근접한 것은 바로 수학 공식
일 것이다. 이처럼 말이 단 하나의 정확한 의미만을 지시하는 철저
히 투명한 언어가 바로 과학적 사용이다. 이때 말은 사물을 지시하
는 기호이고 사물과 언어는 일대일의 대응관계를 갖는다. 이러한 말
의 사용을 지시적 용법(denotation), 말의 외연이라고 한다. 이를테면
'국화'라고 했을 때, "국화과에 딸린 관상용으로 심는 다년생의 풀"이
라는 사전적 정의는 바로 말의 지시적(표시적) 용법에 의한 것이다.
이때 국화의 의미는 국화라는 말의 외연을 지칭하게 된다. 그런데
말은 이렇게만 쓰지는 않는다. 서정주가 「국화 옆에서」라는 시에서

머언 먼 젊은의 뒤안길에서
인제는 돌아와 거울 앞에 선
내 누님같이 생긴 꽃이여

라고 말했을 때 국화꽃이라는 말의 의미는 이런 지시적 의미 이상이 된다. 젊었을 때의 정열을 다스리고 성숙한 아름다움을 보여주는 중년 여인의 품위 있는 모습이 주는 아름다움을 국화에서 서정주는 발견한 것이다. 이때 국화의 의미는 이러한 의미를 내포하게 된다. 이런 것을 말의 내연 또는 내포적 의미, 또는 함축적 의미(denotation)라 한다.

이런 내포적 의미는 꼭 문학의 언어에만 존재하는 것은 아니다. 일상어에서도 흔히 발견할 수 있다. 예를 들어 '이슬'이라 했을 때 지시적 의미로는 '이른 아침 공기 중의 습기가 차가운 물체에 부딪쳐 맺히는 물방울'이라고 정의할 수 있다. '이슬에 옷이 젖는다'고 했을 때는 바로 이러한 의미로 쓴 말일 것이다. 그러나 이슬은 이러한 의미만으로 쓰이지는 않는다. 쓰이는 맥락에 따라 여러 가지 다른 의미를 가질 수 있다. "이슬처럼 사라져간 인생"이라고 했을 때, 이슬은 '덧없다'는 의미를 갖게 되고, '영롱함'이나 '반짝이는 것'을 나타내는 의미를 갖기도 하고 경우에 따라서는 이슬은 '슬픔'의 의미를 갖기도 한다. 이슬이 눈물을 연상하기 때문이다. 한 단어에 포함되어 있는 이러한 다양한 의미를 내포적 의미라고 한다.

그런데 이러한 내포적 의미는 왜 생겨날까? 첫째로는, 개인적 경험의 차이 때문에 생겨난다. 각자가 어떤 경험을 가지고 있느냐에 따라 한 단어에서 연상되는 의미가 다를 수 있다. 예를 들어 어릴 때 자기 집에 불이 난 경험이 있는 사람은 불이라는 단어에서 공포를 떠올릴 것이다. 그러나 어린 시절 대보름날 쥐불놀이를 즐겁게 했던 기억이 있는 사람이나 불꽃놀이의 아름다움을 기억하고 있는 사람에게 불은 '즐거움', '축제', '화사함' 등의 의미를 갖게 될 것이다. 문학은 특히 이런 개인적인 내포적 의미에 의존하는 바가 상당히 크다고 할 수 있다.

둘째는, 사회적·시대적 환경의 차이에 따라 생기는 의미의 차이이다. 똑같은 단어이지만 사회적, 시대적 환경에 따라 거기에 부여되는 의미가 다를 수 있다. 예를 들어 '햄버거'라는 말을 생각해 보자. 똑 같이 간편한 먹을거리를 뜻하는 말이지만 미국과 우리 나라에서 전혀 다른 의미를 가진다. 미국 사람에게 햄버거는 값싼 식사 대용물 정도의 의미를 갖겠지만 우리 나라에서는 김밥이나 떡볶이 들과는 다른 좀더 세련된 패스트푸드라는 의미를 가진다. 이는 빠른 속도로 서구화가 진행되고 있는 우리 사회의 독특한 문화적 환경에서부터 나온 내포적 의미라고 할 수 있다.

세 번째는 원형적 의미, 즉 집단 무의식에서부터 기인하는 내포적 의미를 들 수 있다. 이는 사람이면 누구나 가지는 인류의 보편적이고 공통적인 심상에서 나온 의미로 인간의 존재 조건 자체가 만들어 낸 의미라고도 할 수 있다. 예를 들어 꽃을 생각해 보자. 개인에 따라 다를 수 있기는 하지만 그러나 누구에게도 꽃은 어떤 특별한 것이라는 의미를 갖는다. 그래서 특별한 일이 있을 때 꽃을 선물하고, 특별한 경험에 꽃과 함께 한다. 항상 푸른 자연에서 꽃이 피는 것은 특별한 어느 한 순간의 일이기 때문이다. 그렇기 때문에 초록색은 안정을 느끼게 하고 빨간색은 흥분을 느끼게 한다. 빨간색은 특별한 경험과 연결되기 때문이다. 이런 점에서 피나 불도 마찬가지이다. 피나 불 모두 항상 특별한 인간의 경험과 결부되어 있다. 전쟁이거나 사고이거나 아니면 화려한 축제와 함께 하는 것들이다. 그래서 이 세 가지는 항상 서로 통하는 의미를 가지고 있다. 이러한 의미를 특히 원형적 심상이라고 하는데 문학의 언어에서는 아주 중요한 의미의 원천이다.

하여간 이런 식의 내포적 언어의 사용이 두드러지는 것이 바로 문학적 언어이다. 왜 그런데 이런 식으로 말을 사용해야 하는 걸까? 아주 간단히 말하자면 그것은 '낯설게 하기' 위해서이다. 말의 일상적 사용, 지시적 사용을 낯설게 해서 새로운 의미를 만들어 내기 위해서라고 할 수 있다. 기존의 관념과 질서, 상투적 사고에 묻힌 우리의 의식을 깨워서 그것을 넘어서 새로운 것을 지향하게 만드는 것이다.

그렇기 때문에 앞서도 지적했지만 항상 진지한 문학은 저항적이고 현실 부정적이다. 또한 그렇기 때문에 플로베르의 「보봐리 부인」이 그랬듯이, 그 시대의 지배적인 가치관이나 사회의 권력들이 좋아하지 않는 것이 바로 문학이기도 하다. 과거 정치권력들이 고은이나 김지하 같은 많은 문인을 구속한 것은 이 같은 맥락에서라고 이해할 수 있다.

다시 한번 강조하자면 문학은 새로운 언어이다. 그렇기 때문에 그것은 새로운 세상을 지향한다. 또한 그렇기 때문에 문학은 곧 자유이다. 그런데 이러한 자유에의 지향을 우리 모두는 누구나 가지고 있다. 일상생활 속에서 개미처럼 묵묵히 살면서 이것이 아닌데 여기서 벗어나야 하는데 하는 생각을 모두가 가지며 살고 있다고 해도 결코 틀린 말은 아닐 것이다. 얼마 전 우리 사회를 떠들썩하게 했던 탈주범 신창원에게 많은 사람들이 열광한 것도 사실 따지고 보면 이런 자유에 대한 갈망 때문일 것이다. 그의 인간성 때문이거나 얼굴이 잘 생겨서가 아니라 사회의 구속에서 벗어나 끊임없이 자유를 찾아 탈주하는 모습에서 대리만족을 느꼈던 것이다. 문학이 추구하는 것도 바로 이런 자유이다. 기존의 언어를 넘어선 새로운 언어를 만들어내서 기존의 가치관 질서, 통념 이런 것을 거부하고 새로운 세상을 지향해나가는 것, 그것이 바로 문학의 언어라 할 수 있다

내포적 의미를 충분히 활용하여 언어를 낯설게 하고 세상을 낯설게 하여 새로움을 추구해 가는 문학 언어의 특성을 좀더 구체적으로 이해하기 위해 다음 시를 읽어보자.

> 꽃이
> 피는 건 힘들어도
> 지는 건 잠깐이더군
> 골고루 쳐다볼 틈 없이
> 님 한번 생각할 틈 없이
> 아주 잠깐이더군
>
> 그대가 처음
> 내 속에 피어날 때처럼
> 잊는 것 또한 그렇게
> 순간이면 좋겠네
>
> 멀리서 웃는 그대여
> 산 넘어 가는 그대여
>
> 꽃이
> 지는 건 쉬워도
> 잊는 건 한참이더군
> 영영 한참이더군
>
> — 「선운사에서」(최영미)

대부분의 사람들은 시를 읽을 때 시의 의미에 매달린다. 시와 시

인에 관련된 배경 지식을 알아내서 거기에서 의미를 끌어내어 주제를 찾고 그것을 바탕으로 뭔가 의미 있는 교훈을 얻으려고 한다. 아마 중고등학교 때 시험 공부하던 버릇 때문일 것이다. 시를 제대로 이해하기 위해서는 이런 태도부터 버려야 한다. 그냥 가슴으로 시를 읽고 시의 느낌을 느껴보는 것이 중요하다. 시에서 쓰여진 말의 느낌, 그 말을 하는 시인의 태도, 그 말들이 주는 이미지를 그대로 느껴보는 것으로 시 읽기를 시작하는 것이 무엇보다 필요하다.

이 시를 이렇게 읽었을 때 느껴지는 것은 무엇일까? '회한'이라는 말로 묶여질 수 있는 다양한 감정들이 느껴질 것 같다. 지나간 사랑에 대한 미련. 헤어진 연인에 대한 섭섭함. 가버린 청춘에 대해 떨쳐버릴 수 없는 아득한 그리움, 이런 것들이 느껴질 것이다. 그런데 무엇 때문에 시인은 이런 것들로 인해 이다지 가슴 아파 하는 것일까?

먼저 이 시를 연애시로 이해하면서 사랑 때문이라고 생각할 수 있다. 이런 해석이 전혀 잘못된 것은 아니다. 이렇게 보았을 때, 이 시에서 시인은 아름다웠던 사랑의 추억을 꽃으로 표현하고 있다. 그러나 그 사랑은 지금 떠나고 없고 그것을 잊으려고 하지만 '영영 한참'이라고 말하는 것처럼 쉽게 지워지지 않는 가슴 속 상처의 흔적으로 남아 있는 것이다. 사랑이 사라지고 깨지는 것은 순간이지만 그것을 지우는 것은 너무나 많은 감정적인 소모를 겪어야 함을 이 시는 말하고 있다.

그런데 이 시에서 사랑이라는 말이 단 한군데도 나오지는 않지만 이렇게 사랑의 감정을 읊은 시로 이해할 수 있는 것은 이 시의 주요한 소재인 '꽃'이라는 단어가 가진 내포적 의미 때문이다. 바로 이 시는 이러한 꽃의 내포적 의미를 이용하여 새로운 시어를 만들고 그것을 통해 자신의 정서를 표현한 것이다. 꽃이라는 단어에서 연상되는

'어떤 특별한 것'이라는 의미 또 꽃의 빨간색이 의미하는 정열, 또 사랑을 통해 얻게 되는 아픔과 피의 붉은 색. 이 모든 의미가 합성되면서 앞서 설명한 이 시의 정서를 형성하고 있다. 특히 2연의 '그대가 처음/내 속에 피어날 때처럼/'이라는 구절은 꽃이라는 단어를 통해 사랑에서 느낄 수 있는 구체적 감각을 아주 잘 표현하고 있다. 아름다움 사랑의 감정이 자신의 마음속에 피어나는 것을 말하기도 하고, 첫 경험의 충격을 또 그렇게 표현한 것이기도 하다. 어느 것이거나 사랑이 자신의 신체나 감각에 미치는 순간적이지만 진한 충만감을 표현한 것일 것이다.

물론 이렇게 이 시를 읽어도 사랑에 감춰진 진실을 진지한 자신의 감정으로 잘 표현한 잘 된 시라고 할 수 있다. 그러나 이러한 사랑시는 얼마든지 있고 따지고 보면 이 시와 같은 사랑의 정서는 그 깊이와 표현에서 김소월의 「진달래꽃」에도 크게 미치지 못한다고 할 수 있다.

좀더 다른 차원에서도 이 시를 생각해 볼 수 있다. 일단 '선운사'라는 시의 제목부터 주목해 보아야 할 것이다. 선운사 하면 무엇이 생각날까? 누구나 먼저 동백꽃을 떠올릴 것이다. 그리고 나서 흔히 다음과 같은 생각들을 한다. "동백꽃의 꽃말이 무엇이지? 거기에 이 시를 해석할 중요한 단서가 있지 않을까?" 아니면 "동백꽃에 얽힌 고사가 무엇일까?" 그것도 아니면 "혹시 선운사의 창건설화가 있지 않을까?" 하는 생각들이다. 이러한 생각들이 사실 우리로 하여금 제대로 된 자연스러운 시의 감상을 가로막는다. 중고등학교 때부터 버릇이 되어온 시험 문제로 시를 대하는 태도에서 기인한 것이다.

이 시를 좀더 잘 이해하기 위해서는 이 시의 제목인 '선운사'라는 절 이름의 내포적 의미를 생각해보는 것이 중요하다. 왜 선운사의

동백꽃을 보고 시인은 이런 느낌을 가졌을까? 선운사는 시인에게 무
엇이었으며 또 독자들은 선운사라는 단어로부터 어떤 정서를 느끼는
것일까? 그리고 이런 것들이 만들어 내는 선운사의 내포적 의미는
무엇일까? 이런 의문으로부터 시 읽기를 시작해보는 것이 필요하다.
선운사는 서정주의 시로 유명하고, 또 그것을 소재로 한 송창식의
노래로도 유명하다. 요즘 대학생들은 들어보지도 읽어보지도 못했을
지 모르지만 70년대나 80년대 초에 대학을 다닌 사람에게 이 시와
노래가 가진 아련한 정서와 함께 선운사는 가보고 싶은 어떤 꿈의
장소로 생각되어진 곳이기도 하다.

　사랑하는 연인들이 가고 싶은 곳이 춘천이라면 혼자서 아니면 친
한 동성 친구와 함께 무엇인가 새로운 경험을 하고 그것을 통해 새
로운 마음 자세를 가지고 싶을 때 가고 싶은 곳이 바로 선운사다. 아
니면 찌들은 일상에서 자신을 묶고 있는 모든 구속들로부터 벗어나
고 싶을 때 찾고 싶은 곳이기도 하다. 항상 동백꽃이 피는 2월이나 3
월이 오면 많은 사람들이 모든 일을 다 팽개치고 선운사 동백이나
보러가야지 하고 생각하곤 했다. 동백꽃의 아름다움을 감상하고 근
처에서 산채비빔밥에 동동주나 마시고 오면 인생의 의미가 달라질
것 같은 생각들을 가졌다.

　이렇듯 이 시를 쓴 최영미나 그 동시대 사람들에게 선운사는 뭔가
의미 있는 경험, 혹은 일상을 벗어난 어떤 새로움을 의미하는 장소
이다. 그럼, 이런 의미를 갖는 선운사의 동백이란 무엇일까? 역시 내
포적 의미로 생각해보면 그것은 권태로운 일상과 삶의 나태함, 현실
의 삶이 주는 억압, 이런 것들을 돌파하고 넘어서고자 하는 정열의
표현이다.

　그러한 정열은, 특히 이른바 '모래시계세대'라고 불리는 80년대에

대학교를 다녔던 사람들에게는 대부분이 가슴속에 품고 있었던 사회변혁과 민주화에 대한 열망으로 표출되었다. 그런데 80년대에 이러한 정열을 품고 학생운동에 뛰어든다는 것은 지금과는 너무나 다른 것이었다. 가벼움의 추구가 미덕이 된 지금의 분위기와는 너무나 달리 그때는 모두가 민중과 민족을 등에 업고 대단한 일을 한다는 역사적 사명감에 차 있었다. 또 그만큼 대단한 인생의 결단을 필요로 하는 것이기도 했다. 학생운동에 관심을 가지고 거기에 뛰어든다는 것은 다른 모든 것을 포기하는 것이었다. 학생으로서의 기득권이나, 졸업하고 좋은 데 취직해서 편안하게 살 수 있다는 보장된 미래를 포기하고 때로는 그 당시 '현장'이라고 불리던 공장에서 또는 감옥에서 가혹한 삶을 선택해야 하는 그런 것이었다.

아무튼 팍팍한 일상의 삶을 벗어나 도달하고 싶은 이상향으로서의 선운사와 그곳의 정수, 동백꽃은 억압적인 독재권력이 지배하던 사회현실로부터 벗어나 보다 바람직한 사회를 만들어나가려 했던 젊음의 혁명적 정열을 떠올려 주는 그런 문화적 기호라고 할 수 있다. 이 시가 한 개인의 넋두리에 머물지 않고 많은 사람의 가슴을 저미는 시가 될 수 있는 것은 이 시에 공감할 수 있는 독자들이 공통으로 가지고 있는 선운사의 내포적 의미 때문이다. 이 시를 쓴 시인은 자신이 가진 선운사에 대한 느낌 그리고 선운사라는 절 이름이 가지는 당시의 문화적 시대적인 맥락을 잘 활용하여 그런 효과를 얻게 된 것이다.

그런데 그러한 혁명적 정열이 어떻게 되었을까? 깨져버린 사랑처럼 미련만 남기고 사라지고 없어져 버렸다. 왜 그랬을까? 시인이 나이든 탓도 있겠지만 더욱 중요하게는 시대가 변했기 때문이다. 90년대 들어 사회주의가 급격히 몰락하면서 모든 변혁운동이나 혁명적 움직임도 따라서 급격히 몰락하게 된다. 과거 자신이 투신했던 정열적인 운동이 이제는 아무런 의미도, 또한 현실에서 아무런 힘도 가지고 있지 못하다는 생각을 가질 수밖에 없게 된 것이다. 모든 젊음과 희망을 다 바쳐서 투신했던 어떤 것이 감쪽같이 사라져버릴 때 느끼게 되는 상실감이란 얼마나 클 것인가? 또 그것을 잊기란 얼마나 힘들 것인가? 자신의 인생이 모든 것이 다 빠져나가 버린 빈 껍데기가 되어버린 것 같은 허무함을 느끼게 될 것이다. 이 시에서 우리가 느낄 수 있는 정서는 바로 이런 것이다. 그리고 그것은 '선운사'라는 말이 가지고 있는 내포적 의미에 크게 기대고 있다.

<연습문제>

---

* 다음의 시를 읽고 아래의 질문에 대해 생각해 보자.

메밀묵이 먹고 싶다.
그 싱겁고 구수하고
못나고도 소박하게 점잖은
촌 잔칫날 팔모상에 올라
새 사돈을 대접하는 것.
그것은 저믄 봄날 해질 무렵에
허전한 마음이
마음을 달래는
쓸쓸한 식욕이 꿈꾸는 음식.
또한 인생의 참뜻을 짐작한 자의
너그럽고 넉넉한
눈물이 갈구하는 쓸쓸한 식성.
아버지와 아들이 겸상을 하고
산나물을
곁들여 놓고
어수룩한 산기슭의 허술한 물방아처럼
슬금슬금 세상 얘기를 하며
먹는 음식.
그리고 마디가 굵은 사투리로
은은하게 서로 사랑하며 어여삐 여기며
그렇게 이웃끼리
이 세상을 건느고
저승을 갈 때
보이소 아는 양반 앙인기요
서로 불러 길을 가며 쉬며 그 마지막 주막에서
걸걸한 막걸리 잔을 나눌 때
절로 젓가락이 가는
쓸쓸한 음식.

(「적막한 식욕」, 박목월)

1) 이 시에 등장하는 음식들의 특성을 지적하고 여기에서 연상되는
   내포적 의미를 생각해 보자.

2) '적막한 식욕'이나 '쓸쓸한 음식'이라는 표현에서처럼 식욕이 쓸쓸
   하고 적막한 이유에 대해서 여러 각도로 생각해 보자.

2. 현실의 모방으로서 문학

　문학이 무엇인가를 좀더 생각해보기 위해 우리의 실제적인 경험에 서부터 시작해보자. 우리가 소설을 읽는 이유가 뭘까? 가장 먼저 떠 오르는 것은 재미있기 때문이라는 대답이다. 궁금증을 자아내는 사 건과 거기에서 만들어지는 운명의 아슬아슬한 엇갈림 같은 것을 소 설책에서 접하고 보면 우리도 모르는 사이에 소설에 등장하는 주인 공들의 삶 속에 빠져 들어가게 되는 재미를 느끼게 된다.

　그러나 이러한 재미로만 소설을 설명할 수 없다. 재미로 따지면 소설보다는 헐리우드 영화나 만화를 보거나, 컴퓨터 게임이나 PC통 신으로 채팅하는 것이 훨씬 재미있을지 모른다. 소설을 읽더라도 무 협지나 탐정소설 등이 훨씬 더 자극적인 재미를 줄 것이다. 그러나 진지하게 소설을 읽는 것에는 이러한 것과는 구별되는 또 다른 차원 이 있다. 그것은 단순히 재미라는 말로만은 설명할 수 없는 특별한 어떤 것이 있다.

　우리가 소설을 읽고 또 거기에 매료되는 것은 단순한 재미를 떠나 그것을 통해 세상을 알게 되기 때문이다. 다른 사람의 인생은 어떤 것인가, 우리가 사는 사회는 어떤 모습인가, 그것의 문제는 무엇인 가, 이런 것들에 대한 관심이 우리로 하여금 소설을 읽게 만들고 소 설에 빠져들게 만든다. 이렇게 문학이 우리의 삶이나 현실에 대한 관심을 충족시켜줄 수 있는 것은 문학이 우리의 삶의 모습이나, 우리가 사는 사회의 모습을 그려서 보여주기 때문이다. 다시 말해 문학은 사회나 현실을 모방한다.

'문학은 현실의 모방이다'라고 정의하고 모방으로서의 문학을 말하는 것은 아주 오래 전부터 있어왔지만 그것을 어떻게 말하느냐에 따라서는 여러 다른 학설과 입장이 있다.

먼저 플라톤과 아리스토텔레스의 모방론을 들 수 있다. 이 둘은 모두 문학은 현실의 모방이라고 생각했다. 그러나 플라톤과 아리스토텔레스 두 사람의 문학에 대한 생각은 전혀 달랐다. 플라톤은 문학이 현실의 모방이기 때문에 그것은 저급한 것, 진리와는 거리가 먼 것이라고 생각했다. 진리는 현상이 아닌 이데아의 세계에 있기 때문이다. 현상은 단지 영원불변의 진리인 이데아의 반영일 뿐이다. 그런데 문학이나 예술은 이러한 현상을 다시 모방하는 것이기에 이데아로부터 두 단계나 떨어져 있는 그야말로 불완전하고, 진리하고는 거리가 먼 것이라고 생각했다. 이러한 생각을 구체적으로 알기 쉽게 설명해주는 '세 개의 침대'라는 플라톤의 예시가 있다. 플라톤에 따르면 세상에는 세 가지의 침대가 있다고 한다. 하나는 신이 만든 침대, 즉 이데아로서 또는 이상으로서의 침대이다. 가장 완벽한 균형과 예술적인 장식을 가진 것은 말할 것도 없고, 가장 편안하고 단단하기까지 한 완벽한 상상 속의 침대가 첫 번째 침대일 것이다. 두 번째는 목수가 만든 침대, 즉 현실에 존재하는 침대이다. 이 침대는 아무리 능숙한 목수가 만들었다고 하더라도 앞서 설명한 침대에는 미치지 못할 것이다. 어딘가 약점을 가지고 있고 또 시간이 지나면 낡고 삐걱거려 쓸모 없는 침대가 되어버릴 불완전한 침대일 것이다. 마지막으로 예술로 표현된 침대, 즉 화가나 시인이 묘사한 침대이다. 이는 불완전한 두 번째의 침대를 더욱 불완전하게 모방할 뿐이므로 가치가 없는 것이라는 것이 플라톤의 주장이다. 때문에 플라톤은 자신이 꿈꿔온 이상국가에서는 시인을 추방해야 한다는 시인추방론을 제기했다.

그러나 아리스토텔레스는 개연성이라는 용어를 통해 문학이나 예술을 옹호했다. 문학은 현실의 모방이지만 있어야할 현실, 있을법한 현실을 모방한다는 것이다. 때문에 현상의 불완전한 모방이 아니라 보편성이나 진리로 나아가는 계기를 보여주는 것이라고 주장한다. 그에 따르면 문학은 자연의 모방이고 사회의 모방이지만 그것들을 있는 그대로 제시하는 것이 아니라 보완하면서 모방한다. 즉 보다 아름다운 보다 완전한 자연을 제시하고자 한다는 것이다. 때문에 문학은 진리에 다가가는 중요한 수단이 될 수 있다고 아리스토텔레스는 생각했다.

구조주의에서는 현실의 모방으로서의 문학을 다른 방식으로 설명한다. 그들에 따르면 문학의 구조가 사회의 구조를 모방한다는 것이다. 그런데 구조주의자들은 모방이라는 말 대신 반영이라는 말을 사용한다. 그래서 모방론이 아니라 반영론이라고 말해진다. 그런데 문학의 구조가 현실의 구조를 반영한다는 말은 무슨 말일까?

한 예로 우리의 고전소설 춘향전을 생각해 보자. 이 소설의 기본 골격을 이루고 있는 것은 누구나 다 알고 있듯이 남녀간의 사랑이다. 그리고 그 사랑을 유지하고 꽃피게 하는 것은 어떤 시련에서도 굴하지 않는 춘향이라는 고결한 한 여자의 정절이다. 그런데 이러한 정절은 충과 효와 함께 조선이라는 봉건시대 사회의 근간을 형성하는 기본 덕목이며 가치관이다. 이렇게 보았을 때 이 작품은 그야말로 봉건적 가치관에 충실한 작품이라고 할 수 있다. 하지만 이것만이 춘향전의 다는 아니다. 춘향전이 단순히 이런 내용만을 가지고 있었다면 아직까지 많은 사람들에게 얘기되고 또 여러 차례 영화로 만들어지기까지 하는 이른바 명작의 반열에 들지는 못했을 것이다. 춘향전의 사랑은 여자에게 정절을 강요하고 그것을 사랑이란 이름으로 분식하는 그런 사랑이 아니라 또 다른 중요한 사랑의 모습을 보여준다. 그것은 계급을 초월한 사랑이다. 사랑을 통해 계급을 넘어서고 진정한 인간간의 소통을 이룰 수 있다는 것을 춘향전은 우리에게 보여주고 있다. 사랑이 계급적인 신분질서보다 본질적이고 더 가치 있는 것임을 말하고 있는 것이다. 그런 점에서 춘향전은 봉건적 가치관을 정면으로 부정하고 있는 것이기도 하다.

이렇듯 춘향전은 그 주제나 구성이 이중의 구조로 되어 있다. 표면적 구조는 정절이라는 가치관으로 표현되는 봉건적 이념의 옹호이다. 그러나 그 이면에 존재하는 또 하나의 구조는 이와 반대로 봉건적 가치관을 비판하고 있고 그것을 극복해 나가고자 하는 인간 해방의 정신과 관련되어 있다. 그런데 춘향전의 이러한 이중의 구조는 당대 사회의 구조를 반영하고 있다는 것이 구조주의적 설명이다. 춘향전이 쓰여졌던 18세기, 즉 영·정조 시대는 왕권이 강화되고 봉건적 가치관이 확고하게 유지되고 있음에도 불구하고 사회의 심층부에서는 봉건적 사회구조를 붕괴시키는 중요한 사회적 변화들이 일어나고 있던 시대였다. 상업자본이 발전하고 농업에서도 경영형 부농이 생겨나는 등 과거의 봉건적 경제제도를 대신해서 새로운 근대적 제도가 내부로부터 싹트고 있던 근대 맹아기라고 할 수 있다. 이러한 당대 사회의 이중적 구조가 춘향전에 반영되어 앞서 설명한 춘향전 주제의 이중적 성격을 가져오는 것은 물론 춘향전의 예술적 성취를 가능할 수 있게 했다고 할 수 있다.

사회주의 문학이나 리얼리즘 문학에서도 역시 문학은 사회의 모방이거나 반영이라고 설명한다. 하지만 여기에서는 특히 문학이 사회 내에 존재하는 성원들의 계급의식의 반영임을 주장한다. 사회 속에서 살아가는 사람은 자신의 계급으로부터 벗어날 수 없고 그러한 계급의 의식을 가질 수밖에 없는데 문학 역시 그러한 계급의식을 반영하지 않을 수 없다는 것이다.

한 예를 들어 1930년대 비슷한 시기에 쓰여졌고 또한 함께 '농촌소설'의 대표작으로 자주 언급되는 이광수의 『흙』과 이기영의 『고향』이라는 두 소설이 있다. 그러나 이 두 작품에서 보여지는 의식은 전혀 다르다. 간단히 말하자면 이광수의 『흙』이 농민을 교화의 대상으로 파악하고 있음에 비해 이기영의 『고향』은 농민을 사회발전의 주체로 묘사하고 있다. 먼저 깨우친 지식인이 계몽주의적 의식으로 무장하여 농촌에 들어가 농민을 교화하여 보다나은 사회로 개선해 나가야 한다는 것이 이광수의 『흙』이라면 지식인이 고향에 돌아와 지식인으로서의 자신을 버리고 농민들의 삶에서부터 진정한 농민 의식을 배워나가면서 그들의 힘을 발견해나간다는 것이 「고향」의 주 내용이다. 이렇게 한 사회 내의 같은 대상을 다루면서도 서로 다른 내용을 보여주는 것은 무엇 때문일까? 그것은 작가의 계급의식이 다르고 그것이 작품에 반영되기 때문이라고 할 수 있다. 이광수 문학이 보여주는 것이 식민지 시대 서구의 신지식을 습득한 지식인의 의식이라면 이기영의 문학은 각성한 농민 계급의 입장을 반영해 주고 있다.

좀더 최근의 예를 다시 들어보기로 하자. 한국전쟁을 전후한 시기 좌우의 이념 대립을 다룬 서로 다른 두 소설이 있다. 이문열의 『변방』과 조정래의 『태백산맥』이 그것이다. 그런데 이문열의 『변방』은 해방 이후의 좌우대립과 6·25 한국전쟁을 소련의 사주를 받은 몽상적인 지식인의 오판이나 여기에 편승한 사회 불평분자들의 만행이 원인이 된 민족적 비극으로 설명하려고 하고 있다. 이에 비해 조정래의 『태백산맥』은 과거로부터 이어져 내려온 소작제도의 모순 그리고 해방이후 남한 사회의 농지개혁의 불완전성과 거기에서 오는 계급간의 갈등이 좌우대립과 한국전쟁의 근본원인임을 지적하고 있다. 이러한 차이는 어디에서 오는 것일까? 두 작품이 토대로 하고 있는 계급의식의 차이에서 오는 것일 것이다. 이문열의 작품이 보수적인 중산층의 계급의식을 대변하고 있다면 반대로 조정래의 『태백산맥』은 노동자, 농민의 의식에서 당대 사회를 바라본 결과이다.

　이상에서의 논의들에서처럼 문학은 어떤 식으로든 한 사회의 모습을 그려서 우리에게 그것을 보여주고 이를 통해 우리는 사회나 현실을 인식하게 된다. 문학을 통해 우리 사회의 모습이 무엇이고, 그것의 본질적인 문제는 무엇이며, 또 거기에서 사는 사람들의 삶은 어떤 것인가를 알게 된다. 바로 문학의 이러한 모방이나 인식의 기능이 문학이 사회적으로 필요한 중요한 이유 중의 하나이며 문학의 효용이기도 하다.

　그러나 여기에서 한가지 생각해야 할 것이 있다. 사회나 인생을 인식하기 위해서는 문학보다 훨씬 더 좋은 도구가 있을 것이다. 사회학이나 심리학, 경제학이 바로 그것이다. 또한 우리 인간 밖의 외부적 사물을 인식하기 위해서는 자연과학이라는 훌륭한 도구가 있다. 그렇다면 문학은 필요 없거나 이들보다 훨씬 효율성이 떨어지는 저급한 도구가 아닐까? 이러한 의문을 가질 수 있다.

　그러나 일반적으로 학문이나 과학이라고 말하는 것과 문학은 전혀 다른 차원의 것이다. 그것을 통해 세상을 인식한다는 점은 같으나 인식의 내용과 방법이 전혀 다르다고 할 수 있다. 학문이나 과학은 자신의 체계 안의 논리로 사회나 인간을 설명한다. 때문에 거기에 포착되지 않는 것은 배제하거나 무시한다. 다른 말로 표현하면 이데 올로기적 성격을 갖는다고 할 수 있다. 이데올로기란 허위의식이다. 세상을 설명하기 위해 또는 사람들을 움직이기 위해 세상의 본모습 을 은폐하고 왜곡시키는 것을 말한다. 학문이나 과학은 어쩔 수 없 이 이런 기능을 한다. 왜냐하면 세상이나 세계나 인간은 이론으로 학문으로 설명할 수 없는 복잡한 것이기 때문이다. 그것을 설명하기 위해 개념화, 추상화하기 위해서는 어쩔 수 없는 단순화를 하지 않 을 수 없다. 객관적인 진리로 흔히 간주되는 자연과학 역시 마찬가 지이다. 자연과학으로 설명되지 않는 것을 보통 미신이라고 말한다. 그러나 따지고 보면 자연과학이 설명하는 것은 세상에 대한 아주 협 소한 일부분일 뿐이다.

　문학(문학뿐만 아니나 예술 전체)은 학문이나 과학의 인식이 보여 주는 이러한 추상성을 넘어서고 그것에 저항하기까지 하는 전혀 다 른 인식의 방식이다. 그것은 삶의 구체성을 지향한다. 인간이나 사 물, 우리가 살고 있는 사회 현실의 모습을 그 구체성으로 다시 되돌 려 과학이나 학문이 보여주는 어쩔 수 없는 성긴 추상성의 빈약한 인식의 틈을 메운다. 그것은 과학이나 학문의 추상적 도식으로 환원 될 수 없는 삶의 구체적 계기를 포착하게 만들어준다. 예술적 인식 은 단지 과학이나 여타 다른 학문의 추상성을 보완하는 것이 아니라 단일한 사고나 신념으로 세상을 재단하고 결국 그것을 은폐하고 왜 곡하려는 모든 이데올로기적 기도에 대한 저항이고 그것을 넘어설 수 있는 새로운 세계 인식의 방식이기도 하다.

　예를 들어 다음의 고호 그림을 감상해보자

고호, 「한 켤레의 구두」 (1888)

고호의 「한 켤레의 구두」라는 유명한 그림이다. 고호는 한 때 밀레의 영향을 받아 광부나 농부들의 삶을 소재로 한 작품들을 그리기도 했다. 바로 그 시절에 그린 그림 중의 하나이다. 그런데 우리는 이 그림을 통해 무엇을 볼 수 있을까? 벗어놓은 신발 한 켤레만을 보고도 우리는 그 신발 주인의 고단한 삶의 모습을 떠올릴 수 있다. 신발 주인의 힘든 노동과 각박하고도 가난한 삶, 하지만 끝까지 포기할 수 없는 삶에 대한 애정이 이 신발에 그대로 새겨져 있는 듯하다.

이 신발 그림을 보고 갖게 되는 이러한 생각과 느낌은 보는 사람에 따라 몇 권의 경제학이나 사회학 서적의 내용보다 더 풍부할 수 있다. 힘든 삶이지만 참고 기다리면 천국에 갈 수 있다는 종교적 신념이나 노동은 신성하다는 정치적 이념으로 환원되거나 설명될 수 없는 삶의 구체적 모습들이 이 그림 속에 고스란히 담겨있다. 문학이나 예술이 세상을 그려 보여주고 그것을 통해 우리로 하여금 세상을 인식하게 해준다는 것은 바로 이러한 차원이다. 신념이나 사상 또는 과학적 법칙으로 환원되거나 그것들로 재단할 수 없는 삶의 구체성을 풍부하게 보여주고 그것들을 통해 신념이나 법칙이 가진 은폐성을 부정하는 것, 바로 이것이 예술의 인식 방식이다.

위에서 고호의 신발 그림을 농부의 고단한 삶의 모습으로 해석했다. 그러나 꼭 그렇게만 해석할 필요는 없다. 고호가 그것을 꼭 의도했다고 하더라도 이 신발 그림은 고호의 의도를 넘어서 더 많은 것을 담고 있기도 하다. 하나의 의도나 단일한 주제로 환원되지 않는 내용의 다양성과 풍부성 이것이 또한 예술의 특성이기도 하다. 어떤 시인은 이 그림을 보고 다음과 같은 시를 써서 이 그림에 대한 새로운 해석을 하고 있다.

> 끈을 풀어놓았다.
> 낡은 한 켤레 구두가 가지는 안식. 툰데르트, 브뤼셀, 누엔넨, 안트베르펜 수많은 도시와 이름없는 풍경을 밟았던 초행길. 별의 해안선을 걸었던 발자국. 기억조차 아득한 것이 되어버린 어둠. 고독과 고뇌와 이젤을 메고 헤매었던 긴 편력의 끝. 제단 위에 펼쳐진 손때 묻은 성경같이 엄숙한 적막.
> 한 켤레의 낡은 구두의 조용한 가사. 숨소리도 들릴 듯하다. 밤의 깊이에서 이따금 몸을 뒤척이며 꿈꾸는 길. 아직 밟아보지 못한 길. 검은 불꽃의 삼목나무와 소용돌이치는 별과 달이 비치는 밤길도 흰 강물같이 떠오른다. 구두에서 이는 물빛 바람도 보인다. 도버 해협의 가을빛. 한계령 겨울눈.
>
> 사랑하는 테오, 안녕! 절망을 찾아 다시 떠나야겠다. 고추잠자리는 아침 태양 최초의 빛으로 날개를 편다. 최후의

전선을 위하여 나는 다시 길 위에 서련다. 진눈깨비 자욱
한 2월의 빠리에서. 안녕! 테오.

낡은 구두 한 켤레를 아직 버리지 못하고 있다. 발병 전,
미국 하트포드에서 산 스페인제 야외화. 정이 들었다. 밑
창이 달아버린 누런 구두의 쓸쓸한 무게. 부드러운 가죽
을 구겨보기도 한다.

길. 서걱이는 억새풀 군락 너머로 사라지는 아득한 들길
의 저켠. 시민들의 싱싱한 발자국을 느끼기 시작하는 아
침의 포도. 다시 걷고 싶다.

- 허만하, 「고호의 눈4- 한 켤레의 구두」 -

시인은 낡은 구두 한 켤레를 통해 예술가로서의 자신의 삶을 돌아
본다. 구겨져 아무렇게나 놓여져 있는 낡은 구두에서 지친 삶에서
돌아와 쉬고 있는 안식과 평안을 느낀다. 그러나 시인은 거기에서
안주할 수 없다. 아침 태양이 떠오르면 어딘가로 떠나야 한다. 그게
절망을 향해 가는 거친 길이라고 할지라도 죽음과도 같은 휴식에만
머물러 있을 수는 없다. 이렇듯 이 시는 정주와 방랑 사이의 긴장을
통해 거기에서 예술가로서의 고호와 자신의 삶의 방식을 말하고 있
다. '확실한 규범이나 또는 모든 것을 하나로 환원하는 단일한 원칙
이나 법칙 등 이른바 신념이나 진리를 추구하는 종교나 학문의 세계
는 어떤 확실한 틀 속에 우리를 안주시킨다. 하지만 예술은 이런 것
들로부터 벗어나고자 하는 것이다. 그리하여 괴롭고 피곤하지만 생
동하는 삶의 구체성 속에 다가서는 것 그것이 바로 문학이고 예술이
다. 문학이 현실의 모방을 통한 현실의 인식이라고 하는 것은 바로
이러한 삶의 구체성에 대한 인식이다.

다음의 시를 한 편 더 읽어보도록 하자.

영화가 시작하기 전에 우리는
일제히 일어나 애국가를 경청한다.
삼천리 화려 강산의
을숙도에서 일정한 군을 이루며
갈대 숲을 이륙하는 흰 새떼들이
자기들끼리 끼룩거리면서
자기들끼리 낄낄대면서
일렬 이렬 삼렬 횡대로 자기들의 세상을
이 세상에서 떼어 메고
이 세상 밖 어디론가 날아간다
우리도 우리들끼리
낄낄대면서
깔쭉대면서
우리의 대열을 이루며
한 세상 떼어 메고
이 세상 밖 어디론가 날아갔으면
하는데 대한 사람 대한으로
길이 보전하세로
각각 자기 자리에 앉는다
주저앉는다

　　　　　　－ 황지우, 「새들도 세상을 뜨는구나」

　아마 지금의 젊은 사람들은 이 시의 상황이 이해되지 않을지 모른
다. 지금은 이 시의 상황과 같은 일이 존재하지 않기 때문이다. 그러
나 80년대말까지만 하더라도 매회 영화를 상영할 때마다 시작하기
전에 애국가를 부르고 국정 홍보용 뉴스를 봐야 했고, 또 애국가를
부를 때는 다 일어나서 따라 부르거나, 차렷 자세로 경건하게 화면
을 주시해야 했다. 그것을 하지 않았다고 해서 경찰에 잡혀가거나
하지는 않았지만, 영화관에서 애국가 나올 때 가만히 앉아있다거나
딴 짓을 한다는 것은 상상할 수가 없었다. 사회분위기가 그런 시절

이었다.

이 시는 바로 그런 권위주의 시대 우리 사회의 억압적 분위기를 보여주는 작품이다. 시인은 시를 통해 그러한 사회적 억압으로부터 벗어나고 싶어하지만, 애국가가 끝나고 자리에 주저앉듯이 그런 현실에서부터 벗어나지 못하고 다시 주저앉을 수밖에 없는 자신의 처지를 한탄하면서, 그것을 통해 자유를 가로막고 있는 사회적 억압을 그려내고 거기에서 벗어나고자 하는 시인의 자유에 대한 갈망을 표현한 시이다.

그런데 여기서 한가지 생각해 볼 것이 있다. 문학이 사회를 모방하고 반영한다는 것은 사회를 있는 그대로 모사한다는 것은 아니다. 마치 보고서를 쓰듯이 사진을 찍듯이 있는 그대로의 현실을 그대로 베껴내는 것은 문학의 일은 아니다. 문학은 항상 꿈을 통해 세상을 바라보고 그것을 그려낸다. 더 나은 사회에 대한 전망 더욱 바람직한 이상 더욱 나은 사회에 대한 꿈을 통해 세상을 바라보고 그렇지 못한 사회를 비판한다. 이 시 역시 마찬가지이다. 위의 황지우의 시는 보다 자유로운 사회가 되어야 한다는 시인의 꿈을 통해 현실을 바라본 것이다. 자유라는 시인의 꿈을 통해 이 사회를 바라볼 때, 모든 억압 특히 정치적 억압으로부터 벗어난 좀더 자유로운 사회라는 관점을 가지고 이 세상을 바라볼 때, 이 사회는 우리의 꿈을 끊임없이 주저앉히는 강압과 통제와 횡행하는 사회임을 깨닫게 되는 것이다.

이렇듯 문학은 보다 나은 보다 바람직한 이상이나 꿈을 통해 현실을 바라보고 그려내는 것이다. 그렇기 때문에 진지한 문학, 잘된 문학은 항상 현실의 숨겨진 모습과 새로운 모습을 바라보고 그려내며, 이를 통해 결과적으로 해방적이고 비판적인 기능을 하게 된다. 문학이 현실의 모방이라 말할 때는 바로 이러한 방식에서의 모방이다.

<연습문제>

* 다음 시를 읽고 아래 물음에 대해 생각해 보자.

밭매는 민요 같기도 하고
타령 같기도 하고
흘러간 유행가 같기도 한 나직한 노래 따라
담배연기 자욱한 화장실에 들어섰다
해탈을 한 음정 없는 노래가
낯선 사내를 부끄러워 않고
바지춤에 매달린다
수건을 두른 늙은 아줌마 쭈그려 앉아
식기 닦듯 얼싸안고 변기통을 문지르다
비누 범벅된 노래로
나를 힐끔 쳐다본다

– 이도윤, 「노래」 –

1) 이 시 속에서 그려진 현실은 어떤 현실일까?

2) 그러한 현실을 보여주면서 이 시가 꿈꾸고 있는 것은 무엇일까?

3) 이 시의 제목이 「노래」인데 여기서 노래의 의미는 무엇일까?

3. 상상력으로서의 문학

'문학은 상상력의 소산이다.' '작가의 상상력의 자유로운 표현이 문학이다.'라는 식의 정의는 문학에 대한 오래된 믿음 중의 하나이다. 문학이나 예술은 현실을 넘어서 있는 허구의 세계에 속한다. 제아무리 실제적인 사실에 기반하고 있더라도 문학 작품은 작가가 재구성했거나 창조한 허구이다. 그런데 그러한 허구를 가능하게 한 것은 무엇일까? 그것은 작가의 자유로운 상상력일 것이다.

'상상력으로서의 문학'은 앞서 설명한 '모방으로서의 문학'과는 정반대 되는 정의이다. 사실 이 두 관점은 오랜 동안 논쟁이 되어 온 것이기도 하다. 모방으로서의 문학을 주장하는 사람들은 문학이 현실을 얼마나 생생하게 또한 핍진하게 그려냈는가를 중시한다. 그것이 좋은 문학을 평가하는 기준이라 생각한다. 반대로 문학이 상상력의 소산이라고 여기는 사람들은 작가의 자유로운 상상을 통해 얼마나 개성적인 표현을 만들어냈는가를 중시한다. 모방을 강조하는 쪽에서는 문학 속에 그려진 현실의 객관성에 관심을 두는 반면에 상상력을 강조하는 쪽에서는 예술가 내면의 주관성에 관심을 둔다. 예술 사조상으로 고전주의나 리얼리즘이 주로 전자의 입장에 해당하는 것이라면 낭만주의나 모더니즘은 후자의 입장에 가깝다고 할 수 있다.

이렇듯 상상력이냐 아니면 모방이냐 하는 문제는 문학을 보는 근본적인 시각의 차이와 관련되어 있다고도 할 수 있다. 그러나 자유

로운 상상력과 현실을 모방한다는 것이 전혀 별개의 대립적인 것만
은 아니다. 문학이 현실의 모방이라 할 때 그때의 모방은 현실을 있
는 그대로 베끼는 것은 아니다. 문학으로서 그려지는 현실은 작가가
전망이나 꿈을 통해 본 현실이다. 그런데 작가의 전망이나 꿈이라는
것은 사실 작가의 상상력의 소산이다. 이렇듯 문학에서 그려지는 현
실이란 사실은 작가의 상상력을 통해 본 현실이라 할 수 있다. 마찬
가지로 상상력 역시 현실을 벗어난 완전히 허구의 상상력이란 불가
능하다. 상상이 망상이나 환상과 구별되는 지점은 그것이 현실적인
개연성을 가지느냐 아니냐에 놓여있다.

　사전적인 정의에 의하면 상상이란 '미루어 마음 속에 형상을 그림'
이다. 썩 좋은 설명은 아니지만 상상에 대한 핵심을 지적하고 있다.
먼저, '미루어' 본다는 것은 순전히 무에서 전혀 새로운 생각을 만들
어 낸다는 것이 아니다. 이미 경험한 것을 토대로 어떤 것을 만들어
낸다는 뜻이다. 용이라는 상상의 동물을 생각해보자. 용은 인간의 상
상력의 산물이지만 용을 이루고 있는 각각의 부분들은 다 인간의 경
험을 통해 얻어진 것들이다. 용의 몸은 뱀의 몸체에서 따온 것이고,
용의 발은 매의 발이며, 용의 머리는 말의 머리이고 그 머리 위에 난
뿔은 사슴의 뿔이다. 이들 신체의 부분들이야말로 인간들이 보기에
가장 이상적인 힘과 아름다움을 가지고 있다고 여겨져 왔기 때문일
것이다. 이렇듯 용이라는 것은 인간의 상상력을 통해 재구성된 동물
이지만 그것은 인간이 오랜 경험을 통해 가지고 있는 관념을 조합한
것이다.

　이렇게 상상은 경험을 토대로 하고 있다. 하지만 경험을 그대로
재현하는 것은 상상과는 거리가 멀다. 경험의 재현이나 경험의 재구
성을 통해 새로운 것을 만들어내야 그것이 바로 상상이라 할 수 있

다. 위의 설명한 용 역시 경험에 토대하고 있지만 경험을 뛰어 넘어 존재하는 새로운 형상이다. 이렇듯이 상상은 창조의 과정이다. 그리고 그러한 창조를 가능하게 하는 인간의 능력이 바로 상상력이다. 아주 쉬운 시 구절 하나를 들어 좀더 생각해 보자.

> 이 몸이 죽어가서 무엇이 될고 하니
> 봉래산 제일봉에 낙랑장송 되었다가
> 백설이 만건곤할 제 독야청청하리라

　누구나 다 알고 있는 성산문 시조이다. 그런데 여기서 등장하는 산이나 백설, 그리고 소나무는 모두 우리가 경험을 통해 익히 잘 알고 있는 사물이다. 그러나 봉래산 제일봉이나 백설이 모든 세상을 뒤덮고 있는 장면, 또한 거기에 외로이 혼자 서있는 소나무는 경험의 직접적인 기록은 아니다. 그것은 사실 작자의 상상 속에 존재하는 것이다. 실제 현실에서의 경험, 즉 높은 산봉우리나 눈오는 광경 그리고 크게 잘 자란 소나무를 보고 무언가를 느꼈던 경험에 근거로 그러한 경험적 사실들을 재구성하여 새로운 형상을 만들어 낸 것이다. 다시 말해, 가장 높은 산 그리고 가장 추운 겨울, 하지만 그것을 지탱하는 가장 고결한 정신이라는 어떤 경지를 시인은 상상적으로 재구성한 것이다.

　여기서 최근 사회적 문제가 되고 있고 또 논쟁거리가 되고 있는 표절 문제를 생각해 보자. 크게 성공한 노래나 소설이 나왔을 때 때로 표절 시비에 휘말리곤 한다. 한쪽에서는 누구누구 작품을 표절했다고 하고 반대쪽에서는 표절이 아니라 단지 영향을 받은 것일 뿐이라고 주장한다. 표절이냐 아니냐의 논쟁에는 흔히 <혼성모방(pastiche)>이라는 용어가 동원되기도 하고 '바하 이후에는 새로운 음악이란 없다.'라는 말이 근거로 사용되기도 한다. 사실 완전히 새로운 것은 없다. 새롭게 창조한 것도 사실 따지고 보면 앞선 것들의 토대 위에서 다시 만들어진 것들이다. 그렇게 보면 모든 예술 작품은 앞선 작품들의 모방이고 베끼기라고 할 수 있다. 그러나 그렇다고 하더라도 창작과 표절은 엄연히 구별된다. 창작과 표절을 구별하는 하나의 뚜렷한 기준이 바로 상상력이 아닐까 한다. 기존의 작품을 참고로 하고 거기에 많은 영향을 받았다고 하더라도 그것을 통해 기존의 것과 다른 새로운 것을 만들었다면 그것은 창작이고 독창성을 인정받을 수 있는 분명한 예술 작품이라고 할 수 있다. 그런데 그러한 새로움이 가능하기 위해서는 바로 거기에 상상력이 작용해야 한다. 하지만 예술이 되게 하는 그 상상력까지를 모방할 때 그것은 표절 이상의 아무 것도 아니다.

상상력과 현실성에 대해 좀더 생각해보자. 앞서도 지적했듯이 상상은 허구이고 만들어진 현실이지만 그것은 환상이나 망상과는 다르다. 상상은 현실을 새롭게 봄으로써 기존의 생각들이 보지 못한 현실의 다른 측면을 밝혀내는 것이다. 좀더 쉽게 예를 들어 설명해보도록 하자.

다음과 같은 수수께끼가 있다. 한 아이가 길을 가다 지나가던 차에 치어 많이 다쳤다. 아이와 함께 가던 그 아이의 아버지가 급히 병원에 아이를 데리고 갔다. 그랬더니 병원에 있던 외과 의사가 급히 뛰어나오면서 "아이구 내 아들아! 얼마나 아프니" 하면서 눈물을 글썽이며 아이를 부둥켜안고 황급히 응급실로 들어갔다. 이것이 어찌된 영문인가? 이 상황을 설명해 보라는 것이 수수께끼의 물음이다.

대부분 아이의 아버지가 둘이라든가, 외과 의사랑 애어머니가 불륜의 관계라든지 하는 생각을 할 것이다. 그러나 대답은 의외로 간단하다. 외과 의사는 아이의 어머니였던 것이다. 그런데 대부분 우리는 이러한 간단한 사실을 깨닫지 못한다. 왜냐하면 상투적인 생각에 빠져 있기 때문이다. 의사면 으레 남자이고 더욱이 외과 의사라면 당연히 남자들의 직업이라고 생각한다. 이렇듯 우리는 편견이나 상식적인 판단, 관습, 사고의 상투성 때문에 사실을 제대로 파악하지 못하는 경우가 많다. 아니 우리의 삶의 대부분은 다 이런 상투성으로 이루어졌다고 해도 과언은 아니다. 그것을 넘어서게 해주는 것이 바로 상상력이다. 위의 수수께끼에서 외과의사가 여자일 수 있다는 생각만 하면 문제는 너무나 간단히 해결된다. 바로 이런 것이 상상력이다. 상투적이고 관습적인 판단에 갇혀 있는 우리의 인식을 새롭게 하여 세상을 새롭게 바라보게 함으로써 미처 보지 못했던 세상의 진실을 바라보게 하는 것 그것이 바로 상상력이다.

그렇다면 상상은 어떻게 가능한가? 또한 상상력은 어떻게 길러지는 것일까? 아주 간단히 말하면 그것은 사물과의 관계를 새롭게 보는 데서 생겨난다. 일상적인 사고에서는 전혀 관계가 없어 보이는 사물들을 연결하여 새로운 관련이나 의미를 찾아낼 때 바로 상상력이 발동하게 되는 것이다. 광고의 예를 들어보자. 광고는 예술만큼이나 아니면 예술보다 더 상상력을 필요로 한다. 상투적인 것을 말해서는 아무런 효과가 없기 때문이다. 예를 들어, 휴대전화기 광고를 생각해보자. 상투적으로 생각할 때, 휴대전화기라 하면 바쁜 현대인의 삶이나 휴대전화기를 통한 업무의 효율성 등을 생각할 것이다. 그렇게 생각하면 당연히 휴대전화기의 광고모델은 자동차 영업사원이라든가, 현대적인 전문직 종사자 등이 등장하게 된다. 그러나 이것은 너무나 상투적이다. 그런 감각으로 광고를 만들어서는 아무런 효과도 기대할 수 없게 된다. 그런데 어떤 광고에서는 휴대전화 광고에 스님을 등장시킨다. 상식적인 생각으로는 전혀 어울릴 것 같지 않다. 그러나 이 어울릴 것 같지 않은 두 가지를 관련시켜 휴대전화의 통화는 언제 어디서나 때와 장소를 가리지 않는다는 의미를 만들어낸다. 이것이 바로 상상력이다. IBM이라는 다국적 컴퓨터 제조업체의 광고 역시 마찬가지이다. 컴퓨터 광고에 라마승이나 수녀가 등장한다. 컴퓨터하고는 전혀 관계없어 보이는 인물들이다. 그런데 이 광고는 이런 관계없을 것 같은 인물들을 통해 IBM 컴퓨터의 무국적성, 세계성을 강조한다. 이렇듯 상상력이란 새로운 관계를 만들어 상투적인 인식을 전복하고 그것을 통해 새로운 생각, 새로운 감각을 만들어 낸다 할 수 있다.

다음의 그림을 보자.

뭉크, 「노상의 살인자」(1894)

한적한 시골길에 한 사람이 부대 자루처럼 죽어 쓰러져 있고 그 사람을 죽인 살인자는 황급히 도망가고 있다. 보통 살인이라 하면 방안에 칼에 찔려 쓰러져 있거나 독살을 당해 피를 토하고 있는 장면을 생각하기 십상이다. 그러나 이 작품은 아주 평온한 자연 환경 속에 죽은 시체와 살인자의 얼굴을 배치시키고 있다. 전혀 새로운 발상이다. 화가의 특별한 상상력이 발동한 결과이다. 그런데 이런 상상력으로 무엇을 표현하고 있는지 생각해 보자. 그림 속에 등장하는 자연을 자세히 보면 흔히 생각하는 인공의 때가 묻지 않는 자연이나 목가적인 농촌 풍경하고는 거리가 있다. 저 멀리 공장 같은 건물이 보인다. 도로 역시 좁은 오솔길이나 농로가 아니라 중앙선이 그어진 것 같은 신작로이다. 그것으로 봐서 산업화가 진행되어가면서 점차 개발되어 가고 있는 자연이다. 살인자의 표정도 재미있다. 다급하게 피하고 있지만 어떤 분노의 열정이나 살인에 따른 죄책감이 보이지 않는 무표정한 모습이다. 이런 모습으로 보았을 때, 옛날처럼 복수나 분노에 의한 살인이라기보다 강도나 청부살인과 같이 돈을 위한 살인일거라는 추측을 할 수 있게 된다. 이러한 인물의 표정과 그림 속의 상황은 산업화 이후 근대 사회가 가지는 비인간성을 말해 주고 있다. 이렇게 뭉크의 이 그림은 한가한 시골길 한복판에 뜬금 없는 살인사건을 놓아둠으로써 점차 산업화 되어가고 있는 사회의 황폐함과 비정함을 보여주고 거기에서 느끼는 현대인들의 공포감을 표현하고 있다.

문학 교재이니 만큼 문학 작품의 예를 하나 더 들어보자. 다음과 같은 아주 재미있는 시가 있다.

눈앞의 저 빛!
찬란한 저 빛!
그러나
저건 죽음이다.
의심하라
모오든 광명을!

– 유하, 「오징어」

오징어 잡이 배를 보고 쓴 시이다. <오징어>라는 제목을 보지 않
았거나 오징어를 어떻게 잡는지 모르는 사람은 이 시를 쉽게 이해하
지 못할 것 같다. 집어등을 켜서 그 불빛으로 오징어를 유인해 잡는
것을 알고 이 시를 읽으면 그 참신한 발상이 상당히 재미있다. 이 시
는 먼저 광명과 죽음을 연관시키고 있다. 일반적으로 광명은 희망과
삶을 말하는데 이 시는 그 반대이다. 광명은 죽음이고 절망이다. 이
시는 그러한 새로운 관계맺음을 통해서 광명을 추구하는 것, 즉 현
실적인 희망이나 세속적인 삶의 가치를 추구하는 것은 곧 사실은 죽
음을 추구하는 것이라는 점을 말하고 있다. 자본주의적 가치관, 이를
테면 소비와 향락, 경제적 부와 같은 빛과 광명이라고 생각되는 것
을 추구하다가는 결국 환경파괴나 물질만능주의 등 죽음과 절망의
세계로 나아가리라는 인식을 보여준다. 이렇게 광명에서 죽음을 떠
올리는 것은 시인의 독특한 상상력이 있기에 가능하다.

또한 이 시는 오징어와 사람을 연관시킨다. 불빛을 쫓아 수면으로
올라오다 바늘에 걸려 잡혀 죽어 결국 납작한 오징어포가 되는 오징
어의 운명과 인간의 삶을 연결시키고 있다. 그것을 통해 빛을 쫓아,
즉 더 나은 삶을 쫓고 더 편리한 문명의 발전을 이루며 살다 결국
파멸의 길로 들어서고 있는 현대인의 인간적 조건을 말해주고 있다.

여기서도 오징어와 인간을 결합한다는 것은 오직 상상력을 통해서이
다. 그리고 그러한 상상력을 통해 인간의 존재에 대한 새로운 인식
에 도달하고 있는 것이다.

<연습문제>

---

* 다음 시를 읽고 아래 질문에 대해 생각해 보자.

> 향단아 그넷줄을 밀어라
> 머언 바다로
> 배를 내어 밀 듯이,
> 향단아
>
> 이 다수굿이 흔들리는 수양버들나무와
> 벼갯모에 뇌이듯한 풀꽃뎀이로부터
> 자잘한 나비새끼 꾀꼬리들로부터
> 아조 내어밀 듯이, 향단아
>
> 산호도 섬도 없는 저 하늘로
> 나를 밀어 올려다오.
> 채색한 구름같이 나를 밀어 올려다오.
> 이 울렁이는 가슴을 밀어 올려다오!
>
> 서으로 가는 달 같이는
> 나는 아무래도 갈 수가 없다.
>
> 바람이 파도를 밀어 올리듯이
> 그렇게 나를 밀어 올려다오
> 향단아.
>
>   – 서정주, 「추천사」

1) 이 시에서 그네에 대한 시인의 상상력이 어떻게 쓰이고 있는지 생각해 보자.

2) 풀꽃뎀이, 나비새끼, 꾀꼬리, 산호, 섬과 같은 것들은 무엇을 말하는 것일까?

3) 왜 시인은 '달 같이는 갈 수가' 없는 것일까? 또 바람이 파도를 밀어 올리듯이 밀어 올려달라는 말은 무슨 말일까?

4. 문학이 필요한 이유

문학이 왜 필요한 것인가? 이 장에서는 이 점에 대해서 살펴보기로 하자. 문학으로 밥을 먹고사는 사람이 아니고는 —그런데 그런 사람은 정말 드물다,— 문학이 왜 있어야 하는지를 의심하는 사람이 많을 것 같다. 특히 생산성과 효율성을 중시 여기는 지금의 사회에서 이해할 수도 없는 시나 쓰고 현실과는 동떨어져 보이는 꾸며낸 이야기에 불과한 소설 나부랭이나 읽는 문학이라는 것이 과연 무슨 소용이 있을 것인가, 하는 생각을 누구나 할 것 같다.

과거 문학은 고상한 예술이고 또한 유용한 교양의 수단이었다. 동양이나 서양이나 시 몇 줄 끄적일 줄 모르면 지식인으로 취급을 받을 수 없었다. 문학은 지식인이면 당연히 갖추어야 할 기본적인 소양에 속하는 것이었다. 또한 문학은 가장 선도적이고 영향력 있는 예술이기도 했다. 문학의 조류나 새로운 경향이 다른 예술의 변화와 발전을 이끌어내는 그런 위치를 점하고 있는 것이 문학이기도 했다. 문학은 보통 사람들이 쉽게 범접할 수 없는 어떤 경지를 가지고 있다거나 아니면 반대로 문학이야말로 불변의 보편적인 가치관을 담지하고 있는 인류 모두의 마음의 양식이라고 생각하는, 지금도 많은 사람들이 흔히 가지고 있는 문학에 대한 신비화도 사실은 이러한 전통적인 문학의 역할에서부터 기인한 것이기도 하다.

하지만 이제는 이런 신비화마저 전설 속에나 가능한 것이 되어가

고 있다. 지금의 시대는 세상에 대한 전반적이고 보편적인 지식을
요구하는 교양보다는 전문적인 분과 학문이 발달하고 있고 이러한
전문 분야에의 천착이 더 중시되는 시대이다. 세상에 대한 관심이나
식견이 없더라도 자기분야에서 최고가 되면 경쟁력 있는 사람으로
인정받는다. 한 코메디언처럼 유치하고 황당한 영화만 계속 만들다
가 나라에서 지정한 '신지식인 1호'가 되는 영예를 차지하기도 하는
시대인 것이다. 이런 시대에 인간과 사회에 대한 폭넓은 인식을 가
능하게 해주는 문학의 교양적 기능은 크게 의의가 상실되는 것은 당
연한 노릇이다.

또한 문학이 예술 중에 가장 선도적이고 영향력 있는 예술로 인정
받는 시대도 지나가고 있는 것 같다. 과거에는 문학이 다른 예술의
변화를 선도했고 가장 대중적인 영향력을 가지고 있었다고 할 수 있
다. 그러나 지금은 그 자리를 다른 예술이 차지하고 있다. 영화만 하
더라도 문학보다 훨씬 막강한 대중적 영향력을 행사하고 있을 뿐만
아니라 이제 중요한 예술적 변화가 영화에서 시도되고 있다. 앞으로
는 게임이나 애니메이션 같은 멀티미디어 쪽 예술에서 보다 중요한
예술적 성과가 나올지 모른다.

그렇다면 이런 시대에 문학을 한다는 것은 무엇일까? 문학을 업으
로 하는 것이 아니라 하더라도, 대학 강의 시간을 통해서나 아니면 책
을 읽고 혼자서라도 진지하게 문학을 공부한다거나 문학 작품을 향유
한다는 것은 무슨 의미가 있을까? 바로 이런 점을 여기서 깊이 생각
해보도록 하자.

아주 오랜 옛날부터 문학이 왜 필요한가에 대해서는 두 가지의 서
로 다른 생각이 있어왔다. 그것은 교훈설과 쾌락설이다. 교훈설은 공
리적이고 교훈적인 내용에서 문학의 효용을 찾는 이론이다. 플라톤

의 생각이 대표적이다. 플라톤이 영원한 본질, 즉 이데아를 추구하는 것이 철학 하는 사람의 사명이고 문학은 이에 미치지 못하는 것이라는 논리를 펴서 문학이나 예술을 부정할 때, 이는 기본적으로 교훈설의 입장에 서게 된다. 영원한 진리를 추구하는 그래서 인간에게 불변의 교훈과 윤리를 제시하는 철학에 미치지 못하기 때문에 문학은 저급한 것이거나 불필요한 것으로 플라톤에게는 비치고 있는 것이다. 이런 플라톤의 생각은 지금 우리에게는 너무나 편협한 것으로 여겨지겠지만 사실 또 한편으로는 아직까지도 상당히 일반화되어 있기도 하다. 과거 조선시대까지만 해도 많은 대부분의 유학자들은 물론이고 상당히 진보적이라고 여겨지는 정약용 같은 조선 후기 실학자들까지도 '생각을 방탕하게 하고 세상을 어지럽힌다.'고 하여 소설을 배척했다. 그런데 지금도 그런 생각을 하는 사람이 많을 것이다. 어린 학생들이 동화나 만화 혹은 소설책을 읽고 있으면 대부분의 부모들은 아이가 놀고 있다고 생각하나, 위인전이나 역사책, 과학서적 등을 읽고 있으면 열심히 공부를 하고 있거나 좋은 일, 착한 일을 하고 있다고 칭찬을 한다. 이런 것 역시 문학을 공리적 교훈적 입장에서 평가하는 것일 게다.

　로마 시대의 시인인 호라티우스의 <당의설>은 교훈설의 입장을 가장 잘 대변해 준다. 몸에 좋은 쓴 약을 먹이기 힘들기 때문에 약에 설탕을 바르듯, 문학에서 기본적으로 추구하는 것은 윤리적 교화인데 그 자체는 재미가 없어 사람들이 쉽게 받아들이지 않기 때문에 재미있는 이야기나 아름다운 시로 꾸며 쉽게 접근하도록 하는 것이라는 주장이다. 교훈설의 가장 대표적인 것은 톨스토이의 생각이다. 톨스토이는 문학을 도덕적 교화의 수단이라고 생각했다. 문학이란 작가가 가진 좋은 생각이나 고상한 감성을 독자들에게 전달하고 전

염시키는 것이라고 톨스토이는 생각했다. 그래서 그의 문학론을 <감염이론>이라고 하기도 한다. 때문에 그에게 있어 좋은 예술과 나쁜 예술은 그것이 어떤 윤리적 가치를 가지느냐에 따라 명확하게 구분된다. 좋은 생각, 이를테면 평등이나 사랑과 같은 인류의 보편적 가치를 고취시키는 예술은 좋은 예술이고 그렇지 못한 예술은 불필요하거나 해로운 예술이라는 것이 톨스토이의 생각이다.

우리나라에서도 문학을 교훈적 가치로 평가하는 이런 교훈설의 전통은 뿌리깊은 것이라 할 수 있다. 「춘향전」, 「심청전」, 「장화홍련전」, 「흥부전」 등 고대소설은 대부분 권선징악이라는 교훈적 의미를 담고 있으며, 이인직 등의 신소설을 물론 이광수의 「무정」이나 「흙」, 심훈의 「상록수」 같은 작품들만 생각해봐도 교화적이고 계몽적인 성격을 주 내용으로 하고 있다.

다음으로, 문학이 필요한 것은 그것이 주는 즐거움, 즉 쾌락 때문이라는 생각을 살펴보도록 하자. 이러한 쾌락설은 문학은 오직 문학을 하는 사람에게나 그것을 향유하는 사람에게나 즐거움을 주기 때문에 의미가 있다는 생각한다. 쾌락설에는 아리스토텔레스의 이론이 대표적이다. 아리스토텔레스는 기본적으로 문학이나 예술의 목적과 효용이 쾌락에 있다고 생각했다. 특히 예술에서의 쾌락을 그는 카타르시스(catharsis)라는 말로 설명한다. 카타르시스는 우리말로 하면 정화(淨化)이다. 즉, 씻어낸다는 뜻이다. 감정의 앙금, 이를테면 살면서 쌓인 불편한 감정이나 슬픔, 고통, 울분 등 응어리져 있는 어떤 정서적 부정성을 예술을 통해 씻어낼 때 느껴지는 쾌감이 바로 카타르시스이고, 이것을 얻기 위해 예술을 한다는 것이 아리스토텔레스의 생각이다. 예를 들어 비극을 보면서 슬퍼 눈물을 흘리면서도 우리는 거기서 어떤 쾌감을 느낀다. 슬픈 이야기를 보거나 들으면서 눈물을 흘릴 때 우리는 자신의 가슴속에 들어있는 슬픔이나 울분 등의 부정적인 정서들도 한꺼번에 씻겨 내려가는 정화를 경험한다. 이것이 바로 카타르시스이다.

이러한 쾌락설은 중세에는 사라지다가 근대 낭만주의 시대에 다시 강조된다. 문학이 이념이나 가치관 또는 종교적 교의에 봉사하는 것이거나 그것들에 의해 문학이 평가되는 것이 아니라 문학은 개인이 가지고 있는 개성과 정열의 자유로운 분출이라는 것이 이들의 생각이었다. 워즈워드가 '시는 감정의 유로(流露)이다,'라고 말하는 것이 바로 이것이다. 시인이나 작가의 가슴에 쌓여 표현하지 않을 수 없는 정서적 감흥을 표현하는 즐거움이 바로 문학이고 시라는 생각이다. 이러한 문학관을 좀더 극단으로 밀고 나아가면 <예술을 위한 예술>이 된다. 문학은 어떤 이념이나 가치관하고는 전혀 관련이 없고 오직 예술 자체의 아름다움을 위해 존재한다는 것이다. 이러한 예술관을 철학적으로 정초한 사람이 바로 유명한 철학자 칸트이다. 그는 『미적 판단 비판』이라는 책에서 목적론적 판단과 심미적 판단을 나누어 설명한다. 과학이나 철학 등은 항상 대상의 목적을 염두에 두는 목적론적 판단이다. 그러나 예술은 대상의 목적을 염두에 두지 않는 심미적 판단으로 무목적의 목적성, 내적 목적성을 갖는다고 설명한다.

또한 교훈설과 쾌락설, 이 두 가지의 학설은 문학의 기원에 대해서도 역시 다르게 설명한다. 교훈설은 문학이 사회적 실용성에서 발생했다고 설명한다. 종교적 주문이나 기도문을 외우기 쉽게 리듬을 붙여 부르던 것이 시가 되었다거나 또는 사냥을 나가기 전에 그것에 대한 두려움을 없애기 위해 용맹을 고취하는 노래를 불러 부른 것이 시가 되었다거나 하는 설명이 그것이다. 쾌락설에서는 유희본능에서 문학의 기원을 찾는다. 세상을 모방해보려는 즐거움, 자유로운 유희를 하려는 인간의 활동이 문학이 되었다는 것이다.

교훈설은 문학에 교훈적인 내용을 강조하기 때문에 문학의 형식적인 아름다움보다는 내용의 정당성이나 가치를 강조한다. 또한 문학의 사회적 역할이나 책임을 중시한다. 때문에 문학의 자율성을 부정하는 결과를 가져오기 십상이다. 문학이 문학 자체로 평가받기보다는 그 속에 들어있는 이념이나 가치관으로 평가된다. 예를 들어 과거 사회주의 하에서의 문학은 얼마나 당성이 치열한가, 프롤레타리아의 승리를 어떻게 잘 그려 냈느냐가 중요한 평가의 기준이 된다. 이렇듯 문학이 특정 이데올로기나 가치관의 도구로 전락할 가능성이 커지게 되고 결국 문학을 부정하는 결과를 초래하게 된다.

반대로 쾌락설에 따르면 문학의 자율성을 강조한 나머지 문학의 사회적 가치를 도외시한다. 그렇게 되면 결국 어떠한 예술도 다 가치 있는 것이 되어버린다. 폭력과 자살을 미화하고 유색인과 약한 사람에 대한 멸시를 당연시하는 파시즘적 예술도 인정하게 되는 등 명백히 반인간적인 예술도 긍정하게 된다. 예를 들어, 한 사진 작가가 죽어 가는 여자의 아름다움을 표현하기 위해 사람을 죽이고 그 장면을 촬영하는 엽기적인 사건이 실제 있었는데 이런 예술까지 '예술을 위한 예술'이라는 이름 하에 미화할 가능성이 있게 된다. 쾌락설을 극단으로 밀고 나가면 예술의 자율성을 강조한 나머지 반인륜적 예술을 용인하고 예술을 개인적 쾌락의 도구 정도로 여기게 되어 결국 예술의 역할을 축소시키는 결과를 가져오게 된다.

이렇듯 교훈설이나 쾌락설이나 그 학설을 극단으로 밀고 나가면 모두 예술을 부정하는 결과를 가져온다. 문학이나 예술은 쾌락이나 교훈으로 환원될 수 없는 어떤 것이다. 그러면서 그것은 쾌락과 교훈을 함께 주기도 한다. 사실 사회적 유용성과 심미적 쾌락은 꼭 분리되어 있는 것은 아니다. 여기서 무엇이 인간에게 쾌락을 주는가 생각해보자. 예술에서 가장 중요하게 사용하는 것은 미적 쾌락이다. 아름다움을 보고 느끼는 정서적 즐거움이다. 그런데 우리는 무엇을 아름답다고 느낄까? 이 아름다움은 당장 눈앞의 쓸모하고는 관련이 없다. 전혀 쓸모 없는 나무 한 그루, 전혀 쓸데없는 꽃 한 송이를 보고 아름다움을 느낀다. 그러나 이 아름다움과 현실적 쓸모가 분리되어 있을까? 쭉 뻗은 나무를 보고 느끼는 아름다움은 그것이 쓸모가 많다는 여러 경험과 관련이 있다. 꽃의 아름다움도 마찬가지이다. 그것이 결실과 풍요와 연결된다는 것을 알기 때문에 그것을 아름답다고 느끼는 인간의 정서가 생기는 것이다. 하지만 그것은 직접적이지 않고 간접적이기 때문에 꼭 아름다운 것이 좋은 것이고 좋은 것이 아름다운 것이라는 등식으로 환원되지는 않는다.

　이렇게 보았을 때 문학의 교훈적 유용성과 심미적 쾌락성은 분리해서 생각할 수는 없다. 그런데 문학이나 예술이 주는 교훈적 유용성과 심미적 쾌락은 다른 것들이 주는 교훈이나 쾌락과는 다른 차원의 것이다. 교훈으로만 치면 윤리 교과서가 훨씬 효과가 크고, 쾌락으로 치면 다른 오락들이 훨씬 강렬한 자극을 줄 것이다. 문학이 주는 것은 교훈이고 쾌락이지만 다른 교훈과 쾌락과는 그 본질이 다르다. 기존의 도덕과 규범을 가르치는 윤리 교과서도 아니고 말초적 감각을 만족시키는 찰나적 쾌락 충족의 도구는 더 또한 아니다. 그럼 무엇일까?

　온갖 논리적 비약을 무릅쓰고 간단히 얘기하자면 '무용성의 유용성'의 추구를 통해 현실을 벗어나는 즐거움이라고 정의할 수 있겠다. 우리가 유용하다고 했을 때 그 유용성은 경제적, 현실적 가치를 갖는 것을 말한다. 과거에는 특정 이념이나 종교에 봉사하는 것이 유용한 것이었겠지만 현대 사회에서는 경제적인 것이 유용한 것이다. 그런데 이러한 유용성만으로 보아서는 문학은 아무런 유용성을 가지고 있지 않다. 문학을 하는 자체가 돈이 되는 것도 아니고 문학을 한다고 권력이나 재력을 획득하여 출세하는 것도 아니다. 또한 사회적으로 보아도 문학이 발전한다고 해서 사회가 경제적으로 부강해지는 것도 아니다.

 '무용성의 유용성'이란 이러한 유용성과는 전혀 다른 유용성이다. 다 유용한 것만 있다면 세상은 완전한 통제 사회가 된다. 유용하고 경제적 가치가 있는 것만이 살아남고 그것으로만 가치가 평가되고 그것만이 사회적 의미를 갖기 때문이다. 우리가 사는 자본주의 사회는 알게 모르게 그러한 경향으로 나아가고 있다. 자본주의 사회에서는 모든 것을 경제적인 것으로 환원한다. 사람도 경제적인 것으로 가치를 매기고 평가한다. 바로 이러한 현상을 '소외'나 '물신화'라고 부르기도 한다. 그런데 이러한 물질적 추구 또는 사회적 권력의 추구, 즉 유용성의 추구는 그 자체가 인간을 억압하기도 하고, 그것에 도달하려는 인간 역시 그것 때문에 억압된다. 돈 못 버는 인간, 직업이 없는 인간은 끊임없이 사회에서 밀려나고 사람 대접을 못 받는다. 회사 안에서도 남만큼 실적을 내지 못하는 사람은 무용할 뿐 아니라 회사에 해로운 사람으로 취급받고 결국 조직에서 떨궈지고 만다. 우리는 그런 무용한 인간이 되지 않도록 강요하는 사회적, 개인적 억압 속에서 살아가고 있다. IMF 체제시기에 수많은 실업자들이 자살하거나 집을 나와 노숙자가 되는 것도 다 이런 것과 관련을 맺고 있을 것이다. 그런데 문학은 이러한 유용성이 없다. 무용한 것이기 때문에 이런 현실적 억압으로부터 자유롭고 그것을 벗어나게 해준다.

그렇기 때문에 돈과 권력을 얻기 위해 인간을 억압하는 사회에 대한 자유로운 비판과 해방의 기능을 할 수 있게 된다. 바로 그러한 즐거움이 문학의 즐거움이고 또한 문학의 효용이 아닐까 생각할 수 있다.

기존의 가치와 유용성에 저항하면서 새로움을 만들어내는 데서 오는 즐거움과 그것을 통해 인간의 자유를 끊임없이 확대하고 온갖 억압으로부터 인간의 해방의 가능성을 만들어 내는 것이 바로 문학이 필요한 이유라고 말할 수 있겠다.

그런데 문학의 효용에 대한 이러한 개념 규정은 사실 오래 전부터 러시아 형식주의자들이나 미국의 신비평주의자들에 의해 '낯설게 하기'라는 용어로 설명된 바 있다. 낯설게 하기란 making strange, 불어로는 déformation이라고도 한다. 변형 변화시켜 새롭게 만든다는 뜻이다. 그런데 무엇을 변화시키는가? 문학에서는 바로 언어를 변화시킨다. 우리가 일상적 사용하는 언어적 용법이 아니라 언어에 여러 가지 조작을 가하여 ─ 러시아 형식주의자들은 이를 '일상 언어에 가해진 조직적 폭력'이라는 말로 설명한다 ─ 특별하게 사용하여 기존의 언어에 수반되는 통념적인 의미 통념적인 사고를 벗어나게 하고 이를 통해 세상에 대한 새로운 인식과 사고를 하게 하는 것이다.

한 예로 '결혼'이라는 말을 가지고 생각해 보자. 일상적인 의미에서 결혼은 단란하고 행복한 가정 생활이라는 관념을 동반한다. 그래서 주위에서 누가 결혼한다고 하면 다들 '좋겠다' 또는 '깨 쏟아지겠다' 등의 말을 버릇처럼 내놓는다. 그리고 결혼을 하면 또 당연히 행복해야 된다고 생각한다. 그러나 사실은 꼭 그렇지는 않다. 행복하고 단란한 가정이 얼마나 있겠는가? 어떻게 생각하면, 결혼 생활은 당연히 행복해야 한다는 이런 상투적인 생각 때문에 상대에 불만을 가지고 결국 상대를 괴롭히고 그래서 불행해지는 경우가 더 많을지도 모른다. 그런데 어떤 시인은 '그대는 천사 나라의 비밀 경찰'이라고 결혼식장에 나타난 신부를 표현했다. 행복한 결혼과 아름다운 신부라는 일상적이고 상투적인 관념을 완전히 낯설게 만들고 있다. 이를 통해 어쩌면 사랑의 감옥일 수 있는 결혼 생활의 억압성과 사랑보다는 서로간의 구속과 소유만에 집착하는 우리 사회 결혼 제도의 실제 의미를 생각하게 한다. 이렇게 이 짧은 시구를 통해서 일상의 상투적 언어에 의해 감춰진 은폐된 진실을 드러낸다.

그런데 이는 왜 시어를 통해서 가능할까? 언어라는 것 특히 지시적 의미에 의존하는 일상적인 언어는 항상 부족하다. 사물을 지시하지만 그 사물 자체를 그대로 표현하지 못하기 때문이다. 언어는 부재하는 것 그래서 우리가 욕망하는 것을 대신하는 것이다. 그러나 그것 자체를 대신할 수 없다. 때문에 언어가 표현하는 진실은 항상 부족하고 추상적이고 부분적일 수밖에 없다. 그래서 하이데거는 이런 언어에 의존하는 철학이나 과학의 언어는 세계를 은폐하는 것이고, 시를 포함한 문학의 언어는 반대로 세계를 개진하는 것이라고 설명하기도 했다.

시를 한 편 들어 좀더 구체적으로 이해해 보도록 하자.

> 개 같은 가을이 쳐들어온다.
> 매독 같은 가을.
> 그리고 죽음은, 황혼 그 마비된
> 한 쪽 다리에 찾아온다.
>
> 모든 사물이 습기를 잃고
> 모든 길들의 경계선이 문드러진다.
> 레코드에 담긴 옛 가수의 목소리가 시들고
> 여보세요 죽선이 아니니 죽선이지 죽선아

　　전화선이 허공에서 수신인을 잃고
　　한번 떠나간 애인들은 꿈에도 다시 돌아오지 않는다.

　　그리고 그리고 괴어 있는 기억의 폐수가
　　한없이 말 오줌 냄새를 풍기는 세월의 봉놋방에서
　　나는 부시시 죽었다 깨어난 목소리로 묻는다.
　　어디만큼 왔나 어디까지 가야
　　강물은 바닷가 될 수 있을까.

　　　　　　　　　　－ 최승자 「개 같은 가을이」

　시에 대한 일반적인 통념과는 상당히 거리가 느껴지는 작품이다. 보통 많은 사람들은 시에서 뭔가 예쁘고 고운 그리고 따뜻한 말을 기대한다. 요즘 젊은 학생들이 많이 읽고 또 좋아하는 시들 역시 따뜻하고 안온해서 우리에게 위안을 주는 그런 경향의 시들이다. 그런데 위의 최승자의 시는 이런 기대를 완전히 저버린다. 이 시는 마치 세상에 대해 저주를 퍼붓듯이 세상 모든 것에 대해 부정적인 태도를 보여주고 있다. 이 시는 바로 그러한 세상의 부정적인 모습이 사실은 우리가 사는 세상의 실제 모습이라는 것을 말하고 있기까지 하다. 적어도 시인에게는 그렇게 느껴지고 있는 것이다.

　우리는 ‘가을’ 하면 수확과 풍성함과 아니면 떨어지는 낙엽을 밟으며 느끼는 센티멘탈한 그러나 아름다운 슬픔 같은 것을 생각한다. 그것이 가을에 대한 통념적인 생각이다. ‘아름다운 열매를 위하여 이 비옥한 시간을 가꾸게 하소서’라는 릴케의 시 구절이나 ‘저 기울어진 달빛 그늘로 우리 낙엽을 밟으며 헤어지자’ 등의 유치한 소녀 취향의 낭만적 시 구절들을 생각할 것이다. 풍성함이나 애잔한 슬픔, 아름다운 이별 등등이 가을에 대한 우리의 통념적 느낌이다.

그러나 이 시인에게 가을은 아주 고통스러운 것이다. 아름다운 것이 아니라, 매독같이 더럽고 추악한 고통이다. 황혼은 밀레의 만종에서와 같은 경건한 마무리가 아니라 마비와 죽음이다. 그리고 모든 것이 생명력을 잃고, '모든 길들의 경계선이 문드러지는' 것과 같이 삶의 지향이 사라지고, '전화선이 허공에서 수신인을 잃는' 것에서 알 수 있듯 사람들과의 단절과 소외가 심화된다. 그렇기 때문에 모든 과거는 폐수처럼 세월 속에서 썩어가고 있으면서 아무런 의미도 남기지 못한다. 시인이 보기에 가을은 현대 사회의 인간들이 느끼는 이러한 소외와 절망감을 증폭시키는 계절인 것이다.

이렇듯 이 시는 '가을'의 의미나 거기에서 느껴지는 정서를 몇 개의 말들을 통해 전혀 다른 것으로 만들어 버렸다. 앞서도 지적했듯이 통념 속에서의 가을은 왠지 모를 서글픔에 젖은 감상이거나 풍성한 수확이 주는 충만감이거나 그런 것이다. 가을이라는 말에서는 시나브로 떨어지는 낙엽, 풍성한 가을 들판을 연상한다. 그런데 이런 통념을 가지고 있으면 이런 통념으로만 세상을 보게된다. 사실은 그런지 아닌지 잘 모르지만 가을은 아름다운 것이고 그래야만 할 것 같은 생각을 하게 된다. 그러나 이 시는 가을에서 폐수나 매독을 본다. 그것을 통해서 세상의 척박함을 말하고 있다. 왜 세상이 척박한지는 여러 이유가 있을 것이다. 개인의 경험도 있을 것이고, 사회적 시대적 분위기도 있을 것이고, 아니면 현대 사회에서 인간이 가지는 존재 자체가 그런 것일 수도 있다. 하여간 가을에 대한 통념을 거부하고 세상의 본모습을 바라보는 시인에게 가을은 이런 부정적인 모습으로 '개 같은' 모습으로 나타난다. 그런데 사실은 이 시를 읽으면 누구나 이런 비슷한 감정을 느껴 본 것 같은 생각에 공감할 것이다. 앞서 지적한 통념 때문에 미처 깨닫지는 못했지만, 우리의 현실이 우리의 삶이 그런 측면

을 분명히 가지고 있기 때문이다. 그런데 이 시인은 이러한 통념을
깨고 세상을 다시 보게 한다. 그리고 그것을 통해서 세상의 어둠을
고발하고 더 나은 세계에 대한 시인의 강렬한 열망을 표출한다.

<연습문제>

* 다음의 시를 읽고 아래 질문에 답하면서 낯설게 하기에 대해 생각해
  보자.

> 눈은 살아있다
> 떨어진 눈은 살아있다
> 마당 위에 떨어진 눈은 살아있다
>
> 기침을 하자
> 젊은 시인이여 기침을 하자
> 눈 위에 대고 기침을 하자
> 눈더러 보라고 마음놓고 마음놓고
> 기침을 하자
>
> 눈은 살아있다
> 죽음을 잊어버린 영혼과 육체를 위하여
> 눈은 새벽이 지나도록 살아있다
>
> 기침을 하자
> 젊은 시인이여 기침을 하자
> 눈을 바라보며
> 밤새도록 고인 가슴의 가래라도
> 마음껏 뱉자
>
>   - 김수영, 「눈」

1) 눈의 의미는 무엇인가?

2) '죽음을 잊어버린 영혼과 육체'는 무슨 말일까?

3) 기침을 하고 가래침을 뱉는 행위는 무엇을 말하는 것인가?

제 2 장 시의 이해

1. 시와 운율

문학을 구분하는 가장 일반적이고 전통적인 방법은 시와 산문으로의 구분이다. 그러나 시와 산문을 구별해주는 뚜렷한 변별적 요소는 무엇이며 산문과 다른 시어의 특징은 무엇인가에 대해서는 이론적으로 설명하기 쉽지 않다. 시와 산문을 간결하게 구분해줄 도식적인 이론체계를 정립하는 것이 사실상 불가능하다고 할 수도 있다. 특히 오늘날에는 문학의 장르간의 경계가 모호해지는 경향이 심화되고 있어 이러한 구분 자체가 부정되고 있는 것이 현실이기도 하다.

그렇다고 해서 시를 만드는 본질적인 요소가 존재하지 않는다고 말할 수는 없다. 시를 만드는 가장 기본적인 요소 중의 하나는 운율이라 할 수 있다. 르네 웰렉은 시를 '규범의 구조'라고 정의한 다음, 그 규범을 세 개의 층위로 나누어 설명하고 있다. 첫째는 소리의 층위이고 둘째는 의미 단위의 층위이며 셋째는 표현 대상의 층위로 나누어 설명한다. 그중 그는 첫 번째의 소리의 층위를 시 분석의 가장 기본이 되는 것으로 제시하고 있다. 또한 러시아 형식주의자인 티냐노프는 시의 운율을 야콥슨의 지배소 개념에 상응하는 '구성적 인자'라고 정의하기도 한다.

이렇듯 시의 가장 핵심적인 그리고 시 장르의 예술적 특성을 결정적으로 조건 지우는 요소는 운율이다. 이는 대부분의 시가 정형적인 율문에 의해 쓰여져 온 오랜 문학사적 전통은 물론이고, 운율론을 가리키는 용어인 프로소디(prosody)가 구미에서는 작시법과 동의어로 사용된다는 점에서도 쉽게 확인될 수 있다.

운율이란 무엇일까? 간단히 말하면 시에서 사용되는 말의 소리가 시간적 규칙성을 갖는 것을 말한다. 문학이 원래는 구비문학, 즉 문자가 생기기 전에 입에서 입으로 전수되는 노래나 주문에서 왔기 때문에 음성적인 요소는 문학의 본질적인 조건 중의 하나이다. 말이 리드미컬한 질서, 즉 운율을 가져야 암송과 낭송에 유리하고 함께 따라서 부르기 쉽기에 바로 그렇다. 때문에 운율은 시의 내용을 잘 전달해주는 '정형적인 틀'이라는 생각이 일반적이다.

그러나 운율이 단지 형식적 틀인 것만은 결코 아니다. 운율은 시의 정서나 시인의 생각을 독자들에게 즐겁고 용이하게 전달하게 해주거나 시를 쉽게 기억하게 해주는 단순한 매체이거나, 의미와 분리된 형식으로만 설명될 수 없다. 운율은 시의 정서와 의미를 만들어내거나 또는 그것을 조절하는, 시의 예술성을 규정하고 창조하는 기본적 자질이고 원리이다.

이와 결부하여 또 하나 생각해보아야 할 것이 있다. 시의 운율이 자연의 리듬의 모방이라는 생각도 또한 운율에 대한 올바른 이해에 장애가 되기도 한다. 맥박이나 심장의 고동 같은 인체의 리듬, 계절의 변화, 낮과 밤의 교체, 밀물과 썰물의 반복과 같은 자연 현상의 리듬과 같이 시의 리듬 역시 자연스러운 주기성의 표현으로 시인의 예술적 가공의 몫은 아니라고 생각하기 쉽다. 그러나 시의 리듬과 자연의 리듬은 근본적으로 다른 차원의 것이다. 자연의 리듬은 반복이 영원히 지속되는 항구성을 특징으로 한다. 반면에 시의 리듬은 시작과 끝이 있어 한 개별 작품 내에서 완결된다. 또한 자연의 리듬과는 달리 시의 운율은 자연의 리듬의 정확한 반복을 파괴할 때 보다 분명하고도 의미 있게 감지된다. 자연의 자동화된 리듬을 낯설게 하는 것이 바로 시의 운율이다. 그리고 여기에서 운율의 미학적, 예술적 효과가 생겨난다고 할 수 있다.

또 하나, 시의 음악성이라는 개념에 대해서도 생각해 볼 필요가 있다. 시에서도 음악에서와 같이 소리의 일정한 패턴이 반복될 때 아름다움과 즐거움을 체험하게 해주기 때문에 시의 의미나 시의 정서와는 상관없는 음악적 요소가 시에서 크게 의의를 갖는다는 생각이 어느 정도 일반화되어 있다. 그러나 순수하게 음악적 요소만이 시적 즐거움을 주는 것은 주로 민요 말이나 대중가요 가사 등 노래와 밀접한 관련을 갖는 경우에 해당한다. 시는 어디까지나 언어예술이다. 따라서 운율은 의미와 무관하게 자립적으로 존재할 수는 없다. 시의 운율은 의미를 변화시키거나 새로운 의미를 만들어 낸다. 소리와 의미의 결합을 통해 일상어로는 표현할 수 없는 새로운 의미의 발견을 가능하게 하는 것이다. 이렇게 보았을 때 운율 역시 낯설게 하기의 일종이다. 말의 사용을 일부러 변형시켜, 일상적인 언어 사용이 아니라 말을 특수한 방식으로 새롭게 사용하여 새로운 의미를 만들어 내는 방식 중의 하나가 바로 운율이다.

예를 들어 김소월의 유명한 시 중 한 구절을 생각해 보자.

> 잔디
> 잔디
> 금잔디
> 심심산천에 붙는 불은
> 가신 님 무덤가에
> 핀 금잔디
> — 김소월, 「금잔디」(『진달래 꽃』) 부분

우리는 이 시에서 아주 경쾌한 리듬감을 본다. 그런데 이를 시로 표현하지 않고 그냥 일상적인 산문으로 말했을 때는 '가신 님 무덤가에 고운 금잔디가 피어 있다.' 정도가 될 것인데 위의 표현과 어떤 차이가 있을까? 단순히 리듬감만을 부여한 것만은 아니다. '잔디/ 잔디/ 금잔디', 또 마지막 행의 '핀 금잔디'의 반복과 점층은 님에 대해 갖는 그리움의 마음이 세월을 통해 점점 점층적으로 쌓여가고 깊어 가는 정서적 변화를 표현하고 있다. 이렇듯 운율에서 생기는 리듬감과 소리의 변화는 단순한 시의 틀이 아니라 정서나 의미의 질과 내용을 변화시키는 시적 표현 수단이다.

리듬이나 속도의 변화는 꼭 시에서만 중요한 것은 아니다. 소설이나 영화 같은 다른 장르에서도 물론 중요하다. 예로 영화의 경우를 들어보자. 많은 영화에서 슬로우 모션이 중요한 표현 기법으로 자주 사용된다. 그러나 같은 슬로우 모션이라 하더라도 그것의 표현 방식에 따라 전혀 다른 효과를 가져온다. 홍콩 영화 감독들인 오우삼과 왕가위 감독의 영화에 아주 많이 슬로우 모션이 등장한다. 그러나 이 두 감독의 영화들에서 나오는 슬로우 모션의 느낌이 전혀 다르다. 두 영화 다 주로 총을 쏘거나 아니면 맨몸으로 싸움하는 폭력적인 장면에서 사용된다. 하지만 오우삼 감독의 영화, 예를 들어 「영웅본색」에서의 슬로우 모션 장면은 마치 춤을 추듯 부드럽고 유연해서 아주 아름답게 표현된다. 그러나 왕가위 감독 영화 예를 들어 「열혈남아」 같은 데서의 폭력 장면은 툭툭 끊어지는 듯한 동작의 연속으로 거칠고 광폭하고 때에 따라 역겹게까지 느껴지도록 표현된다. 왕가위 영화와 같은 방식을 '스텝프린트'라 하고 오우삼 영화의 방식 같은 것을 '저속 촬영 기법'이라 하는데 이런 효과가 가능한 것은 순전히 속도와 리듬의 변화 때문이다.

　운율에 대해 생각할 때 현대시와 운율에 관계에 대해서도 다시 한 번 짚고 넘어갈 필요가 있다. 흔히 현대시를 자유시라 이름하고 현대시의 운율을 '내재율'이라는 용어로 설명한다. 현대시는 강제된 율격적 틀에 의존하지 않는다는 것과 그렇기 때문에 명백한 형식적 운율이 드러나지 않고 한편 한편의 시에 숨어있는 내부적 리듬을 보여준다는 점을 지적한 용어라 할 수 있다.

　그러나 이러한 용어가 줄 수 있는 개념상의 혼란이 흔히 현대시의 운율에 대한 잘못된 이해를 만들어 내고 있다. 운율이란 소리의 규칙 즉 정해진 틀을 의미하므로 자유시란 곧 운율이 없다는 것을 의미하고, 내재율이란 극히 개인적이고 주관적인 내적 리듬만을 갖는 것을 말하므로 결국 규칙성과 관계된 운율은 부정되는 것이다. 그리하여 현대시의 운율을 생각하는 것 자체가 넌센스이고 시대착오적이라는 생각이 암암리에 존재하고 있다.

　먼저 운율이라는 개념에 대해 생각해 볼 필요가 있다. 일반적으로 운율(prosody)은 압운(rhyme)과 율격(metre)을 합쳐서 일컫는 말이다. 압운은 일정한 위치에 일정한 소리를 가져오는 규칙성을 말하고, 율격은 일정한 소리의 시간적 반복 규칙을 말하는 것이다. 운율을 좀 더 개념적으로 정의하면 '음의 재현이 반복되리라는 기대감과 함께 진행되는 어떤 소리 패턴의 규칙적 순환' 또는 '율문(verse)'을 이루고 있는 소리의 반복적이고 규칙적인 양식'이라 할 수 있다. 이렇게 보았을 때 운율의 가장 중요한 특질은 바로 규칙성이다. 규칙적으로 반복되는 소리 때문에 우리는 시를 읽으면서 리듬감을 얻게 되고, 특정한 글을 읽으면서 그것이 율문이라는 기대감을 갖게 된다. 시를 쓸 때도 마찬가지이다. 소리의 규칙적 배열이라는 율격적 장치를 통해 율문을 만들어내는 것 역시 이러한 규칙성을 실제 음성으로 현현해 내는 과정인 것이다.

　그런데 우리는 이러한 규칙성을 너무 좁게 생각하는 경향이 있다. 분명한 형식적 규범으로 드러나는 것이 바로 규칙성이고 곧 율격이라고 생각한다. 때문에 형식적 규칙이 겉으로 드러나지 않는 자유시는 바로 이러한 율격이 존재하지 않는 시라는 성급한 결론에 도달하게 된 것이다.

　율격적 규칙이란 명백한 외형적 형식으로만 드러나는 것이 아니다. 뚜렷한 정형적 규칙을 갖지 않는 율문이라도 우리는 그것을 읽게 되면 어떤 리듬감을 느끼게 되고 그 리듬감은 소리의 반복적 규칙적 배열에서부터 오는 것을 알게 된다. 이것은 한 시편에만 존재하는 일회적인 것이거나 주관적으로 느낄 수 있는 것이 아니라 일정한 언어로 시를 쓰거나 읽는 모든 사람이 가지고 있는 공통된 잠재적 능력 같은 것이다. 한 언어를 모국어로 사용하고 그것을 통해 시를 공부한 사람은 이러한 규칙성을 감지하는 능력을 갖게 되고 그것에 따라 율문임을 감지하거나 율문을 스스로 생산해 내게 되는 것이다. 다음의 시 구절을 보자.

> 다정히도 부러오는 바람이길내
> 내숨결 가부엽게 실어보냈지
>
> － 김영랑, 「22번」 부분

　이 시 두 행은, 시의 띄어쓰기나 통사적 연결과는 상관없이 "다정히도/부러오는/바람/이길내// 내숨결/가부엽게/실어/보냈지//"라고 자연스럽게 율독된다. 끊어 읽어야 율동적이라고 느껴진다. 그리고 이러한 율동감은 4마디로 끊어 읽고 각 마디는 2~4음절이 적절히 배분되어야 한다는 나름의 규칙과 관련된다. 우리는 시를 읽으면서 암암리에 이러한 규칙을 파악하고 그것에 따라 시를 읽게 된다. 시인 역시 그러한 규칙을 은연중에 의식하면서 시행을 구성했음은 분명하다.

시를 읽거나 쓸 때 그 근본에 깔려있는 이러한 잠재적 능력을 율격능력(metrical competence)이라 한다. 보통 사람들은 그들이 전에 전혀 암기하거나 들어 본 적도 없는 율문을 무한히 만들어 내고 인지할 수 있다. 이는 특정 언어를 통해 시를 익힌 사람들은 '내면화된 율격의 문법'을 가지고 있기 때문이다. 이렇게 볼 때, 정형시건 자유시건 시가 율문으로 쓰여지고 또 읽히는 한 거기에는 율격적 문법, 즉 율격적 모형이 전제되어 있다고 보아야 한다. 단지 정형시의 경우에는 이러한 율격 모형이 시의 외형적 형태로 분명히 드러남에 비해 자유시의 경우는 보다 일탈과 허용의 범위가 넓은 차이를 가질 뿐이다. 시대와 문학적 관습에 따라 율격적 모형으로부터 상당히 멀어진 율문이 출현할 가능성은 얼마든지 있지만 그럼에도 불구하고 그것이 율문으로 쓰여지고 읽혀지는 한 율격능력으로부터 추출되는 율격모형으로부터 전적으로 자유로울 수는 없을 것이다. "가장 극단적인 자유시에서조차도 율격의 망령은 배후에 존재하고 있다. 우리가 졸 때면 위협적으로 나타나고 우리가 깨어나면 물러선다.(T.S 엘리어트)"는 말은 바로 이런 점을 지적한 것이다. 이렇게 보면 율격적 현상이 시적 형식으로 분명히 드러나는 정형시나 반대로 뚜렷한 외형적 형식을 갖지 않는 자유시나 다 기본적으로 우리의 율격 능력과 관련되고 또한 동일한 율격 모형에 근거하고 있다고 보아야 한다.

이와 결부하여 한 가지 더 생각해보아야 할 것이 있다. 흔히 율격을 시행에 부과되는 강제적인 규율이나 형식적인 구속으로 이해하는 경향이 있다. 그러나 이점에 대한 관점의 전환도 필요하다. 엘리어트는 "가장 졸렬한 시만이 율격에 맹종한다."고 지적한 바 있다. 이 말처럼 율격 규칙에만 매몰된 시, 형식에만 집착한 시는 결코 좋은 시가 될 수 없다. 율격은 평상시의 말에 대한 우리의 습관적인 무감각에서 우리를 일깨우는 해방적인 기능을 갖는다. 운율을 사용한 시적인 리듬을 통해 기존의 일상어의 상투적인 의미를 후경(後景)으로 밀어내며, 새로운 의미, 새로운 정서를 전경화(前景化)해내는 것이다. 이렇게 볼 때 운율은 고정된, 불변의 음의 질서를 만들어 내는 행위이기보다는 일상어와 그것이 말해주는 삶 자체의 고정성, 진부함을 넘어서 새로움을 발견하는 창조적 행위의 산물이다. 이는 정형시건 자유시건 마찬가지이다. 정형적 틀에 비교적 충실한 작품이라도 시의 의미와 정서가 시의 형식적 틀에만 매몰되지 않고 새로운 의미와 감성과 함께 즐겁고 새로운 리듬을 느끼게 해줄 때 시적 성과를 보여준다. 자유시 역시 새로운 시어의 운용을 통한 기존 시어의 고정성을 뒤흔드는 새로운 운율의 모색이지 결코 운율 자체의 부정이거나 그것의 포기일 수는 없다.

앞서도 지적했듯이 운율(prosody)은 압운(rhyme)과 율격(metrics)을 합친 말이다. 압운은 특정한 위치에 특정한 음운을 반복적으로 위치시키는 것을 말한다. 율격은 음운에 부과된 여타의 자질, 길이, 고저, 강약, 호흡 등을 시간적 질서화한 것을 말한다.

음성적 차원의 시적 운율 체계를 대표하는 것이 바로 압운(rhyme)이다. 그러나 우리 시에는 압운이 존재하지 않는다는 것이 통설이다. 압운이란 특정한 위치에 특정한 음성을 가져옴으로써 일상어에서는 얻을 수 없는 소리의 새로운 조직을 얻게 되는 시적 효과이다. 그러나 우리말은 대체로 조사나 어미로 끝을 맺기 때문에 같은 발음의 음절이 특정 위치에 오는 것이 일상어에서 너무 흔히 일어난다. 때문에 일정한 소리의 위치 지움으로 어떤 특별한 효과, 즉 일상어를 변형하여 '말의 낯설게 하기'의 효과를 얻을 수 없다.

1)
> 밝은불밋에 고히어린술잔은
> 흰손가락우으로 넘놀아들고,
> 새장고에마초아 쏩는노래는
> 입살에서입살로 흐득여썰고,
>
>   – 김억,「夜話」부분

2)
> 바람아 바람아 불어라
> 대초야 대초야 썰어져라
> 아들아 아들아 주서라
>
>   – 구전 민요

위의 1)의 시구에서는 동일한 음의 동일한 위치상 반복을 보여주고 있다. 그러나 여기에서 반복은 음성의 반복에 의한 효과보다는 의미의 반복에 의한 효과가 두드러진다. 문의 구조까지 동일해져 있기 때문이다. 동일한 문의 구조에 의한 대구의 효과를 높이기 위해 사용된 문법적 구조의 반복이 음의 반복을 만들어 낸 것일 뿐이다. 2)의 민요는 너무나 의식적인 소리의 반복을 가져와 시적인 효과보다는 유치한 말장난으로 떨어져 버렸다. 이 둘 모두 의미와 소리와의 상관관계 속에서 일어나는 음성에 대한 새로운 인식이 일어나는 압운의 효과와는 거리가 멀다 하겠다.

그러나 우리 시에 압운에 해당하는 음성적 장치가 없는 것은 아니다. 광범한 의미에서 압운이라 할 수 있는 음성 상징(sound symbol)

방법이 널리 사용되고 있다.

> 옛것이 이제 반가운 그 옛날의 것이 내리는데,
> 서러운 서른 살 나의 이마에
> 불현듯 아버지의 서느런 옷자락을 느끼는 것은,
>
>   – 김종길, 「성탄제」 부분

> 여승은 합장하고 절을 했다
> 가지취의 내음새가 났다
> 쓸쓸한 낯이 넷날같이 늙었다.
> 나는 불경처럼 서러워졌다
>
>   – 백석, 「여승」 부분

위의 두 시 모두 'ㅅ'음을 반복적으로 사용하여 특별한 정서적 울림을 만들어내고 있다. 김종길의 시에서는 'ㅅ'음은 시의 전체적인 분위기에 더불어 가볍고 서늘한 느낌 갖게 한다. 이 시는 이를 이용하여 지금 자신의 쓸쓸함과 동시에 가볍게 차가운 흰 눈이 내리는 모습을 느낄 수 있게 해주고 있다. 백석의 시 역시 'ㅅ'음의 음성적 효과를 잘 살리고 있다. 이 시에서의 'ㅅ'음은 쓸쓸하고 삭막한 느낌과 관련된다. 이 시를 읽으면, 시에서는 밝히지 않고 있지만 시간적 배경이 적막한 느낌을 주는 가을이라는 생각을 갖게 되고, 그러한 시간적 배경 하에서 시의 주인공인 여승이 겪은 신산스럽고 삭막한 삶의 여정을 느끼게 해준다.

> 돌담에 속색이는 햇발같이
> 풀아래 웃음짓는 샘물같이

내마음 고요히 고흔 봄길위에
오늘 하로 하늘을 우러르고 싶다.

- 김영랑, 「돌담에 속색이는 햇발같이」 부분

위의 시는 ㄴ, ㄹ, ㅁ 등의 유성자음 때문에 매끄럽고 리드미컬하게 읽힌다. 또한 이런 음색은 읽는 재미를 줄 뿐 아니라 밝고 경쾌한 시적 분위기와도 잘 어울린다. 이렇게 부드러운 소리를 사용하여 아름답고 매끄러운 소리의 결을 만들어내는 표현 방식을 특히 '활음조(euphony)'라 한다. 반대로 듣기 거북한 발음을 반복적으로 사용하는 경우도 있다. 이를 '카커포니(cacophony)'라 한다. 다음 시를 보자.

날
소매
치기 패기
깡그리 깡패면
자유가 결심인데
「선택이여 안녕」하고
보신하여 위험하다.
아아 푸른 하늘 푸른 하늘
너는 너는 미래여!
조직한 세도며
얼얼한 얼마!
지평 수평선상에
기계가
먼동이 튼다.

- 송욱, 「하여지향 12」 부분

이 시에서는 '자유', '푸른 하늘', '먼동' 등 어감과 발음이 좋은 단어와 '깡그리', '깡패', '조직', '기계' 등 거친 발음의 단어가 대립되어 나타나고 있다. 발음하기 껄끄러운 이들 단어의 계속된 사용은 '푸른 하늘', '먼동' 등의 단어가 가지고 있는 희망적인 의미를 뒤집고 그러한 희망이 사실은 불가능하다는 인식을 독자로 하여금 갖게 만든다. 껄끄러운 발음, 불유쾌한 음성의 조합을 통해, 독자들이 쉽게 희망과 위안에 빠져드는 것을 막고 사회와 세상의 부정적 측면을 가차없이 돌아보게 만든다.

다음으로 율격에 대해 살펴보도록 하자. 율격이란 소리의 시간적 반복을 통해 박자를 만들어 내어 리드미컬한 느낌을 만들어 내는 것을 말한다. 그런데 율격은 각 언어의 특성에 따라 각각 다른 형태로 나타난다. 영시는 스트레스에 의한 강약의 반복. 중국의 한시는 사성으로 일본의 하이꾸는 엄격한 글자수의 반복으로 리듬을 만들어 낸다. 그런데 이와 달리 우리 시는 끊어 읽는 마디, 즉 음보를 통해 리듬을 만들어 낸다. 음의 강약이나 음의 고저가 뚜렷하지 않는 우리말은 말의 호흡으로 말의 소리와 의미를 조절한다. 끊어 읽기와 띄어쓰기가 우리말에서 중요하게 여겨지는 이유가 여기에 있다. 시에서도 마찬가지이다. 한 행의 시안에서도 호흡을 두어 끊어 읽게 되는데 그 분할이 바로 음보이다.

전통적인 우리 시는 이 음보의 수를 가지고 정형적인 율격을 만들어 냈다. 4음보와 3음보가 대표적이다. 대체로 시조나 가사 등 지배 계층이 향유하던 시 양식에서는 4음보가 일반적이다. 4음보는 유장하고 안정적이며 그러므로 또한 보수적인 성격을 가지고 있다. 이에 반해 일반 민중들의 시 양식인 민요나 고려 가요 등은 3음보로 되어 있다. 3음보는 불안정한 느낌을 주는 한편 경쾌하고 발랄하며 진취적인 느낌을 갖게 한다.

이러한 전통시의 음보율을 가장 잘 계승하고 발전시킨 이가 바로

김소월이다. 김소월은 3음보와 4음보라는 전통적인 두 가지 음보율
을 시대에 맞게 새롭게 변화시켜 나름의 독특한 시 형식을 만들어냈
다. 흔히 이를 7.5조라 말하기도 한다. 그의 대표작인 「진달래 꽃」의
한 부분을 들어 살펴보자.

> 나보기가/ 역겨워/ 가실(/)때에는/
> 말없이/고이보내/드리(/)오리다/

　위의 시 구절에 표시한 것처럼 3음보와 4음보 두 가지 방식의 읽
기가 가능하다. 그래서 '뒤가 무거운 3음보'라 하기도 하고 '뒤가 가벼
운 4음보'라 부르기도 한다. 3음보가 가진 불안정하지만 경쾌한 리듬
감을 가지면서도 4음보의 유장한 안정감을 동시에 가지고 있다고 할
수 있다. 이러한 운율적 성격은, 서민적인 발랄함과 함께 정관적인
깊이를 함께 가지고 있는 김소월 시의 내용과도 그 맥을 같이 한다.
　그런데 현대시에서는 이런 정형적인 음보율을 사용하지 않는다.
음보의 수를 지키기보다는 음보를 구성하는 호흡을 잘 이용하여 시
적 효과를 나타낸다. 음보가 구성되는 것은 통사적 분단 때문이다.
즉 말의 의미가 거기에서 끊어지고 그렇게 끊어 읽는 것이 자연스럽
게 느껴지기 때문에 음보의 분할이 생겨난다. 그런데 이러한 통사적
분단에 의한 의미의 분절과 소리의 분절을 어긋나게 하거나 변화시
켜 독특한 시적 효과가 생긴다. 김소월의 경우 우리는 흔히 기계적
인 7.5조 리듬을 사용하고 있다고 생각하기 쉬우나 그렇지 않다. 말
의 호흡을 잘 살려 미묘한 의미의 변화를 만들어내는 아주 탁월한
언어적 감각을 김소월의 시는 보여주고 있다. 김소월이 위대한 이유
는 바로 이런 데에 있다. 한 가지만 예를 들어보자.

그립다 말을 할까
하니 그리워

　　　　　- 김소월, 「가는 길」 부분

위의 시 구절은 의미상으로는 '그립다/말을 할까하니/그리워'로 끊어진다. 그러나 김소월은 '말을 할까'와 '하니 그리워' 사이에 행 구분을 하여 의식적으로 끊어 읽게 만든다. 그런데 이는 7.5조 리듬, 즉 뒤가 무거운 3음보에 강제로 맞추기 위해서 만은 아니다. 이를 통해 아주 중요한 의미상의 변화가 초래된다. '말을 할까'와 '하니' 사이에 행 구분에 의한 강제적 휴지를 둠으로써 그립다고 내놓고 말하고 싶은 심정과 그것을 그냥 안으로 삭이면서 가슴 깊이 간직하고 싶은 심정 사이의 망설임과 심리적인 지체를 잘 표현하고 있다. 이렇게 시의 리듬이나 호흡은 단지 외형적 형식만은 아니다. 그것은 의미와 긴밀한 연관을 갖는다. 그래서 티냐노프라는 러시아 형식주의 문학 연구가는 '시에서는 언어의 의미를 소리가 수정한다'라고 정의한 바 있다.

다음의 시를 보자.

한 백년 진흙 속에
숨었다 나온 듯이

게처럼 옆으로
기어가 보노니,

머언 푸른 하늘 알로
가이 없는 모래 밭

　　　　　- 정지용, 「바다2」

이 시는 4음보로 규칙적으로 끊어 읽혀진다. 이러한 규칙성이 마지막 연의 첫 행을 '머언 푸른/하늘 알로'로 읽히게 만든다. 그런데 사실은 의미상으로는 '머언/푸른 하늘/알로'로 읽든지 아니면 '머언/푸른 하늘 알로'로 읽어야 한다. 하지만 이렇게 읽으면 어쩐지 어색하다. 시의 리듬감이 상실되고 만다. 한국어로 시를 경험한 사람은 당연히 '머언 푸른/하늘 알로'이렇게 박자를 맞추어 읽게 될 것이다. 그런데 여기에서도 아주 미묘한 의미상의 변화가 만들어진다. 마치 '머언'이 '푸른'을 꾸미는 것 같은 의미상의 착각이 생겨나면서 푸른색에 대한 새로운 이미지가 만들어진다. '머언 푸른색' 얼마나 그럴듯한 색깔인가? 한없이 맑고 투명한 아득한 파란색, 마치 고려 청자의 빛깔과도 같은 그러한 깊은 파란색을 떠올릴 수 있게 된다.

현대시에서는 말의 호흡과 의미의 어긋남을 행 구분을 통해 만들어 내는 경우가 많다. 이런 것을 특히 '시행 엇붙임'(ensemblement)이라 한다.

> 낡은 거미집 휘두르고
> 끝없는 꿈길에 혼자 설레는
> 마음은 아예 뉘우침 아니라.
> — 이육사, 「교목」 부분

> 화롯불을 피워가며 병아리를 기르고
> 짓이긴 파냄새가 술취한
> 내 이마에 신약처럼 생긋하다.
> — 김수영, 「초봄의 뜰안에」 부분

위에 있는 이육사의 시에서 '설레는'과 '마음은'은 의미상으로 아주 가깝기 때문에 붙여 읽는 것이 자연스럽다. 그런데 시인은 의식적으로 이 두 단어 사이를 행 구분하여 휴지를 만들고 있다. 그렇게 함으로써 '마음은'을 강조하는 효과를 낸다. 그래서 설레고 뉘우치고 하는 어떠한 심리적 변화에도 변치 않는 확고한 마음 다짐을 보다 분명히 표현해주고 있다. 아래에 있는 김수영의 시에서도 '술 취한'과 '내 이마'는 의미상으로 긴밀하기 때문에 붙여 읽는 것이 자연스럽다. 그러나 행 구분을 함으로써 술 취한 몽롱한 상태를 일부러 지속시켜 그런 상태를 깨치고 난 후에 갖게 되는 생긋한 느낌의 새로움을 강조하고 있다.

<연습문제>

* 다음 시의 리듬을 분석하면서 시의 의미를 생각해 보자.

풀

김 수 영

풀이 눕는다
비를 몰아오는 동풍에 나부껴
풀은 눕고
드디어 울었다
날이 흐려서 더 울다가
다시 누웠다

풀이 눕는다
바람보다도 더 빨리 눕는다
바람보다도 더 빨리 울고
바람보다도 먼저 일어난다

날이 흐리고 풀이 눕는다
발목까지
발밑까지 눕는다
바람보다 늦게 누워도
바람보다 먼저 일어나고
바람보다 늦게 울어도
바람보다 먼저 웃는다
날이 흐리고 풀뿌리가 눕는다

2. 시와 이미지

이미지란 심상(心象) 즉 말에 의해 마음 속에 그려지는 사물의 그림이다. 그것을 다른 말로 다시 설명하면 '감각 경험의 모사'라고 할 수 있다. 시의 이미지란 언어를 통해 사물을 그대로 구체적인 모습으로 보여주는 것이다. 그런데 사물을 구체적으로 보여준다는 것은 글을 쓰는 사람이 경험한 바, 즉 사물을 감각한 체험을 그대로 실감하게 해주는 것을 말한다. 이것이 바로 이미지이다.

가령 '꽃이 아름답다'라고 말하면 그것은 아무런 실감을 주지 못한다. 너무나 흔하고 평범한 말이어서 아무 것도 떠오르는 것이 없다. 그런데 한 시인이 꽃을 보고 다음과 같이 표현했다.

> 불면 꺼질 듯
> 꺼져서는 다시 피어날 듯
> 안개처럼 자욱이 서려있는
> 꽃
>   – 이수익, 「안개꽃」 부분

이 시 구절을 읽으면 안개꽃의 모습이 선명히 연상된다. 희미하고 가벼운 느낌이면서도 마치 꿈같은 아름다움을 가지고 있는 안개꽃의 모습이 마치 눈앞에 그려지는 것처럼 느껴진다. 이렇게 시에서 표현하고자 하는 대상의 모습을 구체적으로 떠올려 주고, 감각적 경험으

로 느끼게 해 주는 것이 바로 이미지이다.

그런데 현대시에 와서 이 이미지의 중요성이 점차 커지고 있다. 에즈라 파운드는 시를 음악시, 회화시, 언어시로 구분하면서 현대시는 전통적인 음악시에서 회화시나 언어시로 나아간다고 지적한 바 있다. 음악시는 리듬과 음악성을 중시하는 시로 감정의 직접적인 표출이 특징이다. 낭만주의 시대의 시들이 여기에 속한다고 할 수 있다. 우리 시에서는 소월이나 영랑의 시를 생각하면 될 것이다. 회화시는 이미지를 위주로 하는 시이고 언어시는 언어의 변용을 통한 논리와 의미의 변화를 추구해서 새로운 세계 인식 보여주는 시이다. 전자의 시에는 정지용과 김기림의 시를 들 수 있겠고 후자의 시로는 송욱과 김수영의 시를 들 수 있다.

현대시는 음악시에서 회화시로의 변화가 두드러진다. 음악적 구성의 시에서 조형적 시각적 구성의 시로 바뀌어가고 있다. 그 이유는 먼저 시가 낭송보다는 눈으로 읽는 형태로 변화되어가기 때문이다. 과거의 시는 노래의 기능을 가지고 있었다. 공동의 정서와 의식을 서로 공유하고 확인하는 도구로서의 노래라는 성격을 가지고 있었다. 같이 노동을 하면서 노동요를 부른다거나 아니면 집단적 행사에서 공동체적 유대를 확인하기 위해 함께 노래를 부르기도 했다. 시는 바로 이러한 노래와 관련이 있었다. 그러나 현대사회로 오면서 시는 개인의 감정이나 정서를 표현하는 수단으로 바뀌어진다.

다음으로는, 현대사회의 복잡성을 들 수 있다. 사회가 복잡하고 그 사회 속에 사는 사람들의 경험이 그만큼 다양화해짐에 따라 그것을 표현하는 데는 개인의 감각적 구체성을 필요로 하게 된다. 예를 들어, 이별의 슬픔을 노래한 시들을 생각해 보자. 과거나 지금이나 그런 시들은 아주 많이 존재할 것이다. 그런데 근대 이전의 시들에 있어서 그 이별의 이유는 비교적 간단하다. 죽거나 아니면 전쟁에 나가거나 아니면 남자가 여자를 버린 경우일 것이다. 그리고 이런 이유에서 생겨나는 이별의 감정도 그다지 개인적 편차가 드러나지 않는다. 김소월의 시에서의 이별 역시 이러한 전통적 이별이다. 그러나 현대 사회에서의 이별이란 무수히 많은 경우의 수가 있을 것이다. 옛날처럼 죽거나 버림받은 이별도 있겠지만, 이혼의 이별, 출장 가서 생긴 이별, 외국으로 떠나가서 아니면 서로 사랑하면서도 느끼는 고독감 등 수많은 복잡한 개인적인 형태의 이별들이 있을 수 있다. 그래서 생기는 이별의 감정은 개인 나름의 개성적인 것이어서 다른 사람이 그 경험을 쉽게 공유할 수 없다. 그런 복잡하고 다양하면서도 개인적인 것들을 남들이 이해할 수 있도록 표현하기 위해서는 기존의 서로 공유하는 언어가 아닌 새로운 언어 새로운 형상을 만들어 구체적 감각을 제시할 필요가 있다. 그러기 위한 가장 좋은 수단이 바로 시에서의 이미지이다.

그럼 이미지는 시에서 어떠한 기능을 하는가?

먼저, 정서를 전달한다. 시적 정서를 감각적 구체성으로 표현하기 위한 수단이 바로 이미지이다. 엘리어트는 이를 '객관적 상관물'이라는 말로 정의했다. 어떤 정서나 감정을 그대로 생경하게 표현하는 것이 아니라 구체적 사물을 통하여 정서를 간접적으로 드러내는 것이다. 이렇게 함으로써 정서의 밀도와 진실성을 높인다.

예를 들어, '나는 외롭다.'고 시에서 수없이 반복한다 해도 슬픔의 감정이 독자에게 설득력 있게 전달되지 않는다. 외로움이라는 정서를 표현하기 위해서는 그 정서를 표현하기 위한 구체적인 이미지 즉 객관적 상관물이 필요하다. 아래 시를 보자.

미아리 날맹이 위로 뜨는 크리스마스 이브의 달
망우리 산너머 망자들의 등 뒤로 뜨는 달
습기를 품은 밤 공기는 외로와 외로와
산을 껴안고 눈으로 내릴까
바다에 닿아 비로 풀릴까
땅위의 노래는 아직 어지럽고
달무리 하얀 피로 번지는데
괴로워 괴로워 우리들은 모두
어디로 떨어지고 있는 유성인가.

　　　　　　　　－ 최승자, 「크리스마스 이브의 달」

　시인은 외로움에 괴로워하고 있다. 그 외로움의 고통을 시인은 직접 말로 표현하고 있다. '외로와 외로와', '괴로워 괴로워'라는 반복적 어구를 통해 시인의 외로운 정서를 강조하고 있다. 그러나 시인의 정서를 보다 구체적으로 생생하게 독자들에게 전달해주는 것은 이러한 반복에 의한 강조법이 아니라, 시인의 외로움을 선명하게 드러내고 있는 이미지이다. '크리스마스 이브의 달'이 그러한 이미지를 만들어내는 객관적 상관물의 역할을 하고 있다. 지상에서는 모든 즐거움들이 찬란하게 꽃피고 있고 모든 욕망들이 화려하게 춤추고 있는 것이 바로 크리스마스 이브이다. 이러한 크리스마스 이브에 희미하게 떠 있는 달은 지상의 모든 즐거움과 욕망 충족으로부터 소외되어 있는 시인의 쓸쓸한 심정을 아주 잘 표현해 주는 객관적 상관물이다.
　여러 개의 이미지를 중첩하여 새로운 의미를 만들어 내는 의미의 확대 작업 역시 이미지의 주요한 기능 중의 하나이다. 서로 상반되거나 또는 어울릴 것 같지 않은 이미지들을 중첩시켜 전혀 새로운 의미를 만들어내는 것이다. 특히 이는 주지적인 현대시에서 많이 사용하는 방식이다.

더러는
沃土에 떨어지는 작은 생명이고져

흠도 티도
금가지 않은
나의 전체는 오직 이뿐.

더욱 값진 것으로
드리리라 하올제
나의 가장 나아종 지닌 것도 이뿐.

아름다운 나무의 꽃이 시듦을 보시고
열매를 맺게 하신 당신은
나의 웃음을 만드신 후에
새로이 나의 눈물을 지어 주시다.

— 김현승 「눈물」

　여기서는 여러 가지 이미지들이 사용되고 있다. 눈물을 여러 가지 이미지로 표현하고 있다. '옥토에 떨어지는 작은 생명'은 씨앗의 이미지를, '흠도 티도 금가지 않은'은 보석의 이미지를 나타내고 거기에 열매의 이미지를 첨가하고 있다. 눈물을 씨앗, 보석, 열매와 연결시켜 눈물에 새로운 의미를 부여하고 있다. 영원한 생명을 가진 보석처럼 단단하고 영롱한 것으로 눈물을 표현함으로 '눈물은 슬픔'이라는 일반적이고 일상적인 의미 이상의 새로운 의미를 만들어 내고 있다. 자신의 가장 심연에 도달할 때 느껴지는 가장 본질적이고 순수한 감정이 바로 눈물인 것이다.

　흔히 이미지는 시각적인 것만을 생각하기 쉽다.

> 오늘 아침 청계천을 꽉 메운 차들
> 내려다보고 있을 때 문득 스치는 풍경
> 길고 긴 피난민 행렬, 우리들의 무의식
> 울지도 못하고 떠밀려 가는 보따리 행렬
> 죽어서도 못 썩을 우리들의 음화
>
> 　　　　　　　　– 김혜순, 「우리들의 음화」 부분

　위의 시는 시각적인 이미지에 크게 의존하고 있다. 청계천의 번잡한 풍경 속에서 6·25 때의 피난민 행렬을 보게 만든다. 그것을 통해 이 복잡한 도시에 사는 우리의 삶이 전쟁통에 피난 가는 사람들의 삶과 무엇이 다르겠냐는 인식을 보여준다.

> 밤은 소리들의 나라
> 보드라운 날카로운 엷고 때론 아득히
> 공고한 것이여 높고 낮은
> 울렁임 가득히 영글어가는 귀한 것이여
> 밤은 불멸의
> 아, 저 숱한 소리들의 나라
>
> 　　　　　　　　– 김지하, 「밤나라」 부분

　이 시는 시각적인 것보다는 청각적인 이미지에 더 크게 의존하고 있다. 아무 것도 보이지 않기 때문에 모든 소리들이 생겨나고 점차 커져 가는 밤은 소리들의 나라이다. 모든 소리들이 살아나고 그것을 통해 모든 움직임들이 생동감을 갖게 되는 밤의 나라를 시인을 꿈꾸고 있다. 모든 것이 침묵하고 어떠한 저항의 소리도 없던 70년대 유신 시대의 숨막힌 정치적 환경 속에서의 시인의 소망을 소리의 이미지를 통해 아주 잘 표현해주고 있는 작품이다.

> 이 맑은 가을 햇살 속에선
> 누구도 어쩔 수 없다.
> 그냥 나이 먹고 철이 들 수밖에는
>
> 젊은 날
> 떫고 비리던 내 피도
> 저 붉은 단감으로 익을 수밖에는
>
> — 허영자, 「감」

　이 시의 이미지는 미각이라는 감각과 관련되어 있다. 젊음을 떫은 맛으로 그리고 나이듬을 단맛으로 표현함으로써 인간의 인격적 성숙과 안정감을 구체적 감각으로 잘 전달해 주고 있다.

> 유리에 차고 슬픈 것이 아른거린다
> 열없이 붙어 서서 입김을 흐리우니
> 길들은 양 언 날개를 파닥거린다
> 지우고 보고 지우고 보아도
> 새까만 밤이 밀려 나가고 밀려와 부딪치고
> 물먹은 별이 반짝 보석처럼 박힌다
> 밤에 홀로 유리를 닦는 것은
> 외로운 황홀한 심사이어니
> 고운 폐혈관이 찢어진 채로
> 아아, 늬는 산새처럼 날아 갔구나
>
> — 정지용, 「유리창」

　자식을 저 세상으로 떠나 보내고 난 서글픈 심정을 표현한 시다. 싸늘한 시신에서 느껴지는 차가운 죽음의 느낌과 죽은 자식 때문에 생긴 삶의 허전하고 막막한 공백감을 유리창의 차가운 촉각적 감각을 통해 아주 선명하게 표현해주고 있다. 이런 것을 촉각적 이미지라 할 수 있다.

> 양철로 만든 달이 하나 수면 위에 떨어지고
> 부서지는 얼음소리가
> 날카로운 호적같이 옷소매에 스며든다
>
> 해맑은 밤바람이 이마에 서리는
> 여울가 모래밭에 홀로 거닐면
>
> 노을에 빛나는 은모래같이
> 호수는 한 포기 화려한 꽃밭이 되고
> 여윈 추억의 가지엔
> 조각난 빙설이 눈부신 빛을 하다.
>
> — 김광균, '성호부근'

이미지는 하나의 감각에만 관련된 것은 아니다. 위의 시에서 차가운 겨울 호수에 비친 달의 이미지는 '부서지는 얼음소리'와 '날카로운 호적'이라는 청각적 이미지로 나타나기도 하고 옷소매에 스며드는 차가운 바람 같은 촉각적인 이미지로 변용되기도 한다. 이 모든 것들이 합쳐져서 겨울 호수의 차갑고도 고요하고 쓸쓸하지만 그래서 아름다운 풍경을 선명하게 보여주고 있다. 이렇게 여러 가지의 감각들이 복합되어 감각의 체험을 총체적이고 입체적으로 재현하기도 한다. 이를 특히 '공감각적 이미지'라 부른다.

시적 이미지는 보통 비유를 통해서 만들어진다. 비유는 A(원관념)라는 사물을 B(보조관념)라는 다른 말로 대신해서 표현하는 것이다. 이렇게 표현해야 하는 이유는 보다 이해를 쉽게 하기 위해서이다. 그래서 아리스토텔레스는 '비유란 미지의 것을 기지의 것으로 표현하는 것'이라고 정의한 바 있다. "나의 사랑은 붉은 장미"라고 비유를 통해 말했을 때, 아직 독자가 시인이 느낀 사랑의 실체를 알지 못할 때 '붉은 장미'라는 이미 다 알고 있는 것으로 대신 표현하는 것이다.

그런데 왜 시에서는 비유가 필요할까? 인간의 언어란 항상 표현하고자 하는 대상보다 빈약할 수밖에 없다. 그것을 보충하기 위한 것이 비유이다. 예를 들어 자기 앞에 있는 책상을 다른 사람에게 알리기 위해 그냥 '여기 책상이 있다'라고 말했을 때 그것은 너무 막연하다. 책상이란 말은 그 대상의 한 속성, 즉 쓰임새만을 지칭하는 용어이기 때문이다. 그것을 넘어서서 감각적 구체성으로 책상을 표현하기 위해서는 다른 사물로 빗대어 말하는 비유가 필요하다. 사랑이라는 말도 생각해 보자. 사랑이란 아주 복잡한 정신적, 육체적 반응을 지칭하는 용어일 것이다. 예를 들어 호르몬의 분비, 혈압의 상승, 맥박의 빨라짐 이런 신체적 특징과 함께 사랑이 가진 역사적, 사회적 의미, 또는 종족보존이라는 생물학적 의미와 거기에서 기인하는 인간의 다종다양한 감정 상태 이 모든 것을 사랑이란 말은 포함하고 있을 것이다. 그러나 사랑이라는 말만으로는 이 모든 것을 표현할 수 없다. 그 많은 사랑의 감정 중에 표현하고자 하는 어떤 특별한 감정 상태를 표현하기 위해서는 사랑이라는 말 이외에도 그것을 표현할 수 있는 어떤 다른 대상이 필요하다. 그것이 바로 비유가 필요한 이유이다.

그런데 이렇게 비유가 이루어질 수 있는 것은 A(원관념 tenor)와 B(보조관념 vehicle) 사이의 유사성 때문이다. A와 B가 어떤 점에서 공통점을 가지고 있기 때문이다. 그런데 그런 공통점이 너무 쉽게 드러나면, 즉 A와 B가 너무 가까우면 그것은 비유로서 가치가 없다. 예를 들어 '달같이 둥근 얼굴'이라는 비유는 비유로서의 아무런 효과가 없다. '인생은 나그네길' 이런 비유 역시 너무 흔하고 상투적이다. 이런 상투적인 비유를 크리셰(cliché)라 한다. 시에서는 가장 하급의 표현으로 여기는 비유이다. 그런데 똑같은 말을 세익스피어는 '인생은 걸어 다니는 그림자'라고 표현했다. 얼마나 참신한가? 시적 비유에서는 이렇게 원관념과 보조관념 사이에 유사성과 함께 거리가 필요하다.

> 사랑하는 나의 하느님, 당신은
> 푸줏간에 걸린 커다란 살점이다.
>
> – 김춘수, 「나의 하나님」 부분

　위의 김춘수의 시 구절은 원관념과 보조관념 사이가 멀다. 그 만큼 거기에는 새로운 의미가 생겨날 여지가 많게 된다. 하느님에 대한 새로운 의미 해석 의미의 확대가 가능하게 된다. '저녁 노을은 수술대 위의 마취환자'라는 엘리어트의 시 구절처럼 원관념과 보조관념 사이의 거리가 멀 때 단순한 감각적 구체성만이 아니라 거기에서 새로운 의미까지도 만들어 낸다. 저녁 노을은 현대문명의 몰락을 예감하게 한다. 그런데 왜 이런 거리가 필요할까? 시에서의 비유는 단지 A라는 사물을 B로 바꾸어서 표현하는 것만은 아니다. 그것을 통해서 새로운 의미를 만들어 내는 것이다. 예를 들어 서정주의 유명한 '국화 옆에서'라는 시에서 '내 누님 같이 생긴 꽃이여'라는 구절을 생각해 보자. 누님을 국화로 단지 대치시켜 표현하는 효과만 있는 것이 아니다. 즉 누나와 국화가 그대로 바뀌어지는 것만은 아니다. 누나와 국화가 만나면서 의미의 전이가 생긴다. 시인의 누나인 중년 여인에 대한 새로운 이미지와 관념을 만들어 낸다. 국화를 통해 중년여인의 원숙미라는 새로운 의미의 확대가 생겨난 것이다.

휠라이트라는 언어학자는 비유를 치환은유(epiphora)와 병치은유(diaphora)라는 개념으로 나누어 설명하기도 한다. 치환은유는 보통의 은유를 말한다. 즉 A라는 원관념을 B라는 보조관념으로 치환해서 표현하는 은유를 말한다. 여기서는 원관념과 보조관념이 1:1의 대응관계로 전화된다. 예를 들어 다음과 같은 시구들에서 보이는 은유이다.

> 구름은 보랏빛 색지 우에
> 마구 칠한 한다발 장미
>
>   – 김광균, 「데상」 부분

> 이 마을 전설이 주절이 주절이 열리고
> 먼데 하늘이 꿈꾸며 알알이 들어와 박혀
>
>   – 이육사, 「청포도」 부분

위의 김광균의 시구에서는 구름을 장미로 비유하여 구름에 대한 감각적인 구체성을 만들어 낸다. 구름을 본 느낌을 생생한 감각으로 전달하고 있다. 아래 이육사의 시에서의 청포도는 전설과 꿈을 표현하고 있다. 이들 원관념과 보조관념 사이에는 직접적인 상관성이나 동질성은 없다. 그러나 이렇게 거리가 있는 것의 거리를 좁혀 의미를 만들어 내는 것이 바로 은유이다. 청포도의 파란색의 희망적인 느낌과 전설과 꿈을 연결시켜 조국 해방의 염원을 표현하고 있다고도 볼 수 있다. 이렇게 하나의 사물을 다른 것으로 변화시켜 감각적 구체성을 만들어 내거나 의미를 새롭게 하는 것이 바로 치환은유이다.

병치은유는 여러 개의 이미지나 개념들이 동시에 작용하여 의미의

새로운 창조가 일어나는 것을 말한다. 예를 들어 다음과 같은 에즈라 파운드의 유명한 시를 생각해 보자.

> 군중 속에 있는 얼굴들의 환영
> 축축한 검은 가지 위의 꽃잎들
>
> - 에즈라 파운드, 「지하철역에서」

군중들의 얼굴이 꽃잎들로 치환되어 있는 것만은 아니다. 군중들의 얼굴과 검은 가지, 꽃잎을 병치시킴으로서 새로운 이미지 또한 새로운 의미를 만들어 낸다. 현대 사회에 대한 이미지 즉 황폐하고 삭막하고 비생명적인 상황과 거기에 사는 사람들의 시체 같은 모습을 말하고 있다.

그런데 시속에서 은유는 이 두 가지가 한꺼번에 작용하는 경우가 많다. 원관념 하나에 여러 개의 보조관념이 붙어 있는 경우 이를 확장은유라 하는데 이때 보조관념들 사이에 병치은유의 효과가 생긴다. 다음과 같은 시적 표현을 보자.

> 그 여자의 눈은
> 깊숙이 어둠 속에 갇힌 야수
> 우수와 섹스

이 구절에는 다양한 비유가 있다. 여자의 눈은 야수이고 야수는 또한 우수와 섹스이며 여자의 눈은 또한 우수와 섹스이다. 이를 통해서 '우수에 젖은 여자의 눈이 섹스를 그리는 한 마리 야수이다.'라는 산문적인 해석도 할 수 있지만 섹스가 가진 우수 즉 우울한 섹스라는 현대인의 욕망과 그 욕망의 야수와 같은 파괴성을 함축한다.

그렇게 함으로써 아름다운 여인의 모습 속에 감추어진 현대인의 욕망의 모습이라는 새로운 의미를 만들어낸다. 이렇게 시 구절 안에 함께 쓰인 중첩적인 비유들이 새로운 의미를 만들어내는 것이 특히 현대시의 중요한 한 경향이다.

구조주의 언어학자인 야콥슨은 비유를 은유와 환유로 나누어 설명한다. 모든 단어는 관계 속에서 의미가 형성된다. 이것이 구조주의의 기본적인 이론의 토대이다. 언어뿐 아니라 모든 것이 의미를 가지는 것은 관계 속에서라는 것이다. 예를 들어 우리 자신이 자기 자신으로서의 자기동일성을 갖는 것은 나라는 특별한 존재론적인 징표가 있어서가 아니라 나 아닌 다른 사람과의 관계에서부터이다. 가족, 친구, 학교 안에서의 위치 등 모든 사회적 관계 속에서 '나'가 규정된다. 나의 태도, 나의 존재의 의미, 나의 역할, 내가 해야 할 일 모두가 이런 관계 속에서 결정된다고 할 수 있다. 이는 바로 주체의 소거이다. 데카르트 이후 서구 철학은 '나는 생각한다. 고로 나는 존재한다.'라는 말에서처럼 '나'가 사고의 중심이었다. 그런데 구조주의에서는 그것이 사라진다. 언어도 마찬가지이다. 예를 들어 '사과'라는 단어가 의미를 갖는 것은 다른 단어와의 관계 때문에 가능하다.

사과는 배나 감이 아니기 때문에 이들과의 관계 속에서 사과라는 의미를 갖는다. 또한 사과는 '나는 사과를 먹는다', 또는 '나는 사과를 깎는다.'에서처럼 사과와 '먹는다' 또는 '깎는다' 라는 말들과는 관계를 가진다. '사과를 죽인다.'는 말을 할 수가 없다. 이러한 단어들의 관계를 전자를 계열축이라 하고 후자를 통합축이라 한다. 야콥슨은 이러한 두 축에 이상이 생길 때 실어증이 생긴다고 설명한다. 계열축을 혼동하여 아무 단어나 사용하는 것이 전자이다. '나는 사과를 먹는다.'라고 해야 하는데 '나'라는 말을 잃어버려 '개'를 선택하고 '사과'가 생각나지 않아 '호박'을 선택하는 그런 식이다. 그래서 '개가 호박을 먹는다.'라고 말하는 사람이 있다면 이는 전자의 실어증 환자이다. 후자는 계열에는 이상이 없는데 통합축에 이상이 있는 경우 '먹는 사과가 나야' 등으로 말한다면 이것이 바로 이런 유형의 실어증이다.

그런데 계열축에 따른 단어의 바꿈이 있을 때 이것이 은유이다. 어떤 사람이 사과가 열린 사과나무를 보고 '우리의 사랑이 열려있다.'라고 표현했다면 '사과-사랑'의 단어 바꿈이 이루어진 것인데 그것이 바로 은유이다. 반대로 통합축 안에서의 단어 바꿈이 환유이다. 예를 들어보자. '배가 바다를 가로질렀다'라는 문장을 '머큐리의 쟁기가 푸른 대지를 가로질렀다.'로 표현한다면 이는 은유가 된다. 그런데 '용골이 심연을 가로질렀다.'로 표현한다면 그것은 환유가 된다. 이는 '배의 용골이 바다의 심연을 가로질렀다.'의 축약이다. 이때 용골과 배의 관계는 통합의 관계이다. 돛은 배의 구성 요소이기 때문이다. 심연 역시 바다의 한 속성으로 바다라는 말과는 통합관계를 이루고 있다.

그에 따르면 은유의 방식이 서정시의 원리이고 환유는 서사문학 즉 소설의 원리가 된다. 예를 들어 조정래의 『태백산맥』에서 지리산 빨치산의 이야기로 우리 현대사를 말했다면 그것은 환유이다. 빨치산은 우리 현대사의 한 구성요소이기 때문이다. 그런데 어떤 시인이 '해마다 봄이 오면 붉은 꽃이 모든 산하를 뒤덮는다.'라고 노래했다면 그 때의 '붉은 꽃'은 죽어간 빨치산들의 혁명혼이라고 말할 수가 있다. 그것은 은유이다.

<연습문제>

1. 다음 시의 비유를 분석해 보자.

> 이는 먼
> 해와 달의 속삭임
> 비밀한 울음
> 한번만의 어느 날의
> 아픈 피흘림
> 먼 별에서 별에로의
> 길 섶 위에 떨어진
> 다시는 못 돌이킬
> 엇갈림의 핏방울
> 꺼질 듯 보드라운
> 황홀한 한 떨기의 아름다운 정적
> 펼치면 일렁이는
> 사랑의 호심(湖心)아
>
> > ― 박두진, 「꽃」

2. 다음 시를 읽고 어떤 비유와 이미지가 사용되었는지 다각도로 생각해 보자.

> 그대 머리맡이나 옆구리로
> 굽이치며 흘러드는 물줄기
>
> 싱싱한가, 한풍에 배를 밀고 가는 새떼들
> 물갈퀴처럼 손발 시려운가
>
> 마른 갈대숲에
> 차마 얼어붙지 않으려
> 살얼음 깨무는 달빛 차가운 밤

가슴 밑바닥 자갈 이끼,
흔들며 치솟는 샘줄기에 입 대고 있는가

새의 발목에 악수를 건네는
솔 그림자처럼, 그대에게 가리라
살얼음에 청침을 벼리는
솔잎처럼

　　　　　　　　　　– 이정록, 「겨울 저수지에서 쓰는 편지」

3. 시와 어조

어조(tone)는 말하는 사람의 태도를 말한다. 같은 내용의 말을 하더라도 말하는 태도의 차이에 따라 그 말의 의미하는 바가 전혀 다를 수 있다. 이런 말의 태도를 어조라 한다. 예를 들어보자.

1) 문 좀 닫아 주세요.
2) 문이 열려 몹시 춥군요.
3) 문 좀 닫으면 큰일나나요.

위의 세 문장의 의미상의 내용은 서로 같다. 그러나 거기에서 일어나는 정서적 의미는 전혀 다르다. 1)의 경우는 공손한 일반적인 부탁이다. 2)는 일부러 우회적으로 말하여 상대방의 잘못을 지적하고 있다. 이에 비해 3)은 힐난과 비판의 성격이 강하다. 이렇게 어조는 단순한 말하는 습관의 차이가 아니라 말의 의미를 결정하는 주요한 요소가 된다.

특히 말의 섬세한 운용을 중시하는 시에서는 이러한 어조가 아주 중요하다. 어조의 변화를 통해서 다양한 정서의 미묘한 질감을 표현한다. 예를 들어 김상용의 「남으로 창을 내겠소」라는 시의 마지막 구절을 생각해 보자. '왜 사냐건/웃지요'로 끝나고 있다. 이를 그냥 '왜 사냐고 물으시면, 그냥 웃습니다.'라고 말했을 때와는 거기서 느껴지는 정서가 사뭇 다르다. 세상에 대해서 모든 것을 떨쳐버린 유유자적한 탈속의 경지가 아주 잘 느껴진다. 시인이 세상에 대해 부끄러워하고 나서기 싫어하는 태도가 이 말 속에 특히 말의 어조 속에 묻어 있기 때문이다.

그런데 시에서의 어조는 화자를 통해 드러난다. 시의 화자란 시에서 자신의 정서를 말하는 사람을 말한다. 시에서 화자의 태도에는 세 가지가 있다. 첫째는 자기 독백적인 태도이다. 시인이 자신의 마음을 직접 토로하는 태도이다. 일반적인 서정시는 대개 이런 어조로 쓰여져 있다.

> 모란이 피기까지는
> 나는 아직 나의 봄을 기다리고 있을 테요.
> 모란이 뚝뚝 떨어져 버린 날
> 나는 비로소 봄을 여읜 설움에 잠길 테요.
>
> — 김영랑, 「모란이 피기까지는」 부분

시인이 직접 나서 자신의 감정을 토로하고 있다. 자신의 모든 소망과 꿈을 담아 기다리던 어떤 욕망이 쉬이 사라져 버리고 난 섭섭함과 아쉬움이 아주 잘 드러난 시이다. 그런데 그러한 아쉬움과 서운함이 존재함으로 해서 모란으로 표현된 찬란한 욕망이 더욱 아름다운 것으로 나타난다. 이 시는 이런 섬세한 시인의 내면의 정서를 표현하기 위해 독백적인 어조를 사용하고 있고 이를 통해 시적 감정의 진정성을 훨씬 높여 주고 있다.

두 번째는 권유형의 진술적 태도이다. 이는 다른 사람에게 자신의 주장을 설득하는 태도로서 다른 사람의 각성을 유도하는 계몽적인 시에 많이 쓰인다.

어머니
당신은 그 먼 나라를 알으십니까?

깊은 산림지대를 끼고 돌면
고요한 호수에 흰 물새 날고
좁은 들길에 야장미 열매 붉어
멀리 노루새끼 마음놓고 뛰어 다니는
아무도 살지 않는 그 먼 나라를 알으십니까?

그 나라에 가실 때에는 부디 잊지 마세요.
나와 같이 그 나라에 가서 비둘기를 키웁시다.

어머니
당신은 그 먼 나라를 알으십니까?

산비탈 넌지시 타고 내려오면
양지 밭에 흰 염소 한가히 풀을 뜯고
길솟는 옥수수 밭에 해는 저물어 저물어
먼 바다 물소리 구슬피 들려오는
아무도 살지 않는 그 먼 나라를 알으십니까?
········ 중략 ······

양지 밭 과수원에 꿀벌이 잉잉 거릴 때
나와 함께 그 샛빨간 능금을 또옥 똑 따지 않으시렵니까?

　　　　　　 - 신석정, 「그 먼 나라를 알으십니까」 부분

　이 시에서 시적 화자는 시적 청자인 '어머니'에게 말을 건네고 무
언가를 권유하는 형식을 취하고 있다. 그것을 통해 자신이 꿈꾸어
오던 유토피아적 세계관을 자연스럽게 제시하면서 그 세계야말로 도
달해야 할 그리고 회복해야 할 아름다운 세계임을 강조하고 있다.
또한 이 시가 취하고 권유적 진술의 태도는 시인이 제시하고 있는

이상향의 세계가 정말 가야만 할 곳이라는 생각을 독자들로 하여금
갖게 만든다.

> 우리 모두 화살이 되어
> 온몸으로 가자
> 허공 뚫고
> 온몸으로 가자
> 가서는 돌아오지 말자
> 박혀서
> 박힌 아픔과 함께 썩어서 돌아오지 말자
>
> > — 고은, 「화살」 부분

　7,80년대 민주화 운동이 한창일 때 자주 인용되고 읽혔던 시다. 모
두 역사의 흐름에 동참하여 자신에게 맡겨진 사회적, 역사적 역할을
수행하도록 요구하고 있는 시다. 시위를 떠난 화살처럼 자신의 몸을
바쳐 실천적 운동 속에 투신할 것을 권유하고 있다.
　세 번째는 다른 사람의 목소리로 가장하는 태도이다. 시적 화자가
시인 자신이 아니라 시인이 다른 사람이 되어 그 사람의 목소리로
말하는 것을 말한다. 시는 결국 시인의 표현이기는 하지만 때로는
다른 사람의 목소리를 빌어 이야기를 한다. 이를 특히 퍼소나(가면)
라고도 한다. 다음의 시를 보자.

> 나는 요새 무서워요. 모든 것의 안만 보여요. 풀잎 뜬 강
> 에는 살 없는 고기들이 놀고 있고 강물 위에 피었다가 스
> 러지는 구름에선 문득 암호만 비쳐요. 읽어 봐야 소용없
> 어요. 혀짤린 꽃들이 모두 고개 들고, 불행한 살들이 겁없
> 이 서 있는 것을 보고 있어요. 달아난들 추울 뿐이에요.
> 곳곳에 처있는 細그물을 보세요. 황홀하게 무서워요.
>
> > — 황동규, 「楚歌」

이 시는 여성의 말투를 흉내내고 있다. 즉 시적 화자가 여성이다. 세상에 대한 두려움과 공포에 화자의 목소리는 떨고 있는 듯하다. 이렇게 여성 화자를 내세운 것은 공포의 상황을 제시하는 데 남성보다 여성의 목소리가 더 효과적이기 때문이다. 이것을 통해 이 시는 현대 사회의 공포를 말하고 있다. 암호만 비치는 것처럼 파악할 수 없고 곳곳에 가는 그물이 쳐있는 것처럼 장애와 구속이 숨어 있는 사회가 바로 현대 사회라는 인식이다. 왜냐하면 현대사회는 그 사회 속의 주체, 즉 개인이 파악할 수 없는 것이기 때문이다. 특히 자본주의 사회는 보이지 않는 자본의 메카니즘이 거대한 체계로 작동하여 우리가 그것을 파악하거나 지배할 수 없다. 거기에 던져진 개인은 그저 어둠과 공포에 잠길 뿐이고 주체가 아니라 한갓 대상이 되어 버린다. 이 시는 바로 이러한 현대 사회 속에 던져진 개인의 공포를 형상화한 시이다. 그런 정서를 표현하기에 여성이 훨씬 효과적이기 때문에 여성 화자를 내세워 여성의 어조로 그것을 표현하고 있다.

그런데 이와 관련해서 한가지 더 생각해 보자. 현대 사회로 올수록 폭력이 심화되고 사람들은 폭력에 무감각해진다고들 한다. 그런데 사실은 바로 현대 사회에서 느끼는 이러한 공포 때문에 사람들은 폭력적이 된다. 그래서 전쟁이 일어난다. 과거의 전쟁은 경제적인 이유 때문에, 먹고 살 것이 부족해서 그것을 서로 차지하기 위해서 일어났다. 그런데 현대의 전쟁은 그런 것만으로 설명할 길이 없다. 그것보다는 두려움 때문에 전쟁을 한다. 베트남 전쟁도 마찬가지일 것이다. 영화 『플래툰』이나 『지옥의 묵시록』이 이를 잘 보여준다. 모두가 공포 때문에 포악해져서 아무나 죽이고 세상을 파괴한다. 뿐만 아니라 월남 전쟁이 일어난 원인도 따지고 보면 공포 때문일지 모른다. 알 수 없는 사회주의 세력이 세상을 지배할 것이라는 공포 때문에 미국인들이 전쟁을 일으킨 것이다.

또한 이러한 공포 때문에 파시즘이 생겨난다. 파시즘이란 나 아닌 타인 우리와 다른 사람들, 우리 민족이 아닌 이민족을 적으로 간주하는 정신적 태도를 말한다. 왜 그런 정신적 태도가 생겼을까? 그것은 무섭기 때문이다. 흑인이 무섭고, 유태인이 무섭기 때문에 그들을 죽여야 한다고 생각하는 것이 바로 파시즘이다. 민족 정신을 부르짖고, 지방색을 운위하고, 학연과 지연으로 뭉치는 것도 따지고 보면 마찬가지일 것이다. 한 학교를 나왔다는 이유만으로 서로 반가워하고 서로 뒤를 봐주고 또 이를 미풍양속이라고 미화하기까지 한다. 더욱이 특정 지방 출신이라는 것 때문에 능력을 인정받지 못하는 그런 사태까지 생기기도 한다. 이런 것 역시 작은 것이기는 하지만 사실은 파시즘적인 태도가 아닐 수 없다. 자신이 약하기 때문에 자신이 속한 어떤 테두리의 힘을 빌리려는 것이고, 이는 어쩌면 다른 사람에게 폭력으로 작용할 소지가 엄연히 있는 것이다. 뭉치는 것은 좋은 일이다. 그러나 그것이 다른 사람을 위한 것이 아니라, 자신을 위해서 자신의 집단을 위해서 뭉치는 것일 때 그것은 집단적 광기와 집단적 폭력이 되기 십상이다.

하여간 이 시는 여성 화자를 내세워서 세상에 대한 두려움과 공포를 잘 표현했다. 우리 시에서는 여성을 화자로 내세운 시들이 많다. 김소월과 한용운이 대표적이다. 김소월은 민족적 한을 표현하기 위해서 여성 화자를, 한용운은 불교적 이상에 대한 추구를 님을 사랑하는 여성의 목소리를 빌려 표현하고 있다. 반대로 이육사같은 이는 남성 화자를 내세워 강인한 의지와 열정을 강조하고 있다.

남성 화자의 목소리를 담은 예로 다음 시를 보자.

돈 없으면 서울 가선
용변도 못 본다.

오줌통이 퉁퉁 뿔어 가지고
시골로 내려오자마자
없는 들판에서 서서
그걸 냅다 꺼내들고
서울쪽에다 한바탕 싸댔다.
이런 일로 해서
들판의 잡초들은 썩 잘 자란다.
서울 가서 오줌 못 눈 시골 사람의
오줌통 뿔리는 그 힘 덕분으로
어떤 사람들은 앉아서 밥통만 탱탱 뿔린다.

가끔씩 밥통이 터져나는 소리에
들판의 온갖 잡초들이 귀를 곤두세우곤 했다.

― 김대규, 「野草」

　이 시의 시적 화자는 무식하고 촌스러운 사내다. 직선적이고 비속한 목소리로 조금은 야만스럽게 말하고 있다. 이를 통해 도시에 대한 혐오감을 드러내고 도시의 비정한 삶을 공격하면서 시골 사람의 우직한 생명력을 표현하고 있다. 이 시에서 이런 우직한 촌 사람의 목소리가 즉 촌스러운 어조가 없었으면 이 시는 시가 되지 못했을 것이다. 이러한 효과를 보기 위해 시인은 일부러 무식한 농민의 탈을 쓰고 등장하고 있다.

<연습문제>

1. 다음 시의 어조를 생각하면서 시의 의미를 곰곰히 따져 보자.

> 한 마을이 정글어갑니다
> 들꿩 한 마리 잘익은 단시감 같은 석양을 데리고
> 당산뫼 솔숲을 넘었습니다
> 저녁 짓는 냇갈이 콧날을 시큰하게 스치며
> 빈 몸의 들판으로 뿌옇게 몰려갑니다
> 바람불면 들판에 버려진 나락들
> 냇갈과 어울려 춤을 춥니다
> 탱자나무숲엔 온통 참새들이 탱자처럼 데롱댑니다
> 뒷잔등 밭에 매놓은 맴생이 한 마리 매에에에
> 대숲의 깊은 정적을 가만히 흔듭니다
> 말라붙은 고추가 북새 노을처럼 마지막 빛을 냅니다
> 둠벙의 송사리들 시린 배를 부비며 잠자리를 고르고 있습니다
> 깨벗은 나뭇가지 위 붉은 까치밥 하나 홀로 어두워갑니다
> 외양 정지 텅 빈 여물통을 기웃대던 새앙쥐
> 토방 밑 쥐구녁 속으로 쪼르르 기어듭니다
> 이윽고 망구들의 더듬더듬한 잔기침 소리처럼
> 봉창에 지자 고구마 불빛 몇 개 맺힙니다
> 오, 정글어가는 한 마을이
> 저 모든 것들을 오래 오래 길러온 어머니였습니다
> 그 어머니 이제, 가실비 젖은 짚벼늘처럼
> 온 삭신 흙 속으로 꺼져가려 합니다
> 꺼져가는 어머니 안간힘으로 일으켜 세우기라도 하려는 듯
> 숲이란 숲 왼갖 새들이 울대가 터져라
> 어둠이 터져라 일제히 악다구니로 울어쌉니다
> 쥐 먹먹한 새 울음에 톡 솔방울 하나 구르다 멈추는 그곳,
> 깊이 깊이 정글어버린 한 마을이 있습니다.

>   - 유하, 「정글어가는 하나대를 바라보며」

4. 시와 아이러니

아이러니(Irony)는 우리말로 반어라 한다. 거꾸로 말한다는 뜻이다. 흔히 일상적으로 하는 말 중에 예쁜 아기를 보고, '아이 얄미워라'라고 말한다든지, 잘못한 아이의 행동을 보고 '정말 예쁜 짓도 많이 하는구나'라고 말하는 것 등이 여기에 속한다고 할 수 있다.

아이러니란 원래의 의도를 숨기고 반대로 말하는 것이다. 아이러니는 그리스의 희극에서부터 온 말이라고 한다. 이 희극에서 에이론(Eiron)과 알라존(Alazon) 두 인물이 등장하는데, 약한 에이론이 자신의 겉모습과는 달리 외적으로 강한 알라존을 이기는 데서부터 아이러니라는 말이 왔다고 한다. 사실은 영리하고 똑똑하나 겉으로는 약하고 무식하고 우스꽝스럽게 가벼워 보이는 에이론이 힘세고 진지하고 잘난척하는 알라존을 이긴다고 하는데 에이론이 알라존을 이길 수 있는 것은 그가 상반되는 두 태도를 동시에 가지고 있기 때문이다. 알라존이 자신의 힘과 신념을 맹신하는 데 비해 에이론은 약함과 강함, 영리함과 미련함이라는 두 가지의 대립을 알면서 거기에서 거리를 둘 수 있기 때문에 결국 알라존을 이길 수 있는 것이다. 이렇듯 드러나는 것과 속에 숨겨져 있는 내용의 차이에 기초를 둔 것이 아이러니이다. 즉 반어는 표면적인 의미와 내포된 의미가 다른 것을 말한다. 겉으로는 A라고 말하고 속으로는 B를 뜻하는 것이 바로 반어다. 비유가 두 사물간의 유사성을 중시여기는 것에 비해 반어는 두 사물의 상반성에서부터 시작된다고 할 수 있다.

흔히 수사학적으로 반어를 이야기를 할 때 의미의 강조를 위한 하나의 방법으로 설명한다. 상반되는 것과의 강렬한 대비를 통해 의미를 훨씬 두드러지게 한다는 것이다. 그러나 반어는 단순히 이러한 의미의 강조 효과만을 가져오는 것은 아니다. 위에서 든 예를 가지고 생각해 보자. 예쁜 아기를 보고 얄밉다고 말하는 것은 단순히 대조에 의한 의미의 강조만은 아니다. 너무 예쁜 나머지 얄미운 정도가 되어버린 것에 대한 미묘한 심정의 표현이다. 거기에는 그렇게 예쁜 아이를 가진 그 아이의 부모에 대한 질투심도 들어있고, 예쁜 것을 예쁘다고 말해서 그 예쁜 것이 손상될 것 같은 어떤 조바심도 들어있다.

이렇게 반어는 하나의 단어로는 표현하거나 분명히 단정할 수 없는 다양한 느낌과 생각을 한꺼번에 제시하기 위한 것이다. 그렇게 볼 때 반어는 단순한 수사적 장치가 아니라 사물이나 세상을 보고 표현하는 정신적 자세나 태도와 관계되는 것이기도 하다. 아이러니는 동물의 보호색처럼 자신의 모습을 감추고 있다가 적에게 일격을 가하는 수사적인 장치만이 아니라 세상을 바라보고 또 표현하는 하나의 태도이다. 아이러니는 균형 잡힌 넓은 시야를 성취하게 하고, 삶의 복잡성과 가치의 상대성에 대한 인식을 표현하는 방식이다. 그리하여 그것을 통해 불일치의 공존이 삶의 구조의 한 부분이라는 것을 인정하는 그러한 삶의 자세를 받아들이게 하는 것이기도 하다. 그렇다면 아이러니야말로 예술의 근본적 성격과 맞닿아 있다고 할 수 있다. 단일한 원리나 확실하고 명확한 신념이 가진 단순화와 이데올로기를 넘어서서 사물의 구체성을 회복하는 것이 예술이라 할 때 바로 그것을 가장 잘 보여주는 것이 아이러니이다.

그래서 리챠즈(I.A. Richards)는 아이러니를 상반성의 균형으로 생각했다. 그에 따르면 인간은 여러 다양한 심리적 충동을 경험하게 되는데 이 다양한 모순된 충동에 대응하는 방법이 두 가지가 있다고 한다. 그것이 배제와 포괄의 방법이다. 배제는 모순되거나 이질적인 요소를 제거하여 동질적인 것만 남게 하는 방법이다. 과학과 신학의 방법이다. 이에 비해 포괄은 상반된 요소들을 다함께 수용하여 균형과 조화에 이르게 하는 것이다. 이런 태도가 바로 아이러니인 것이다. 그는 이 아이러니를 시의 본질이라고 보고 그것에 토대로 한 시를 최고 경지의 시라고 설명했다.

김소월의 유명한 시 「진달래 꽃」 중 다음과 같은 한 구절만 예를 들어보자.

죽어도 아니 눈물 흘리오리다.

이 구절을 겉으로 드러나는 문장 구조상으로만 해석하면 님이 떠나가도 결코 눈물을 흘리지 않겠다는 의미이다. 그러나 그런 의미로만 이해되지 않는다. 이 구절은 '죽어도/아니 눈물/흘리오리다'로 끊어 읽힘으로써 미묘한 의미상의 변화가 만들어진다. '아니'가 '눈물'을 수식하는 형용사처럼 읽혀져서 '아니 눈물'이라는 눈물, 즉 슬픔을 부정하고 님의 부재를 부정하는 눈물, 그래서 정말 더욱 슬픈 눈물을 흘리겠다는 의미를 이 구절은 만들어 낸다. 그렇게 해서 이별의 슬픔만이 아니라 그것을 참으려는 사람의 더 큰 슬픔을 표현하고 있다. 이것이 바로 아이러니라고 할 수 있다.

이상에서와 같이 아이러니에는 두 가지가 있을 수 있다. 대비를 통한 강조를 나타내는 '수사적 아이러니'와 두 가지의 상반된 입장을 수용하는 '포괄의 아이러니'이다. 이를 '확정적 아이러니'와 '불확정적 아이러니'라는 개념으로 설명하기도 한다. 같은 시인이 쓴 서로 다른 두 시의 예를 들어 좀더 자세히 살펴보도록 하자.

> 네가 오기로 한 그 자리에
> 내가 미리 가 너를 기다리는 동안
> 다가오는 모든 발자국은
> 내 가슴에 쿵쿵거린다
> 바스락거리는 나뭇잎 하나도 다 내게 온다
> 기다려 본 적이 있는 사람은 안다
> 세상에서 기다리는 일처럼 가슴 애리는 일 있을까
> 네가 오기로 한 그 자리, 내가 미리 와 있는 이곳에서
> 문을 열고 들어오는 모든 사람이
> 너였다가
> 너였다가, 너일 것이었다가
> 다시 문이 닫힌다
> 사랑하는 이여
> 오지 않는 너를 기다리며
> 마침내 나는 너에게 간다
> 아주 먼데서 나는 너에게 가고
> 아주 오랜 세월을 다하여 너는 지금 오고 있다
> 아주 먼데서 지금도 천천히 오고 있는 너를
> 너를 기다리는 동안 나도 가고 있다
> 남들이 열고 들어오는 문을 통해
> 내 가슴에 쿵쿵거리는 모든 발자국 따라
> 너를 기다리는 동안 나는 너에게 가고 있다
>
> — 황지우, 「너를 기다리는 동안」

이 시에서도 아이러니가 효과적으로 사용되고 있다. 네가 오지 않을수록 나는 너에게 가고 있고, 너와의 만나지 못함이 헤어짐이 아니라 가까워짐이라는 역설을 말하고 있다. 그것을 통해서 이 시는

무엇을 말하고 있을까? 간단히 말하면 그것은 사회의식과 역사의식 이라 할 수 있다. '아주 먼데서 나는 너에게 가고/아주 오랜 세월을 다하여 너는 지금 오고 있다'라는 구절을 보면 그것을 알 수 있다. 이 시에서 너는, 일단은 연애시의 형식을 갖추고 있기 때문에 사랑 하는 연인일 것이다. 연인만이 아니라 친구일 수도 있고, 민중일 수 도 있고, 민주나 자유일 수도 있다. 어떻든 여기서 너를 만난다는 것 은 인간과 인간과의 어떤 완전한 소통을 의미한다. 인간과 인간이 소외를 극복하고 소통을 회복하는 사랑이나 그것을 통해 얻어지는 자유를 지금 시인은 갈구하고 있다고 봐야 한다. 그런데 너는 지금 없지만, 즉 인간간의 완전한 소통은 아직 이루어지지 않고 단절만이 심화되어 있지만 그것이 이루어질 수 있다고 시인은 믿는 것이다. 왜냐하면 그 문제를 개인의 문제로 생각하지 않고 역사와 사회적 차 원의 문제로 넓혀 생각하면 결국 우리는 하나일 수 있다는 생각이 가능하기 때문이다. 인간과 인간이 지금 단절과 소외를 겪고 있지만 역사적 안목에서 바라볼 때 그것은 일시적인 것이고 또 사회 속에서 바라볼 때 우리는 어떤 식으로든지 연결되어 있고 그러한 사회적 활 동에서 우리의 단절과 소외가 극복되리라는 믿음이 있다. 그러한 인 식은 그러므로 내가 너에게 가는 행위이다. 단지 기다리는 것이 아 니라 우리들 사이의 단절과 소외를 극복하고자 하고 그것의 의미를 생각할 때 우리들의 관계는 회복되리라는 기대와 희망을 시인은 가 지고 있는 것이다.

이렇게 보았을 때 이 시에서 쓰여진 아이러니는 이러한 시인의 생 각을 보다 확고하게 그리고 강조하여 표현하는 도구로 사용되었다. 헤어짐과 오지 않음을 통해 만남의 필연성과 가야할 사명의 의의를 강조하는 것이다. 이런 식의 아이러니 사용을 위에 설명한 대로 '수사적 아이러니' 또는 '확정적 아이러니'라고 할 수 있다. 아이러니를 통해 확실한 자신의 태도를 표명하고, 반대의 태도를 드러냄으로써 보다 명확하게 자신의 입장을 강조하는 그런 아이러니이다.

그러나 다음 시를 읽어보자.

> 초경을 막 시작한 딸아이. 이젠 내가 껴안아줄 수도 없고
> 생이 끔찍해졌다
> 딸의 일기를 이젠 훔쳐볼 수도 없게 되었다
> 눈빛만 형형한 아프리카 기민들 사진:
> "사랑의 빵을 나눕시다"라는 포스터 밑에 전가족의 성금란을
> 표시해놓은 아이의 방을 나와 나는
> 바깥을 거닌다, 바깥:
> 누군가 늘 나를 보고 있다는 생각 때문에
> 사람들을 피해 다니는 버릇이 언제부터 생겼는지 모르겠
> 다
> 옷걸이에서 떨어지는 옷처럼
> 그 자리에서 그만 허물어져버리고 싶은 생:
> 뚱뚱한 가죽부대에 담긴 내가, 어색해서, 견딜 수 없다
> 글쎄, 슬픔처럼 상스러운 것이 또 있을까
>
> 그러므로, 어느 날 나는 흐린 주점에 혼자 앉아 있을 것
> 이다
> 완전히 늙어서 편안해진 가죽부대를 걸치고
> 등뒤로 시끄러운 잡담을 담담하게 들어주면서
> 먼 눈으로 술잔의 수위만을 아깝게 바라볼 것이다
>
> 문제는 그런 아름다운 폐인을 내 자신이
> 견딜 수 있는가, 이리라
>
>   – 황지우, 「어느날 나는 흐린 酒店에 앉아 있을 거다」

앞서 인용한 시가 시인의 삼십대에 쓰여졌다면 이 시는 사십대 후반 오십이 다되어 쓰여진 시다. 이러한 연령을 반영하듯 앞의 시는 아직 생에 대한 열정과 희망이 살아있는 듯한 느낌인 데 반해 이 시는 인생에 대한 쓸쓸한 체념이 느껴진다. 그것은 일단 어조에서도 온다고 할 수 있다. 앞의 시의 어조는 뭔가 갈구하면서 또한 다짐하는 듯한 희망적이면서 적극적인 확신에 찬 어조이다. 그러나 이 시의 어조는 다분히 주저하면서 머뭇거리고 체념하는 듯한 어조로 되어 있다. 시의 리듬에서도 생각해 볼 수 있다. 앞 시는 중간쯤의 비교적 짧은 시구들의 반복을 통하여 너에 대한 확신과 믿음과 그리고 너를 향한 나의 마음의 다짐을 강조한다. 그러나 이 시는 풀어진 산문체로 씀으로써 긴장감 자체가 사라지고 있다. 삶에 대한 기대나 바램이 없는 것과 마찬가지로….

두 시의 배경의 차이를 생각해보는 것도 재미있다. 앞서 인용한 시의 배경은 다방인데 이 시의 배경은 술집이다. 다방이나 술집이나 누군가를 만나는 곳이다. 다방에 혼자 있거나 술집에 혼자 있거나 다 불쌍하고 외롭게 보인다. 누군가 만날 사람을 못 만났거나 어떻게 해서 혼자 되어버린 사람이다. 그러나 다방은 만남의 시작이다. 그러나 술집은 만남의 끝에 존재하는 곳이다. 때문에 다방에서 홀로 된다는 것, 외로움을 느낀다는 것은 아직 희망이 남아있다. 아직은 그 사람을 만날 수 있다는 기대가 살아있기 때문이다. 그러나 술집에서 혼자 있다는 것은 누군가 만나리라는 기대도 희망도 남아있을 수 없다. 우리가 다방에서 혼자 앉아 있는 사람을 보았을 때 외로워 보이기는 하지만 그렇게 불쌍하게 보이지는 않는다. 혼자 쉬고 있거나, 무슨 일로 상대에게 바람을 맞았지만 어느 땐가 다시 만날 수 있겠지 하고 생각한다. 그러나 술집에서 혼자 술을 마시고 있는 사람을 본다면 너무 처연하게 보일 것이다. 인생의 막다른 곳에서 혼자 버려진 너무나 쓸쓸한 한 인간을 보는 듯이 느껴질 것이다.

이렇게 놓고 보면 이 시는 인생에 대한 열패감과 절망감을 표현한 자기 연민의 시로 읽혀진다. 그러나 이는 이 시의 아이러니를 이해하지 못한 해석의 결과이다. 이 시의 아이러니는 '아름다운 폐인'이라는 구절에서 집약적으로 드러난다. 과거 70년대나 80년대를 뜨겁게 살아왔던 것처럼 어떤 가치라든가 신념이라든가 희망이라든가 열정이라든가에 이끌려 사는 것이 아니라 아무런 가치지향이 없는 삶으로 생각되기 때문에 폐인이다. 그러나 신념이나 가치나 전망이 주는 모든 구속으로부터 초연할 수 있기 때문에 반대로 아름다울 수가 있다. '젊은 시절 내가 자청한 고난도/ 그 누구를 위한 헌신도 아녔다/나를 위한 헌신, 한낱 도덕이 시킨 경쟁심'(황지우, 「뼈아픈 후회」)이라고 말한 구절처럼, 신념에 이끌린 과거의 삶이 사실은 억압과 자기 기만에 다름이 아니었음을 지적한 것이다. '슬픔처럼 상스럽다'라는 표현도 이와 다르지 않다. 세상일에 슬퍼하고 분노하고 그런 것이 사실은 상스러운 감상과 무어 다르겠는가 하는 인식이다. 그런 것을 벗어버린 초연함 그것을 아름다움으로 말했을 것이다. 그렇다고 지금 자신의 모습을 절대화하고 미화하는 것은 결코 아니다. 과거의 삶이 억압이고 자기 기만이지만 또한 지금의 자기 모습도 '뚱뚱한 가죽부대'처럼 퍼지고 주저앉혀진 존재일 뿐이다. 그렇기 때문에 어쩔 수 없는 폐인이다.

이 시에서 보여준 이러한 아이러니가 '불확정적인 아이러니'라고 할 수 있다. 앞의 확정적 아이러니에서는 아이러니를 그 아이러니를 만들어 낸 시인의 입장에서 바라보게 된다. 그러나 불확정적 아이러니에서는 아이러니를 시인이나 독자 모두 관찰자의 입장에서 바라보게 된다. 아이러니는 시인에 의해 만들어졌다기보다는 신이나 운명이거나 어찌할 수 없는 환경의 힘에 의해 만들어진다. 때문에 시인은 아이러니컬한 대립 속에서 긴장과 방황을 경험한다. 이렇게 볼 때, 이 시는 목소리 높은 신념에 이끌린 바깥의 삶이나 지금 주저앉혀진 자신의 삶, 그 어디에도 진실이나 정당한 길은 놓여있지 않다는 것을 말하고 있다. 그 사이의 끝없는 긴장과 그 사이에서의 방황에 사실은 우리의 삶이 놓여있고 거기에서 진실과 길을 찾을 수 있다는 것까지도 이 시는 아이러니를 통해 말하고 있다고 할 수 있다.

아이러니를 '언어적 아이러니'와 '상황적 아이러니'로 나누어 설명하기도 한다. 언어적 아이러니는 어조의 변화, 과장법, 대조법 등을 사용하여, 즉 언어적 효과를 통하여 아이러니를 만들어 내는 것을 말한다. 다음의 시를 보면 쉽게 알 수 있다.

> 교회당 차임벨 소리 우렁차게 울리면
> 나는 일어나 창문을 열고
> 상쾌하게 심호흡한다.
> 새벽의 대기 속에 풍겨오는 배기가스의 향긋한 납냄새
> 건강은 어차피 하느님의 섭리인 것을
> 수은처럼 하얀 콩나물국에 밥 말아먹고
> 만원버스에 실려 직장으로 가며
> 나는 언제나 오늘만을 사랑한다.
> 오늘은 주택은행에 월부금을 내는 날.
>
> — 김광규, 「오늘」 부분

여기에는 두 개의 목소리 즉 두 개의 어조가 있다. 하나는 현상적으로 드러나는 목소리이다. 이 목소리는 도시 생활의 힘차고 상쾌함을 말하고 있다. 그 목소리의 주인공은 삶의 희망과 기쁨으로 살고

있다. 그러나 이 시를 읽고 이렇게 이해하는 사람은 별로 없을 것이다. 이러한 삶의 방식을 비판하는 목소리가 여기에는 분명히 숨어 있다. 그리고 숨어 있는 목소리가 바로 이 시의 주제이다. 행복하다고 느끼며 사는 도시인의 삶은 공해에 찌들려 있고, 보람찬 오늘 하루의 삶은 사실은 숨돌릴 새 없이 꽉 짜인 억압되고 소외된 삶에 불과하다는 것을 말하고 있다. 바로 이런 식으로 어조를 통해 원래의 의미를 숨겨서 효과를 내는 것이 언어적 아이러니이다.

다음의 시도 살펴보자.

> 이 세상은 나의 자유투성입니다. 사랑이란 말을 팔아서 공순이의 옷을 벗기는 자유, 시대라는 말을 팔아서 여대생의 옷을 벗기는 자유, 꿈을 팔아서 편안을 사는 자유, 편한 것이 좋아 편한 것을 좋아하는 자유, 쓴 것보다 달콤한 게 역시 달콤한 자유, 쓴 것도 커피 정도면 알맞게 맛있는 맛의 자유.
>
> 세상에는 사랑스런 자유가 참 많습니다. 당신도 혹 자유를 사랑하신다면 좀 드릴 수는 있습니다만.
>
> ─ 오규원, 「이 시대의 순수시」

역시 마찬가지이다. 표면적으로 시인은 자유의 구가를 즐기고 있다. 그러나 그 목소리, 즉 어조는 그러한 자신을 비꼬고 있다. 이렇게 시의 의미와 어조 사이의 어긋남을 통해 이 시는 자신이 구가하는 자유가, 더 넓혀서는 이 사회를 사는 우리들이 구가하는 자유가 얼마나 천박하고 경박한가를 그래서 그것이 결국은 남들을 억압하는 반 자유의 도구가 되고 있음을 신랄하게 지적하고 있다.

상황적 아이러니는 아이러니한 상황을 제시하는 것을 말한다. 다음 시를 보자.

> 징이 울린다. 막이 내렸다.
> 오동나무에 전등이 매어달린 가설무대
> 구경꾼이 돌아가고 난 텅빈 운동장
> 우리는 분이 얼룩진 얼굴로
> 학교 앞 소주집에 몰려 술을 마신다.
> 답답하고 고달프게 사는 것이 원통하다.
> 꽹과리를 앞장 세워 장거리로 나서면
> 따라붙어 악을 쓰는 건 조무래기들뿐
> 처녀애들은 기름집 담벼락에 붙어서서
> 철없이 킬킬대는구나.
> 보름달은 밝아 어떤 녀석은
> 꺽정이처럼 울부짖고 어떤 녀석은
> 서림이처럼 해해대지만 이까짓
> 산구석에 처박혀 발버둥친들 무엇하랴.
> 비료값도 안나오는 농사 따위야
> 아예 여편네에게나 맡겨두고
> 쇠전을 거쳐 도수장 앞에 와 돌 때
> 우리는 점점 신명이 난다.
> 한 다리를 들고 날라리를 불거나
> 고개짓을 하고 어깨를 흔들거나.
>
> — 신경림, 「농무」

　농민들은 농무를 추고 어린애들과 처녀애들은 구경하고 신명나는 모습이다. 그러나 이러한 신명은 마냥 즐거움만을 주는 것이 아니다. 이러한 잔치의 뒤에는 농민들의 어두운 삶이 놓여 있다. 이러한 두 상황의 명암을 통해 신명나는 농무의 춤사위가 기쁨과 즐거움의 표현이 아니라 어두운 농촌 현실에 대한 거부의 몸짓임을 말하고 있다.

이렇듯 두 개의 상반된 상황을 제시하는 것이 바로 상황의 아이러니
이다.

다음 시도 재미있다.

> 아이들이 큰소리로 책을 읽는다.
> 나는 물끄러미 그 소리를 듣고 있다.
> 한 아이가 소리내어 책을 읽으면
> 딴 아이도 따라서 책을 읽는다.
> 청아한 목소리로 꾸밈없는 목소리로
> 아니다 아니다라고 읽으니
> 아니다 아니다 따라서 읽는다.
> 그렇다 그렇다라고 읽으니
> 그렇다 그렇다 따라서 읽는다.
> 외기도 좋아라 하급반 교과서
> 활자도 커다랗고 읽기에도 좋아라
> 목소리 하나도 흐트러지지 않고
> 한 아이가 읽는 데로 따라 읽는다.
> 이 봄날 쓸쓸한 우리들의 책읽기여
> 우리나라 아이들의 목청들이여.

> — 김명수, 「하급반 교과서」

밝고 명랑한 어조로 어린이들의 순진무구한 모습을 그리고 있다.
그러나 이렇게만 읽는다면 이 시를 전혀 이해하지 못하는 것이 된다.
그러한 모습 속에 숨어 있는 우리의 현실을 말하고 있다. 아이들을
아무런 비판 없이 바보로 만들고 규격화하는 우리의 교육 현실을 비
판하고 있으며 더 나아가 그러한 상황이 전 사회적으로 일어나고 있
는 억압적 사회 분위기까지도 비판하고 있다고 할 수 있다.

또 한편으로는 '낭만적 아이러니'라는 개념이 쓰이기도 한다. 이는

현실과 이상, 세속과 신성함, 삶과 죽음 등의 대립적 관계에서 한쪽
에서 급격히 다른 쪽으로 전환해 가면서 두 극단의 대조적 성격을
강조하는 아이러니를 말한다. 대표적인 것이 유치환의「깃발」과 같
은 시이다.

> 이것은 소리없는 아우성
> 저 푸른 해원은 향하여 흔드는
> 영원한 노스탈자의 손수건

　여기까지는 깃발로 표현되는 이상을 향하는 시인의 강렬한 소망을
이야기한다. 그러나 마지막 연의

> 아아 누구던가
> 이렇게 슬프고도 애달픈 마음을
> 맨처음 공중에 달 줄은 안 그는

　이 구절에 오면 이상에의 지향의 좌절에서 오는 슬픔과 절망이 노
래되고 있다. 바로 이런 것을 낭만적 아이러니라 한다.

<연습문제>

* 아이러니를 생각하면서 다음 두 시의 표현과 의미를 분석해 보라.

　　　　4.19가 나던 해 세밑
　　　　우리는 오후 다섯시에 만나
　　　　반갑게 악수를 나누고
　　　　불도 없이 차가운 방에 앉아
　　　　하얀 입김 뿜으며
　　　　열띤 토론을 벌였다.
　　　　어리석게도 우리는 무엇인가를
　　　　정치와는 전혀 관계없는 무엇인가를
　　　　위해서 살리라 믿었던 것이다
　　　　결론 없는 모임을 끝낸 밤
　　　　혜화동 로터리에서 대포를 마시며
　　　　사랑과 아르바이트와 병역 문제 때문에
　　　　우리가 때묻지 않은 고민을 했고
　　　　아무도 귀 기울지 않은 노래를
　　　　저마다 목청껏 불렀다.
　　　　돈을 받지 않고 부르는 노래는
　　　　겨울밤 하늘로 올라가
　　　　별똥별이 되어 떨어졌다.
　　　　그로부터 18년 만에
　　　　우리는 모두 무엇인가 되어
　　　　넥타이를 매고 다시 모였다.
　　　　회비를 만원씩 걷고
　　　　처자식들의 안부를 나누고
　　　　월급이 얼마인가 서로 물었다.
　　　　치솟는 물가를 걱정하며
　　　　즐겁게 세상을 개탄하고
　　　　익숙하게 목소리를 낮추어
　　　　떠도는 이야기를 주고 받았다.
　　　　모두가 살기 위해 살고 있었다.

아무도 이젠 노래를 부르지 않았다.
적잖은 술과 비싼 안주를 남긴 채
우리는 달라진 전화번호를 적고 헤어졌다.

　　　　　　- 김광규, 「희미한 옛사랑의 그림자」

소비자의 욕망을 언제든지
충족-소비시켜주는 자동판매기에
바퀴벌레 일가가 산다
매춘부 안에 포주의 식구들이 살 듯이
그들의 껍질은 윤택하다 구멍이
돈을 삼키며 시작되는 홍등의 아침
커피와 밀크의 향기는 훈훈하게
설탕과 꿈은 무한하게
그리고 마지막 동전 떨어지는 소리 뒤에
밤이 온다 밤의 고요는
밤잠 없는 욕망에 찢어진다.
고무호수가
창녀의 방광에서 뺀은 뇨도처럼
물통에 매달려 종이컵에 뜨신 물 붓는
자동판매기에 바퀴벌레 일가가 산다
그 옹기종기한 식구들이 지닌 사랑의 한계를
우리들 또한 지니고 있다.

　　　　　　- 최승호, 「바퀴벌레 일가」

제 3 장   소설의 이해

1. 소설이란 무엇인가?

원래 한자어 소설(小說)은 글자 그대로 풀이하자면 '작은 이야기'라는 뜻이다. 그런데 이는 소설의 본모습과는 다르다. 소설은 다른 장르, 이를테면 시나 희곡, 수필 등보다 훨씬 긴 이야기를 담고 있다. 그래서 소설이 아니라 대설이라고 해야 한다고 주장하는 사람도 있고, 김지하 같은 이는 '대설(大說), 남(南)'이라는 작품을 쓰기도 했다.

그러나 소설이란 작고 큰 이야기하고는 관계가 없는 개념이다. 소설은 사실 하찮은 이야기 또는 소인배들이나 하는 이야기 등의 의미에서 온 말이다. 귀족이나 양반들이 하는 거창하고 진지한 이야기 −그런 것을 소(疏)나 논(論)이라고 한다−가 아니라 시정에서 말해지는 별 볼일 없는 이야기라는 뜻을 가지고 있다. 우리 나라에서 최초의 소설은 김시습의 『금오신화』이다. 그런데 이는 그 이전 고려말엽에 크게 유행한 패관문학에서부터 유래한 것이다. 이규보의 『백운소설』, 이인로의 『파한집』, 이제현의 『역옹패설』 등이 대표적인 것들이다. 패관이란 왕명을 받아 국정에 참고하기 위하여 민간의 이야기를 모으는 벼슬을 말한다. 그러한 민간의 이야기를 재미있게 윤색하여 책으로 꾸민 것이 위의 책들이다. 이것들이 본격적인 소설의 형태로 등장한 것이 바로 금오신화이다. 이렇듯 소설은 뭔가 고상하고 진지한 글이 아닌 민간에서 얘기되는 너절한 이야기들을 기록한 것에서부터 시작한 예술 장르이다.

이러한 사정은 서양의 소설 개념에서도 비슷하다. 서양에서 소설을 지칭할 때는 두 가지의 용어가 있다. 로망(roman)과 노벨(novel)이다. 로망은 중세시대 기사들의 모험담과 연애담을 말한다. 「롤랑의 노래」, 「원탁의 기사」 등의 이야기가 여기에 해당된다. 그런데 로망은 로망스(romance)에서 나온 말이다. 로망스란 로망스 지방에서 쓰는 말을 의미한다. 중세에는 모두 라틴어를 썼는데 라틴어를 공부하지 않는 일반 평민들이 자기들이 쓰는 로망스어로 쓴 이야기가 바로 소설, 로망인 것이다. 이렇듯 귀족과 교회에서 말해지는 공식적인 학문이나 독서가 아니라 민간에서의 얘기되는 천박한 이야기라는 개념이 들어있는 용어이다. novel은 불어 nouvell에서 온 말이다. 새롭다는 뜻이다. 종래의 이야기, 즉 로망이 아니라 새로운 이야기라는 뜻이다. 근대 이후의 중세적 가치관에서 쓰여진 로망이 아닌 새로운 사회의 모습을 담은 새로운 소설이라는 뜻이다. 이는 각각 우리에게는 고전소설과 근대소설에 해당한다.

그런데 우리가 문학의 장르로서 보통 소설이라 했을 때는 근대 이후의 소설을 의미한다. 그런데 이 근대 소설은 어디서 갑자기 생긴 것이 아니라, 그 이전의 소설들 고전소설, 로망스 등에서부터 변모한 것이다. 소설과 관련되는 이러한 모든 이야기체를 서사문학이라고 한다. 이러한 서사 문학의 변화 과정 중에 근대 이후에 생겨난 것이 바로 우리가 지금 말하는 소설인 것이다.

서사문학으로는 먼저 신화를 생각할 수 있다. 그리스, 로마 신화나 단군신화, 고구려나 백제의 건국신화 같은 것이 여기에 해당한다. 이들 신화는 공히 하늘의 가치관, 즉 신적이고 천상적인 질서가 인간 사회, 즉 지상에 실현되는 것을 내용으로 하고 있다. 또한 신화와 함께 전설이라는 것이 있다. 신화가 지배층의 문학 양식이라면 전설은 일반 백성들, 즉 피지배층의 문학 양식이다. 신화는 신이나 신성성을 가진 인간적 영웅이 온갖 역경을 뚫고 조화로운 세계를 형성해나간다는 내용을 가진 반면 전설은 대부분 민중들이 가진 꿈의 좌절을 내용으로 한다. 우리 나라의 경우 가장 넓은 지역에 분포되어 있는 전설이 바로 「아기장수 전설」이다. 이 전설의 내용은 이렇다.

> 어느 마을에 비범한 능력을 타고난 한 아이가 태어난다. 태어날 때부터 힘이 세고 총명해서 다들 큰 인물이 될 것이라고들 한다. 그런데 이 소식을 들은 조정에서는 이 아이가 커서 필시 역적이 될 거라고 생각해 군사를 보내 이 아이를 해치려고 한다. 군사들이 몰려온다는 소식을 들은 이 아기 장수는 어머니에게 콩 스무 알을 주면서 볶아 달라고 한다. 그런데 어머니의 실수로 콩 한 알을 잃어버린다. 군사들이 활을 쏘자 아기 장수는 볶은 콩을 던져 그 화살을 막아낸다. 그러나 한 알이 부족해서 결국 마지막 화살을 막지 못해 죽고 만다. 이렇게 아기 장수가 비명에 사라져 가자 그 집 앞마당에서 개미들이 모여 군사 훈련을 하고 그 마을 뒷산 바위 위에 하늘에서 용마가 내려와 앉아 아기 장수를 기다리다 슬피 울고 어디론가 날아갔다고 한다. 그래서 지금까지 사람들이 그 바위를 용마봉이라 부르고 있다고 한다.

그러나 신화건 전설이건 이 둘은 모두 신성한 세계관에 기초하고 있다. 인간으로서의 한 개인의 이야기가 아니라, 신의 원리가 인간 세계와의 갈등을 통해 세상을 지배하게 되는 과정을 보여주는 이야기이다. 단군이나 아기 장수나 지상의 세계에 등장하는 인물이기는 하지만 그들은 하늘이 창조하고 하늘이 내려보낸 신성성의 인간적 현현이다.

그런데 고전소설이나 서양의 로망에 오게 되면 신의 이야기는 인간의 이야기로 변화하게 된다. 그러나 이들 소설에서의 인물은 비범한 영웅이다. 신화나 전설에서처럼 인간을 넘어선 신은 아니지만, 이들 소설에서의 주인공 영웅은 신적인 비범함을 구현하고 있는 인물이다. 『유충렬전』이나 『홍길동전』의 주인공들을 생각해 보면 쉽게 이해할 수 있을 것이다. 그들은 인간의 형상을 하고 있기는 하지만 또한 인간의 몸을 빌어서 태어난 것이긴 하지만 거의 신적인 능력에 견줄 만한 비범함을 가지고 있다. 비범한 능력뿐 아니라 이들은 신의 영역에 속하는 절대적인 선을 구현하고 있기도 하다.

대체로 고전소설은 다음의 구성을 보여주고 있다.

1) 신묘한 능력을 타고난 비범한 영웅의 출생

2) 배반이나 모함에 의한 고난

3) 구조 및 교육

4) 복수 및 출세

5) 행복한 결말

이러한 구성에서 볼 수 있듯 고전소설은 신성한 가치관이 인간의 사회를 지배하는 절대적인 힘이라는 것을 증명해주는 내용을 담고 있다. 신적인 비범함과 선을 구현한 주인공 영웅은 지상의 모든 악의 무리와 싸워 결국 하늘의 원리, 신적인 가치관을 회복한다. 이렇듯 고전소설은 인간의 이야기이긴 하지만 신화적인 요소를 완전히 벗어나지 못하고 있다.

그러나 근대소설에 오면 신화적인 내용은 완전히 사라진다. 신화적이고 영웅적인 이야기가 보통의 인간의 이야기로 대체된 것이다. 바로 여기서부터 본격적인 소설문학이 생겨난다고 할 수 있다. 신성한 힘이나 절대적이고 초월적인 가치관도 없이 사회 속에 던져진 인간의 운명을 그리는 것이 이제 소설의 역할이 된다.

세르반테스의 소설 『돈기호테』를 생각해 보자. 로망에서 노벨로의 전환을 보여준 대표적인 작품이다. 이 소설은 중세 로망의 구조를 가지고 있지만 그러나 돈키호테라는 한 인간과 그 인간이 처한 세상의 이야기를 하고 있다. 그것을 통해 로망 문학에 나타나는 세계관과 중세적인 기사도의 정신이 얼마나 냉혹한 현실 앞에서 조롱당할 수 있는가를 보여준다.

우리 나라에 있어서도 『조웅전』이나 『유충렬전』 같은 고전소설에서 신소설을 거쳐 이광수 이후의 근대소설로의 변화는 똑같이 신적인 세계에서 인간 세계 이야기로의 변화의 과정을 보여준다. 이러한 과정 속에서 『춘향전』이나 『심청전』 같은 판소리계 소설은 고전소설에서 근대소설로 넘어가는 과도기적 작품이라 할 수 있다. 이들 소설에 나타난 주인공은 영웅적인 성격을 가지면서도 또한 아주 현실적인 면모를 가지고 있기도 하다. 춘향은 여느 고전 소설의 주인공과 마찬가지로 이상화되어 있다. 절세의 미인이면서 또한 완벽한 정신과 이념적 완전성을 구현한 인물이다. 그러나 또 한편 춘향은 아주 현실적인 인물이기도 하다. 현세적인 인간의 욕망에서 자유롭지 않고 현실에 사는 인간적 약점을 동시에 가지고 있기도 하다.

그런데 신적인 가치관을 가진 고전소설에서 현실의 인간적 삶을 다룬 근대적 소설이 생겨나게 된 이유는 어디에 있을까?

첫째는 근대 자본주의 사회의 발달을 들 수 있다. 근대 자본주의 사회는 삶의 다양성과 사회의 복잡성이 특징일 것이다. 전시대의 사회인 봉건적 농경사회처럼 단순한 사회 단일한 가치관이 세상을 지배하는 것이 아니다. 과거에는 생활의 단순함으로 인해 상상적인 또는 신기한 이야기가 흥미를 끌 수 있는데 반해 이러한 복잡한 근대 사회로 접어들면서 다양한 인간의 삶과 경험이 흥미있는 이야기 거리가 될 수 있게 된 것이다.

둘째는 출판문화의 발달이다. 과거의 문학은 낭송을 위주로 하는 운문문학이다. 중세의 로망스는 음유시인들에 의해 리라 연주와 함께 시로 낭송되었던 것이다. 그러나 책이 대중화되면서 읽는 문학으로서의 소설이 생겨나게 된 것이다.

세 번째로는 중산층 부르주아 계급의 부흥을 들지 않을 수 없다. 근대 자본주의 사회의 주도적 계급은 부르주아이다. 이들에게 신적이고 초월적인 것은 관심의 대상이 아니다. 세상의 일 그 속에서 벌어지는 개인과 사회의 갈등이 중요한 관심의 대상이 된다. 그들을 위한 문학 장르가 바로 근대 소설이다.

그렇다면 이렇게 해서 생긴 소설이란 장르의 특징은 무엇일까?

시와 같은 서정적 장르는 그 기본 성격을 흔히 '세계의 자아화'로 설명된다. 문학이 대상으로 표현하려는 객관 세계가 자아를 통해서 이야기되는 것이 서정문학의 특징이다. 다른 말로 객관과 주관의 합일이라고도 할 수 있다. 그러나 소설과 같은 서사문학은 객관과 주관의 분리가 특징이다. 어떤 것에 대해서 말해지는 것은 그것을 말하는 사람과 떨어져 있다. 이것은 흔히 서사적 거리라고도 말한다. 그래서 서사문학의 근본적 성격을 '세계와 자아의 대결'로 설명한다. 대결이란 일단 분리가 되어야 가능하기 때문이다.

예를 들어 꽃에 대해 시를 쓴다면 그 꽃을 본 느낌, 그 꽃을 통해 생각한 이상적 아름다움들을 말할 것이다. 꽃이라는 것은 그것 자체로 말해지는 것이 아니라 시인의 주관 속에 용해되어 이야기된다. 그런데 서사문학에서 꽃에 대해 이야기한다고 하자. 이를테면 그 꽃

에 얽힌 전설을 말한다고 하자. 이럴 때 그 꽃에 대한 화자의 느낌이
나 판단과는 별개로 그 꽃에 관계된 사건이 존재하게 된다.

이렇듯 소설은 서사적 거리를 통해 현실의 객관적 모습과 거기에
서 세상과 대항해서 싸워나가는 인물을 보여주고 독자로 하여금 세
상을 다시 인식하게 해주는 장르라고 할 수 있다. 그렇기 때문에
'소설은 허구이면서 진실인 이야기이다'라는 말이 가능하다. 소설이
이야기라는 것은 곧 서사문학이라는 말이다. 그러나 허구이면서 진
실이라는 것은 무엇일까? 허구라는 말은 픽션이라는 말이다. 꾸며냈
다는 말이다. 사실 모든 이야기는 꾸며낸 것이다. 자기가 겪은 경험
이나 실제로 일어난 사건에 대해 말하더라도 이야기된 내용은 실제
일어난 일과 똑 같은 것이라고 말할 수 없다. 왜냐하면 이야기가 된
다는 것은 이미 거기에 선택과 가공이 뒤따르지 않을 수 없기 때문
이다.

일본 영화 중에 『라쇼몽』이라는 구로자와 아키라 감독의 유명한
영화가 있다. 어느 무사 부부가 산길을 가다가 도둑에게 잡혀 남편
은 묶여 있고 여자는 도둑에게 강간당하고 결국 남편은 도둑에 의해
죽임을 당하는 사건으로 영화의 이야기는 시작된다. 그런데 사건의
진상은 그 사건을 말하는 당사자들의 관점에 따라 전혀 다른 내용으
로 나타난다. 도둑은 정당한 결투를 통해 남자를 죽이고 여자를 차
지했다고 이야기하고, 여자는 남자들의 질투와 용렬함이 살인을 불
러왔다고 증언한다. 그러나 죽은 남편은, 무당을 입을 통해, 자기 부
인의 배신과 도둑의 비겁함 때문에 자신이 살해당했다고 말한다. 모
두가 자신을 정당화하고 자신의 행위를 변호하기 위해 자신의 입장
에서 사건을 재구성하기 때문이다. 결국 어느 것이 진실인지는 아무
도 알 수 없게 된다. 이렇듯 이야기를 한다는 것은 자기 관점에서 사

실을 선택하고 재구성하는 작업이다. 그렇기 때문에 그것은 필연적으로 허구일 수밖에 없다.

과거 논픽션이라는 것이 얼마동안 유행한 적이 있다. 70년대 민중 문학이 크게 위세를 떨칠 때 산업현장에서의 노동자의 생생한 경험이나 파업 현장을 그대로 옮긴 현장 문학이라는 것이 유행했다. 그래서 그것은 '수기문학' 또는 '현장문학'이라는 용어로 말해졌다. 그러나 그 경우에 있어서도 사실을 그대로 옮긴다는 것은 불가능하다. 수기가 사실을 기록한 것이라고 하더라도 사실을 그대로 옮긴다면 그것은 너무나 재미없는 것이 되어버린다. 아무리 사실을 기록한 수기라 하더라도 사실 중 어떤 것을 취사선택을 하고 가공을 해서 작가가 말하고자하는 것을 주제화하고 한편의 완결된 이야기로 만드는 작업이 필요하다. 예를 들어, 파업현장을 보면 같이 투쟁하다가 슬쩍 빠져나간 사람도 다수 있을 것이고, 뒤에 숨어 술 먹는 사람, 몰래 쓰레기를 버리는 사람, 아니면 그 와중에 다른 사람의 물건을 슬쩍하는 사람도 있을 것이다. 그런데 이런 것을 사실대로 기록한다면 그것은 이야기가 되지 못하고 작가가 의도한 주제를 형상화해내지도 못한다. 노동자들의 일사분란한 투쟁을 강조해야 하고 그것을 통해 노동자의 열망을 강조하는 인물들의 모습과 사건들을 강조해야 그런 것이 가능해 진다. 그런데 사실은 엄밀히 따지면 이는 사실이 아니다. 어디까지 가공된 현실 즉 픽션인 것이다. 사건의 기록이 이야기가 되고 문학이 되기 위해서는 그것은 픽션, 즉 허구가 되어야만 한다.

그런데 이러한 픽션이 왜 진실일 수 있을까? 앞서도 지적했지만 세상을 객관적으로 바라볼 수 있게 해주기 때문이다. 여기서 객관적이라는 것이 중요하다. 어떠한 편견이나 주의주장으로부터 떠나서 기존의 가치관이나 윤리관으로부터 자유롭게 세상을 열린 마음으로 다시 새롭게 인식한다는 것일 것이다. 그렇기 때문에 소설은 진실을 담고 있다. 이는 꼭 사회나 인간을 사실적으로 다루지 않는 작품에 서도 마찬가지이다. 소설 중에는 현실적으로 판단할 때 황당한 이야 기를 담고 있는 경우가 많다. 이를테면 환상이나 꿈을 다룬 이야기 같은 것들이다. 카프카의 『변신』은 지극히 황당한 이야기이다. 어느 날 갑자기 일어나 보니 자기가 커다란 벌레가 되었다는 이야기이다. 그러나 거기에서는 사회와 인간에 대한 깊은 통찰이 들어 있다. 서 로가 서로에게 벌레가 되어버린 현대 자본주의 사회의 소외감을 말 하고 있다. 그리고 거기서 느끼는 개인의 좌절과 무기력을 이 작품 은 보여주고 있다.

이렇게 허구인 소설은 진실을 담고 있다. 객관적 진리를 추구하는 과학이나 실제적 사실의 기록인 신문기사보다 어쩌면 더 삶의 진실 에 다가서 있다고 할 수 있다. 그래서 흔히 소설은 인생의 표현이니 인생의 해석이라고 한다. 소설은 사람들이 실제 경험하지 못하는 것 들까지 구체적이고 깊이 있게 경험하게 함으로써 세상의 이치를 알 게 해주며 삶의 여러 정황들을 통해 자신의 삶에 대한 안목과 통찰 을 키워준다.

그래서 골드만(Lucien Goldman)은 소설을 '타락한 사회에서 타락한 방법으로 진정한 가치를 추구하는 문학의 형식'이라고 정의한다. 앞 서도 지적했다시피 소설은 근대 이후 자본주의 사회의 산물이다. 자 본주의 사회란 그 이전의 사회와는 전혀 다른 종류의 사회라고 할 수 있다. 동양이나 서양이나 중세 시대는 단일한 가치관이 사회를 지배했던 시기였다. 기독교와 성리학이 바로 그것이다. 모든 사람들 은 그러한 가치관에 따라 생각하고 살아갔다. 그러나 근대 이후 자 본주의는 이러한 절대적인 가치관이 사라지고 오직 현실적인 욕망의 실현만이 강조된다. 더 많이 돈을 벌고 더 많이 소비하는 것이 최고의 가치인 사회가 된 것이다. 때문에 그것은 타락한 사회이다. 가치나 윤리가 지배하지 않기 때문이다. 이런 타락한 사회에 타락한 인간들의 모습을 사실적으로 숨김없이 보여줌으로써 우리가 사는 자본주의 사회가 삶과 현실이 얼마나 너절하고 속된 것인가를 보여주고 그것에 대한 반성을 통해 진정한 가치를 생각하게 해주는 것이 바로 소설이다. '현대의 문제적 개인이 잃어버린 정신적 고향과 삶의 의미를 찾아 길을 떠나는 동경과 모험에 가득 찬 자기인식에로의 역정에 대한 형상화'라는 루카치(Georg Lukács)의 소설에 대한 정의도 비슷한 맥락에서 이해할 수 있다.

그런데 이렇게 소설이 세계와 인생에 대해 말해준다고 해서 소설에서 교훈적인 내용만 구한다는 것은 제대로 된 소설 읽기라고는 할 수 없다. 교훈만을 따진다면 소설보다는 전기나 윤리 교과서가 필요할 것이고 소설도 교훈적이고 계몽적인 내용을 가진 이광수의 작품이나 톨스토이의 작품만이 가치 있는 것이 될 것이다. 그러나 소설에서 무엇보다 필요한 것은 즐거움 즉 읽는 재미이다. 직접적인 교훈이 없다 하더라도 잘 쓰인 소설에는 구성이나 문체에서 오는 읽는 즐거움이 있다. 이 즐거움을 통해 반대로 인생과 삶을 생각하게 해주는 것이 바로 소설이다.

그런데 읽는 즐거움에도 여러 종류가 있을 수 있다. 통속적인 연정이나 「애마부인」류의 관능적인 쾌락, 아니면 헐리우드 영화 같은 자극적인 모험이나 서스펜스와 같은 즐거움은 짜릿한 재미를 주지만 표피적이고 순간적인 것이어서 우리의 삶을 반성하게 만들지는 않는다.

여기에서 좋은 소설과 나쁜 소설을 구분해 볼 필요가 있다. 좋은 소설은 다른 사람의 삶과 세상에 대해 알고자 하는 재미를 통해 우리가 사는 세계에 대한 깊이 있는 이해를 가능케 하는 소설이다. 그러나 좋지 못한 소설은 순간적 쾌락을 통한 위안으로 삶을 은폐하고 그래서 거짓된 현실을 보게 하는 소설이다. 예를 들어 플로베르의 『보봐리 부인』이라는 작품을 생각해 보자. 참한 시골 처녀였던 주인공 보봐리 부인은 젊은 시절 수도원에서 삼류 연애소설을 탐독한 결과 비현실적이고 몽상적인 욕망에 휩싸여 그 욕망을 실제 결혼생활에서 추구하다가 결국 비극적인 결말을 맞게 된다. 이때 여기에 등장하는 삼류 연애 소설은 나쁜 소설이다. 자기가 처한 현실을 제대로 못 보게 하기 때문이다. 그러나 그것을 지적한 『보봐리 부인』은 좋은 소설이다. 그런 헛된 욕망이 현실에서 어떤 의미가 있는지를 우리에게 여실히 보여주기 때문이다.

<연습문제>

1. 자기가 읽은 소설 중 생각나는 작품이 있으면 제목과 대강의 줄거
   리를 써 보자.

2. 특히 기억에 남은 작품이 있다면 왜 그 작품이 좋은지 여러 모로
   생각해 보자.

2. 소설의 플롯

플롯은 우리말로 구성이라고 하는데 이는 사건의 전개를 말한다. 아리스토텔레스는 행동의 모방이 플롯이라고 지적했다. 다른 말로 하면 이야기, 즉 스토리를 엮어 가는 방식을 플롯이라고 말할 수 있다. 그러므로 플롯과 스토리는 다르다. 흔히 이를 혼동하는 경향이 있다. 이야기는 사건 자체를 말한다. 그것을 인과관계로 엮어나간 것이 플롯이다.

가장 흔한 예가 다음과 같은 것이다. '왕비가 죽었다. 이어서 왕도 죽었다.' 이렇게 말하면 이것은 단순한 이야기이다. 그러나 '왕비가 죽었다. 그 슬픔 때문에 왕이 병들어 죽었다.'라고 이야기하면 이것은 플롯이 된다는 것이다. 이렇게 사건의 시간적 순서가 아니라 인과적 연결을 만들어야 플롯이 된다. 흔히 같은 이야기를 가지고도 전혀 다른 내용처럼 말하는 것을 볼 수 있다. 똑같은 이야기라 하더라도 어떤 사람은 아주 재미있게 말하는데 반해 어떤 사람은 맥빠지게 이야기하는 것을 볼 수 있다. 이것은 이야기를 진행해 나가는 플롯이 다르기 때문이다.

한 예를 들어 다음과 같은 이야기가 있다.

어떤 사람이 회사에 나가 일을 하고 있는데 갑자기 이상한 생각이 들었다. 집에서 자기 아내가 딴 남자와 바람을 피우고 있다는 생각에 휩싸이게 되었다. 그래서 일하다 말고 헐레벌떡 집으로 돌아가 벨을 눌렀다. 그랬더니 자기 아내가 너무나 흐트러진 매무새로 한참 만에야 나타나는 것이 아닌가. 그래서 정말 이 여자가 바람을 피우고 있었구나, 라고 생각하고 집으로 뛰어들어가 보았다. 그랬더니 자기 집 안방 창문 밖에서 어떤 남자가 바지를 추스르며 황급히 도망가는 것이 아닌가. 옳거니 저 놈이 우리 마누라하고 바람을 피우다 창문으로 도망을 가고 있구나 생각하고 홧김에 옆에 있던 냉장고를 그 남자에게 던져서 결국 그 남자가 냉장고에 맞아 죽게 되었다. 그런데 주인 남자는 잠시 후 정신을 차리고 보니 자신이 살인을 한 것이 아닌가? 자기 부인도 저 남자와는 아무런 관계가 없다고 주장하고 해서 죄 없는 사람을 죽였구나 하는 자책감에 그만 자살하고 말았다.

그런데 이 죽은 두 남자가 저승에 가서 염라대왕 앞에 섰다. 염라대왕이 첫 번째 맞아죽은 남자한데 물었다. 왜 젊은 나이에 죽게 되었느냐? 했더니 지나가던 길에 소변이 너무 마려워 남의 집 벽에다 잠깐 실례를 하고 옷을 추스르고 있는데 갑자기 냉장고가 날아와 맞아 죽었다고 대답했다. 염라대왕이 너무나 억울하고 불쌍하니까 천당으로 가거라하고 천당으로 보내주었다. 주인 남자에게 물었다. 주인 남자는 사실을 말했다. 너두 본래는 착한 놈이구나, 라고 하면서 역시 천당으로 보내주었다. 그런데 조금 있다가 한 남자가 또 나타나는 것이 아닌가. 너는 누군데 여기 오게 되었느냐고 물었다. 그랬더니 그 남자가 말하기를 자신은 남의 집 냉장고에 들어가 있다가 갑자기 냉장고가 날아가는 바람에 죽게 되었다고 말하는 것이었다. 염라대왕이 크게 노해서 그 사람을 지옥으로 보냈다고 한다.

제법 오래 전부터 이야기되어 오던 유머 중의 하나다. 그런데 이 이야기가 재미있게 느껴지는 것은 어디에 있을까? 냉장고에 숨어있던 사람을 마지막에 등장시킴으로써 사건의 전모가 나중에 밝혀지도록 했기 때문이다. 시간적 순서를 무시하고 인과관계에 의해 사건을 서술해서 나중에 반전을 만들었기 때문이다. 그렇지 않고 주인이 냉장고를 던졌는데 그 안에 숨어있던 남자가 죽었다더라 하고 그냥 시간적 순서로 등장인물을 다 설명하면서 이야기했다면 전혀 재미가 없었을 것이다. 이렇게 이야기를 단순한 시간적 순서가 아니라 인과관계를 통해 하나의 완결된 사건으로 만들어 낼 때 그것을 구성, 즉 플롯이라고 한다.

플롯에서 중요한 것은 이야기의 진행과 시간과의 관계이다. 과거 고전소설의 플롯은 시간의 기록이라고 할 수 있다. 사건을 시간적 순서로 배열하는 하는 것이 이들 소설의 플롯이었다. 대표적인 영웅소설 같은 경우 영웅의 탄생에서 시작하여 여러 가지 고난과 활약을 거쳐 복수와 출세를 하고 나중에 잘 살다가 행복한 죽음을 맞이하는 것으로 결말을 짓는다. 이렇게 주인공의 일생을 시간적 순서로 따라가는 것으로 소설의 플롯을 만들고 있다.

때문에 고전소설이나 잘 쓰여지지 못한 최근의 소설 등에서 흔히 '이때', '바로 이때' '한편' 이런 단어가 많이 나옴을 볼 수가 있다. 이는 각기 다른 사람의 이야기를 시간의 흐름에 따라 서술하다 보면 어쩔 수 없이 생겨나는 일이다. 예를 들어 춘향전에서 춘향이가 고초를 겪고 있는 일과 이도령이 서울에서 과거를 보는 일이 비슷한 시간에 다른 장소에서 이루어지고 있다. 이때 춘향이의 일을 먼저 이야기하고 나중에 이도령의 일을 이야기할 때 '한편 이때 한양 간 이도령은' 하는 식으로 서술하게 되는 것이다. 인과적 구성에 따른 탄탄한 플롯의 구성이 이루어지지 못한 증거이기도 하다.

그러나 근대소설에 오면 시간적 순서가 중요한 것이 아니라 사건 자체의 인과 관계가 중요하게 된다. 그래서 시간의 역전(회상)이나 미리 보여주기(복선)가 자주 등장한다. 역전은 사건의 결말이 먼저 나오고 그 원인이나 발단을 뒤에 설명하는 것이다. 흔히 탐정소설 같은 것은 주로 이 방법을 사용한다. 복선은 결말의 내용에 대한 암시를 미리 보여주는 것이다. 앞서 들려준 짧은 이야기도 이 둘을 모두 사용하고 있다. 냉장고 속에 사람이 들어 있던 것을 나중에 밝힌 것은 역전에 해당하고, 다른 많은 것들을 제쳐두고 하필이면 냉장고를 던지게 한 것은 복선에 해당한다.

그런데 이러한 사건 중심의 서술이 가능하게 된 것은 근대적 시간관의 변화와 관련된다. 과거 중세 때까지의 시간관이란 그저 사건의 흐름일 뿐이었다. 아침으로 시작해서 낮을 거쳐 밤이 되는 것처럼 인간이 태어나고 활동하고 죽게 되는 것, 그것의 기록이 바로 시간이었다. 그러나 근대에 오면 시간은 순전히 수치화되고 객관화된다. 내가 죽어있어도 내가 활동하지 않아도 객관적 시간은 존재하게 되는 것이다. 이런 명확한 객관적 시간이 기준이 되기 때문에 시간에 대한 역전과 회상이 가능하게 된다. 객관적 시간이라는 변하지 않는 척도가 있기 때문에 과거에서 미래로 미래에서 과거로의 역전이 이루어져도 우리는 그것을 이해하게 된다. 과거에는 이러한 시간적 진행으로 이야기를 했다면 대부분의 사람들은 큰 혼란에 빠졌을 것이다.

근대 리얼리즘 소설의 일반적 플롯에는 다음과 같은 것이 있다.

1) 3단계 플롯 : 발단 – 갈등 – 결말

2) 5단계 플롯 : 발단 – 전개 – 위기 – 절정 – 결말

전통적인 소설들은 거의 이런 구성을 보여준다. 특히 모파상이나 체홉, 오 헨리의 단편들은 이런 플롯을 통해 잘 짜여진 이야기를 보여준다. 그러나 현대소설 특히 모더니즘이나 포스트 모더니즘 소설에 오면 이러한 플롯은 해체되는 경향이 있다. 시작과 끝이 없는 것

같은 소설들이 많이 쓰여지고 있다. 이상의 「날개」만 하더라도 거기에는 사건의 시작과 끝이 명확히 있는 것이 아니다. 이에 비해 그 이전의 소설들 이를테면 김동인의 「감자」라든가 현진건의 「운수좋은 날」이라든가 주요섭의 「사랑방 손님과 어머니」 같은 작품은 핵심적 사건의 시작과 결말로 소설의 시작과 끝을 삼고 있다.

모더니즘은 인물과 환경의 단절이 주요 경향이고 인물은 환경에 의해 소외되어 나타난다. 일반적으로 리얼리즘 소설, 모파상이나 체홉 등의 소설은 근대 사회 초기의 반영이다. 이는 인간이 인간의 이성에 의해 세상을 지배하고 발전시킬 수 있다는 믿음의 산물이다. 세상에 대한 이성적인 인식과 이에 따른 인과적 사건 파악이 그 특징이다. 그러나 모더니즘 소설, 이는 좀더 발달한 독점자본주의의 산물이다. 다시 말해 자본에 의한 인간의 지배가 훨씬 심화된 시기의 산물이다. 인간은 세상에 대한 객관적 파악이나 인과적 인식이 불가능하게 된다. 카프카의 『성』이나 『변신』이 이를 잘 말해준다. 세상에 대한 합리적이고 이성적인 판단이나 해석이 애초에 불가능하다. 때문에 전통적인 인과율에 따른 플롯은 해체된다. 인물과 환경의 관계에 의한 사건의 전개가 이루어지지 못하기 때문이다. 그래서 전통적인 플롯은 해체되고 콜라쥬(신문기사나 광고 등을 삽입하는 구성), 몽타쥬(서로 상관없이 보이는 장면이나 사건의 전개를 이어 붙이는 방식), 의식의 흐름 등의 기법이 등장하게 된다. 예를 들어 프루스트의 『잃어버린 시간을 찾아서』는 마들렌느라는 프랑스 과자의 맛에 대한 기억을 통해 온갖 과거의 일이 작가의 심리적 변화에 따라 전개된다.

또 플롯에는 단순 플롯과 복합 플롯이 있다. 보통의 단편소설의 플롯이 단순 플롯이다. 장편소설 등에서는 둘 이상의 플롯이 함께 나타난다. 이를 복합 플롯이라고 한다. 특히 여러 개의 플롯을 병렬

해서 보여주는 것을 피카레스크 플롯 또 그렇게 쓰여진 작품을 피카
레스크 소설이라고 한다. 원래 이 말은 '피카로'에서 온 말이다. 우리
말로 악한이라는 뜻이다. 악한이 사회의 여러 방면을 경험하면서 거
기에서 겪게 된 사건을 기록한 소설을 말한다. 박태원의『천변풍경』,
이문구의『우리동네』연작, 조세희의『난쟁이가 쏘아 올린 작은 공』
등이 여기에 속한다고 할 수 있다.

또 액자형 플롯, 액자 소설이라는 것이 있다. 플롯 속에 또 하나의
플롯이 들어있는 것을 말한다. 김동인의 「배따라기」나 「붉은 산」이
대표적이다. 현대의 작품으로는 이문열의『사람의 아들』같은 작품
을 들 수 있다. 주인공이 겪은 다른 사람의 이야기를 소설 속에서 끌
어들이거나『사람의 아들』에서처럼 이야기 속에 등장하는 또 다른
이야기가 소설 속에서 의미 있게 전개되거나 하는 방식이다. 이는
현대 소설에서 아주 많이 쓰는 구성 방식이다.

그 다음으로 우리가 또 하나 생각해야 할 것은 닫힌 플롯과 열린
플롯이라는 개념이다. 고전소설 등 과거의 소설은 주로 닫힌 플롯으
로 되어있다. 무슨 말인가 예를 들어보자. 고전소설의 대표적 형태인
영웅소설은 주인공의 신성한 탄생으로부터 시작하여 갖은 고난과 거
기로부터의 구원을 거쳐 출세와 행복한 결말에 따른 신성성의 회복
이라는 구조를 가지고 있다. 신성성으로 출발하여 신성성의 회복으
로 끝나는 닫힌 플롯 닫힌 구조라 할 수 있다.

그러나 이는 판소리계 소설부터 무너지기 시작한다. 예를 들어「춘
향전」을 보자. 춘향전에서 '춘향의 정절 – 갖은 고초 – 이몽룡과의
상봉 – 정절의 보상'은 이런 닫힌 플롯의 반복으로 보인다. 그러나
이 소설은 이러한 플롯만을 가지고 있는 것은 아니다. 해석에 따라
다른 플롯이 더욱 중요하게 여겨질 수 있다. '이몽룡이 기생인 춘향

에 관심을 가짐 – 여러 가지 장애 – 진정한 인간적 사랑의 획득'이라는 플롯으로 파악할 수 있다. 처음에 이몽룡에게는 단순한 욕망의 대상이었던 춘향이 결말에는 계급을 초월한 인간적 사랑의 대상으로 변화된 것이다. 바로 열린 플롯을 보여주고 있다.

근대 소설 중에서 주요섭의 「사랑방 손님과 어머니」를 살펴보자. 표면적으로 보면 '전통적인 가치관에 따라 수절하는 어머니 – 선생님과의 사랑 – 사랑을 거부하고 다시 수절'이라는 닫힌 구성을 보여준다. 그러나 이 소설은 닫힌 플롯으로 설명할 수 없다. 사랑을 거부하고 자신의 위치를 지키는 어머니의 모습은 아주 쓸쓸하고 절망스런 모습으로 그려지고 있다. 이를 통해 되려 이 소설은 윤리적 가치관을 넘어선 인간적 사랑의 중요성을 강조하고 있다. 즉 다른 세계로 열려있는 플롯이라고 할 수 있다. 이렇게 열려있는 구조를 통해 소설은 기존의 가치관이나 기존의 질서를 비판하고 새로운 질서 새로운 가치관 그리고 기존의 윤리나 관념에 얽매여 미처 보지 못하던 새로운 세상의 모습을 보게 해준다.

그런데 일반적인 통속소설은 이런 열린 구조가 아니라 닫힌 구조를 보여준다. TV 드라마가 대표적이다. 예를 들어 한 가정의 이야기를 다룬 일반적인 TV 드라마는 사랑과 평화가 깃든 단란한 한 가정으로부터 시작한다. 그러나 누군가의 잘못으로 그 가족은 파탄의 위기에 접하게 된다. 남편이 딴 여자에게 눈을 돌려서이기도 하고 아니면 아내에게 과거의 남자가 나타났기 때문이기도 하다. 그러나 두 사람의 노력과 사랑의 힘으로 이 모든 갈등을 극복하고 다시 단란한 가정을 회복하는 것으로 끝을 맺는다. 전형적인 닫힌 구조라 할 수 있다.

그런데 이러한 닫힌 플롯은 기존의 질서와 가치관을 넘어서고 비판하면서 새로운 것을 지향하지 못한다. 그렇기 때문에 이미 상투화된 관념과 사고에 묶여 현실의 진실을 새롭게 인식하지 못하게 된다. 이러한 닫힌 구조로 가정의 문제를 바라볼 때 가정의 파탄은 한 개인의 윤리적 문제가 원인이 된다. 그리고 그러한 개인의 도덕적 반성으로 모든 것이 다시 회복된다는 생각이 거기에 깔려 있다. 그러나 지금 우리 사회에서의 가정의 파탄은 전통적 가족제도의 붕괴와 남녀간의 성 역할의 변화라는 보다 근본적이고 심대한 사회적 차원의 원인에서 기인한다고 할 수 있다. 소설이 그것을 보이기 위해서는 기존의 제도와 관념을 넘어선 새로운 가치관을 지향해 가는 열린 플롯을 가질 수밖에 없는 이유가 여기에 있다.

소설의 플롯을 좀더 깊이 이해하기 위해 플롯이라는 개념으로 실제 작품을 이해해 보도록 하자. 김승옥의 「무진기행」이라는 작품을 두고 생각해 보기로 하겠다. 작품 전체를 인용하고 읽은 다음에 설명해야겠지만 여기서는 간단히 작품의 개요만을 제시하기로 한다. (문학 작품의 줄거리 요약만을 읽는다는 것은 아무런 의미가 없다. 여기의 줄거리 소개는 설명의 편의를 위한 것일 뿐이다. 꼭 작품의 전문을 찾아 읽도록 하자)

〈「무진기행」 줄거리〉

장인이 운영하는 제약회사에 다니는 '나'는 전무로의 승진을 앞두고 아내의 권유로 기분전환을 위해 버스를 타고 무진으로 떠난다. 버스 안에서 농사 시찰원인 듯한 이들의 무진에는 명산물이 없다는 이야기에 '나'는 무진의 명산물이 안개라고 생각한다. 제약회사에 다니는 '나'는 선선한 바닷바람을 맞으며 지상에서 가장 상쾌한 수면제를 떠올린다. 무진은 '나'에게 어머니의 묘가 있는 곳이며 젊은 시절의 추억이 있는 곳이기도 하다. 역에서 본 미친 여자는 '나'의 무진에 대한 어두운 기억들을 떠올리게 한다. 무언가 새 출발이 필요하거나 도망쳐야 할 때 무진에 오곤 했지만 전쟁을 피해 숨은 골방 속에서의 악몽, 수음, 담배꽁초 등만이 있었을 뿐이었다.

자기를 아는 사람들의 수군거림을 뒤로 한 채 '나'는 이모댁으로 향하고 그 날 저녁 '박'이라는 중학교 후배를 만난다. 중학 시절 문학소년이었던 '박'은 무진 중학교의 국어 교사로 있었고 세무서장이 된 '조'의 소식을 말해준다. '조'는 중학교 동창으로 손금이 나쁜 소년이 스스로 손금을 파가며 열심히 일해 성공했다는 이야기를 좋아하던 친구였다. '나'와 '박'은 '조'의 집으로 가고 거기에서 하선생을 만난다. 그녀는 서울에 있는 음악대학에서 성악을 전공하고 중학교에서 음악 교사로 재직하고 있다. 졸업 연주회 때 '나비 부인' 중 '어떤 개인 날'을 불렀다는 그녀는 술자리에서 유행가인 '목포의 눈물'을 부른다. 하선생을 좋아하는 '박'은 그러한 그녀의 모습을 회피한다. 술자리가 끝나고 돌아가는 길에 하선생은 밤길이라 무서우니 데려다 달라고 말한다. 그녀는 자신의 이름이 '인숙'이라고 말하고 '나'에게 자신을 서울로 데려가 달라고 한다. 둘은 다음날 만나기로 한 뒤 헤어진다. 그날 밤 '나'는 개구리 울음 소리를 들으며 그녀와의 대화를 회상하고 사이렌 소리를 들으며 엉뚱한 생각을 하다 잠이 든다.

다음날 '나'는 어머니의 산소를 갔다오는 길에 방죽 밑에서 자살한 술집 여자의 시체를 보고 그녀에게서 동질감을 느낀다. 세무서에서 '조'는 자신의 모습을 과시하고 '나'는 그런 '조'를 조소의 눈초리로 바라본다. '조'는 하선생이 자신을 쫓아다니나 집안이 허름해 싫다고 한다. 하선생과 다시 만난 '나'는 '쓸쓸하다'라는 단어밖에 떠오르지 않는 폐병 시절 요양했던 집을 찾아간다. 그리고 그녀와 정사를 갖는다. 둘은 바닷가에 가고 하선생은 '어떤 개인 날'을 부르고 서울로 가지 않겠다고 한다. '나'는 하선생에게 사랑을 느끼지만 결국 말하지 못한다.

이튿날 아침 '나'는 아내로부터 회의에 참석하기 위해 급
상경하라는 전보를 받는다. 그리고는 갈등한다. 결국 전보
의 뜻대로 현실로 돌아가기로 한 '나'는 하인숙에게 사랑한
다는 편지를 썼다가 찢어버린다. 서울로 돌아가는 버스에
서 '나'는 심한 부끄러움을 느낀다.

이 소설의 플롯에 대해 설명하기 전에 먼저 이 소설의 배경이 되
고 있는 '무진'이라는 곳의 의미에 대해 먼저 이해할 필요가 있다. 현
실적인 삶의 공간인 서울에서의 삶이 실패하거나, 아니면 무언가 새
출발을 해야 할 때, 되돌아오게 되는 곳이 바로 '무진'이다. 여기에서
'무진'은 주인공의 고향이지만 고향의 포근하고 안온한 그런 이미지
를 가진 곳이 아니다. 우울하고 고통스러운 기억만 존재하는 곳이기
도 하고, 삶의 의미를 찾기 어려운 소외된 곳으로 묘사되기도 한다.
소설 초반에 길게 묘사된 다음과 같은 무진의 풍경이 이를 잘 보여
준다.

버스는 무진 읍내로 들어서고 있었다. 기와지붕들도 양철
지붕들도 초가지붕들도 유월 하순의 강렬한 햇볕을 받고
모두 은빛으로 번쩍이고 있었다. 철공소에서 들리는 쇠망
치 두드리는 소리가 잠깐 버스로 달려들었다가 물러났다.
어디선지 분뇨 냄새가 새어들어 왔고 병원 앞을 지날 때는
크레졸 냄새가 났고 어느 상점의 스피커에서는 느려빠진
유행가가 흘러나왔다. 거리는 텅 비어 있었고 사람들은 처
마 밑의 그늘에 쭈그리고 앉아 있었다. 어린 아이들은 빨
가벗고 기우뚱거리며 그늘 속을 걸어다니고 있었다. 읍의
포장된 광장도 거의 텅 비어 있었다. 햇볕만이 눈부시게
그 광장 위에서 끓고 있었고 그 눈부신 햇살 속에서, 정적
속에서 개 두 마리가 혀를 빼물고 교미를 하고 있었다.

– 김승옥, 「무진기행」 중에서

이렇게 삭막하게 그려진 무진은, 진정한 자신으로부터 소외되어 있고 사회적인 관계 속에서 항상 고통을 받고 있는 자신의 현재와 관련되어 있는 과거가 존재하는 곳이다. 무진은 지금의 자신의 의식을 만들고 있는 자신의 내면의식이다. 이렇게 볼 때 무진의 방문은 단순히 고향의 방문이 아니라 자기 내면 의식의 방문이라 할 수 있다. 그렇기 때문에 '무진(霧津)'이다. 명확한 것도 확실한 것도 아닌 안개처럼 어슴푸레한 기억으로만 존재하는 공간이기 때문이다.

이런 배경 속에 등장하는 인물들에 대해서도 생각해 보자. 주인공 윤희중은 수동적이며 소외되어 있는 인물이다. 어렸을 때는 어머니에 의해 골방에 감금된 기억을 가지고 있고, 지금은 아내에 의해 지배당하고 있다. 항상 순수를 지향해보지만 결국 세상의 힘에 수동적으로 이끌려 속물이 되고 만 그런 인물이다. 이런 인물은 현대 모더니즘 소설에 특징적으로 등장하는 인물이기도 하다. 리얼리즘 소설의 주인공은 능동적인 문제적 인물이다. 현실의 모순을 깨닫고 그것을 극복하여 세상을 변화시키고자 하는 인물형이다. 이에 반해 이 소설과 같은 모더니즘 소설에서의 인물은 소외된 현실에 끌려가는 수동적인 인물형을 보여준다. 이런 점에서 이 소설의 주인공은 이상의 「날개」의 주인공을 잇고 있다.

음악선생인 하인숙은 고통과 방황 속에 살던 옛날 자신의 모습을 그대로 보여주는 인물이다. 그래서 서로 끌려 사랑의 감정을 느끼고 관계를 맺기까지 한다. '박'은 무력한 순수를 보여주는 인물이다. 순수하지만 현실에서는 아무런 힘을 갖지 못하는 무력한 존재이다. 이에 반해 '조'는 전혀 반대의 인물로서 세상의 속물적 가치를 대변하고 있다. 사회적 성공을 통해 자신을 과시하고 자신의 욕망을 채우는 것이 최대의 가치인 사람이다. 그런데 이 세 사람은 각각 윤희중의 내면을 담당하는 인물이다. '박'은 순수한 본래적 자기이며, 조는 현실에 찌들은 속물화된 현실의 자신의 모습이다. 하인숙은 무진을 떠나고 싶지만 그러나 무진에서 떠날 수 없는 과거의 자신의 모습이며 무진의 안개처럼 모호한 윤희중 자신의 내면 모습이기도 하다.

이렇게 이 소설의 배경과 인물을 분석하고 나면 이 소설의 플롯은 너무나 간단하게 드러난다. 이 소설은 일반적인 근대 리얼리즘 소설들이 가지고 있는 인과적 구성으로 긴밀하게 잘 짜여진 플롯을 가지고 있지 않다. 이렇다 할 핵심적 사건이 존재하지 않는 밋밋한 경험의 기록이다. 이렇게 보았을 때 이 소설은 전통적인 인과적 플롯을 해체하면서 주인공의 심리적 경험을 통해 플롯을 재구성하고 있다.

이 소설의 플롯은 '자기 것이 아닌 소외된 현실의 삶 – 무진으로의 여행 – 다시 소외된 현실로의 복귀'라는 구조로 되어 있다. 고향인 무진, 즉 자신의 내면으로의 여행을 통해 주인공 윤희중은 본래적 자신의 모습을 찾고자 한다. 거기에 소외된 지금의 처지와는 다른 순수와 사랑이 있으리라 기대한다. 무언가 신선한 바닷바람 같은 삶의 활력을 기대한다. 하지만 무진에는 과거의 경험과 관련된 고통만 있을 뿐이다. 순수는 무력하기 짝이 없고, 사랑 역시 현실의 힘 앞에서는 지극히 불완전한 것이다. 결국 주인공은 현실로 다시 복귀할 수밖에 없다. 이러한 플롯의 전개는 '편지'라는 장치와 잘 결부되어 있다. 편지는 진정한 자신을 상대에게 호소하는 수단으로 곧 인간간의 소통을 의미한다. 윤희중이 청년시절 골방에서 편지를 기다리나 중간에 어머니가 그것을 전해주지 않는다. '박'이 하인숙에게 수 차례 연애편지를 보내지만 하인숙은 그것을 읽지 않고 조의 손으로 넘겨 웃음거리로 만들어 버린다. 또한 소설 끝 부분에서 윤이 하인숙에게 자신의 심정을 담은 편지를 쓴다. 그러나 보내지 못하고 찢어버린다. 이렇듯 이 소설에서 편지는 결코 전달되지 못한다. 이는 서로에게 진정한 자신의 존재가 가 닿지 못함을 의미한다. 자아와 자아 사이의 의사 소통이 철저히 불가능함을 보여주는 것이다. 그러나 이에 비해 사무적인 문서인 전보는 인간을 움직이는 확고한 힘으로 작용하고 결국 윤희중은 서울이라는 현실 생활로 복귀한다.

 이렇게 보았을 때 이 소설의 플롯은 닫힌 플롯이라 할 수 있다. 주인공이 처음 처한 상황에서 한 발짝도 더 나아가거나 변화되지 못하고 있다. 그러나 이 소설의 닫힌 플롯은 앞서 설명한 고전소설이나 대중적인 소설에서의 닫힌 플롯과는 다르다. 이 소설은 이런 닫힌 플롯을 통해 현대 사회가 가지고 있는 사회적 억압과 거기에 살고 있는 인간들의 소외된 삶을 보여주고 있다. 주인공 윤희중이 술집 작부의 주검을 보고 성욕을 느끼는 장면은 바로 이러한 주제를 가장 선명하게 보여주는 대목이다. 성적 욕망은 동질성을 느끼는데서 유래한 감정이다. 세상의 힘 앞에 모든 것을 잃고 무력하게 죽어간 작부의 모습에서 바로 자신의 삶의 모습을 보고 있기에 주인공은 자신도 모르게 성적 욕망을 느끼게 된다.

<연습문제>

1. 자신이 읽은 소설 중 한 편의 내용을 떠올리고 그 소설의 플롯이 어떻게 만들어 졌는지 생각해 보자.

2. 황석영의 단편 소설 「삼포 가는 길」을 읽고 플롯을 이 작품의 주제와 관련하여 다각도로 분석해 보자.

3. 소설에서의 인물

　소설은 세계와 대결해나가는 인간의 이야기이므로 소설에서는 인물의 형상이 결정적인 중요성을 갖는다. 현대소설에 와서 이야기가 없어지고 플롯이 해체되는 소설이 생겨나기는 하지만 소설에서 인물이 완전히 배제된 작품은 불가능하다. 특히 근대 소설은 사회 속에서의 인간 탐구를 그 목적으로 하고 있다고 할 수 있는데, 이에 따라 소설에서 인물의 형상화가 가장 중요한 관심거리로 작용하게 된다. 고전 소설의 경우 그것은 사건 중심, 스토리 중심의 소설이었다고 할 수 있다. 그러나 근대 이후 개인주의적 자아 각성이 특징인 근대 사회에서의 소설 역시 개인의 인간적 면모를 추구하는 전형적이고 개성 있는 인물이 소설의 중심으로 등장하게 된다.

　소설의 인물을 흔히 '주동적 인물'과 '반동적 인물'로 나누어 설명한다. 주동적 인물은 이야기를 중심에서 끌고 나가는 인물, 즉 주인공을 말한다. 반대로 주인공의 반대편에 서서 주동적 인물과 대립을 일으키는 인물을 반동적 인물이라고 한다. 고대소설 등 선악의 대결이 이야기를 끌어나가는 소설에서는 이러한 두 인물간의 갈등과 해결이 소설의 주요 골격이 된다. 무협지도 마찬가지이다. 현대에 와서 이러한 인물간의 갈등을 가장 잘 보여주는 것은 바로 헐리우드 영화들이다. 브루스 윌리스가 주로 배우로 나오는 형사나 탐정이 주동적 인물이라면 그와 대립적 위치에 있는 테러범이나 악당 두목 등 범죄자가 반동적 인물이다.

근대 리얼리즘 소설에서도 이러한 주동적 · 반동적 인물간의 대립이 기본적이다. 감자에서 복녀가 주동적 인물이라면 남편이나 왕서방이 바로 반동적 인물이다. 도스토예프스키 소설『죄와 벌』에서 소냐와 라스콜리니코프가 주동적 인물이라면 고리대금업자 노파가 반동적 인물이다. 70년대 우리 문단에서 많이 쓰여진 노동소설에서 노동자가 주동적 인물이라면 자본가가 반동적 인물이다.

그러나 제대로 된 리얼리즘 소설에서는 단순히 인물간의 대립으로만 세상을 바라보지 않는다. 주동적 인물이나 반동적 인물이나 어느 한 편이 선이나 악을 대변하는 것이 아니라 두 인물간의 갈등이 사회적 관계 속에서 나타난다. 노동자는 선이고 자본가는 악이라는 관념에서 소설을 쓴다면 너무나 도식적인 생경한 소설이 되어버릴 것이다. 자본주의 사회라는 사회적 관계 속에서 두 입장의 인물이 선악을 넘어서서 갈등할 수밖에 없다는 것을 보여주어야 그것이 제대로 된 현실성을 갖는 소설이 된다.

대중소설, 통속소설일수록 주동적 인물과 반동적 인물간의 선악 대결이라는 편리한 도식을 쉽게 사용한다. 대중적인 TV 드라마 같은 것을 보자. 두 남녀의 사랑을 가로막는 못된 시어머니나 아니면 행복한 가족을 망가트리기 위해 남의 남편을 유혹하는 요부가 반동적 인물로 등장한다. 그리고 이들의 사악함을 물리치고 원래의 가정의 행복을 되찾는 것이 드라마의 내용이 된다. 이런 식의 인물 설정은 갈등이 분명하고 성격의 대립이 명확하여 독자의 흥미를 쉽게 유발할 수는 있지만 현실을 제대로 보여줄 수는 없다. 현실은 이렇게 간단하게 도식화될 수 없기 때문이다.

이러한 도식은 사실 사회를 은폐한다. 두 남녀의 사랑을 가로막은 것을 시어머니나 요부로 설정할 때 우리 사회의 진정한 남녀간의 사랑을 가로막는 가족제도나 자본주의적 가치관 등의 문제를 제대로 보여줄 수가 없을 것이다. 헐리우드 폭력 영화를 생각해보자. 정의롭고 능력 있는 형사나 탐정이 사악한 주인공을 물리치는 것이 이들 영화의 주 내용이다. 이런 영화에는 세상은 잘 돌아가고 있는데 몇몇의 못된 범죄자 때문에 세상이 험악해지고 있고 그들을 제거하면 세상은 좋아질 것이라는 이데올로기가 담겨 있다. 그러나 과연 그런가? 몇몇의 범죄자를 처단하면 좋은 세상이 올까? 세상이 황폐해지고 범죄가 증가하는 것은 물질만능주의라든가 인간소외라든가 아니면 계급간의 격차와 그에 따른 계급갈등 등, 자본주의 사회가 가진 근본적인 병폐에서 기인할 것일 것이다. 그런데 이런 근본적인 문제를 보지 못하고 오직 인물간의 선악 대결로 사태를 환원하는 것은 진실을 은폐하고 있다고 할 수 있다.

　모더니즘 소설에 오면 주동적 인물과 반동적 인물이라는 관계는 소설 속에서 사실 사라져 간다. 이상의 「날개」에서 주인공과 아내는 주동과 반동의 관계라기보다는 나의 한 분신이다. 나의 다른 측면의 표현이다. 주인공 '나'가 내면적 자아라면 아내는 사회적 자아이다. 내면과 사회적 자아가 주동과 반동으로 서로 갈등한다고 할 수도 있지만 이는 근본적으로 한 인물의 분열을 의미한다고 할 수 있다.

　다음으로 인물을 설명할 때, '평면적 인물'과 '복합적 인물'이라는 개념도 있다. 평면적 인물은 처음에서 끝까지 인물의 성격이 변하지 않는 인물을 말한다. 고전소설에 등장하는 인물들은 대부분 이런 유형의 인물이다. 선한 주인공과 악한 반대편 인물이라는 도식이 처음부터 끝까지 수미일관 유지된다. 각각의 인물은 선악에 해당하는 단일한 인물 유형을 갖게 된다. 신소설이나 이광수의 소설 속의 인물들도 평면적이다. 신소설에서 개화의식을 가진 사람은 모두 선이고 그렇지 않고 과거에 집착하는 사람은 모두 악인이다. 이광수의 소설도 마찬가지이다. 깨어있는 젊은 지식인은 선한 인물이고 이러한 성격이 끝까지 유지된다.

그러나 근대소설에 오면 인물들의 성격은 복합적이 된다. 한 인물 안에 다양한 성격이 혼재되어 있거나 아니면 시간을 두고 인물의 성격이 변화한다. 김동인의 「감자」에서 복녀는 처음에는 순진한 시골처녀였지만 돈과 섹스를 알면서 점차 타락한 인간형으로 변모해간다. 평면적인 인물은 주로 가치관 이념 등의 외재적인 요인이 인물의 성격을 결정하고 인물은 그런 것에 지배당하고 있다. 그러나 근대소설에서의 인물은 인물이 살고 있는 사회 환경이라는 내재적 원리에 따라 인물의 모습이 그려지고 있다. 따라서 인물은 환경의 변화에 따라 변화할 수밖에 없다.

소설의 인물에 관한 개념 중 가장 중요하게 논의되는 것은 전형적 인물이다. 전형적 인물은 특히 리얼리즘 소설에서 가장 중요시되는 개념이다. 엥겔스는 리얼리즘의 조건으로 첫째는 세부묘사의 핍진성, 둘째로는 전형적 환경에서의 전형적 인물의 형상화를 들었다.

전형적 인물이란 한 사회의 본질적이고 보편적인 모습을 가장 잘 보여주는 인물을 말한다. 그러나 전형적 인물은 평균적 인물하고는 다르다. 평균적 인물이란 가장 흔한 인물을 말한다. 가장 흔하고 평균적인 인물이 한 사회의 본질적인 모습을 가장 잘 보여주는 것은 아니다.

예를 들어 필자가 대학을 다니던 70년대를 생각해보자. 그때는 학생운동이 아주 격화되던 시기였다. 누구나 학생운동으로부터 자유로울 수가 없었다. 소수의 고시파를 제외하고, 적극적으로 가담 하든가

제 3 장 소설의 이해 **151**

아니면 적극적인 것은 아니지만 학생운동의 정당성을 인정하고 소극적으로라도 동참 하든가 하던 시대였다. 그런데 이 시대를 대표하는 가장 일반적인 사람은 어떤 사람일까? 학교를 다니다 학생운동에 동참하면서 데모에도 몇 번 가담하고, 그러나 별일 없이 학교를 졸업하고 나서 회사에 취직해 지금은 아파트라도 한 칸 마련하고 자가용도 한 대 마련해서 주말이면 가족들과 함께 야외로 놀러 다니며 사는 평범한 직장인일 것이다. 그러나 이런 인물을 통해 당대 사회 현실의 본질을 보여줄 수는 없다.

그런데 다음과 같은 인물을 그렸다고 하자. 남들은 열심히 운동에 참여해 잡혀도 가고 분신까지 하고 하는데 자신은 용기가 없거나 아니면 자신의 가족 때문에 거기에 투신할 수도 없어 이로 인한 심한 자책감으로 고민하다 결국 자살한 학생이 있었다고 하자. 이 학생은 아주 특별한 인물이다. 그러나 그 인물의 고민을 통해 당대 학생들의 고민을 보여주고 당시의 사회적 문제의 핵심을 보여줄 수 있다. 그러한 인물이 바로 전형적 인물이다.

이렇게 볼 때 전형적 인물은 개성을 가지고 있으면서도 사회적 보편성, 즉 그 시대의 본질적 구조나 시대 정신을 보여주어야 한다. 철학의 주요 범주로 '개별'과 '보편'의 통일로서 '특수'라는 개념이 있는데 이 특수가 예술적으로 형상화된 것이 바로 전형이다.

리얼리즘 소설이 전형적 인물을 등장시킴에 반해, 모더니즘 문학에 등장하는 인물은 대개 '소외된 인물'이다. 리얼리즘 소설에서의 인물은 현실과의 적극적 대결이 특징이다. 현실과의 갈등을 통해 좌절하든지 아니면 승리 하든지를 보여준다. 이러한 갈등과 대결을 통해 그 사회의 모습을 그려 보여주려는 것이 바로 리얼리즘 문학이다. 이때 그 사회의 모습이 전형을 통해, 사회 역사적인 보편성을 획득한 모습으로, 즉 파편적이지 않고 전반적인 모습으로 그려졌을 때 그것을 '총체성'이라 한다.

그러나 모더니즘의 소설에 오면 인물은 현실과 적극적인 대결을 하기보다는 현실로부터 소외를 보여준다. 당연히 총체성이 상실된다. 이상의 「날개」를 생각해보자. 주인공 나는 알 수 없는 이유로 자신의 아내와 함께 살면서 자신이 파악할 수 없는 아내의 삶을 관찰한다. 그런데 그것이 무슨 의미인지 무엇이 자기를 이런 생활로 이끌었는지 총체적인 인식이 불가능하다. 앞장에 등장하는 김승옥의 「무진기행」도 마찬가지이다. 주인공이나 그 소설을 읽는 독자나 안개같이 명확하지 않는 현실만을 읽게 된다. 어떤 알 수 없는 힘에 의해 주인공은 수동적인 삶을 강요당할 뿐이다. 그것의 사회적 맥락이나 의미가 분명히 밝혀지지 못한다. 그리고 이를 통해 현대 사회에서의 인간의 소외를 보여준다. 카프카의 『성』을 생각해보자. 커다란 성 속에 주인공 K는 그 성의 구조도, 그 성의 의미도, 자신의 역할도 파악하지 못한 채 미로 안의 동물처럼 그 안에서 헤맬 뿐이다. 이렇듯 모더니즘 소설에서는 총체성 자체의 상실이 주제가 된다. 거기서 인물은 당연히 소외된 인물이 되어 나타난다. 리얼리즘은 사회의 부정성을 이야기하지만 그것의 극복 가능성이나 발전적 전망을 포기하지 않는다. 그렇기 때문에 사회를 총체적으로 정확히 파악하고 인식하여 그것의 발전 가능성을 모색해야 한다는 기본적 입장을 갖는다. 그러나 모더니즘은 이러한 발전적 전망을 포기하고 현실에 대한 절망감을 증폭하면서 비관적 전망을 갖는 것을 특징으로 한다.

소설에서 이러한 인물들을 형상화하는 방법에는 두 가지가 있다. 직접제시와 간접제시가 바로 그것이다. 이를 다른 말로 '말하기(telling)'와 '보여주기(showing)'라고도 한다.

인물의 직접제시는 인물의 특징과 성격을 직접 설명하거나 묘사하는 것을 말한다. 다음과 같은 예가 여기에 속한다.

> C학교에서 교원 겸 기숙사 사감 노릇을 하고 있는 B여사라면 딱장대요 독신주의자요 차진 야소꾼으로 유명하다. 사십에 가까운 노처녀인 그는 주근깨 투성이 얼굴이 처녀다운 맛이란 약에 쓰려도 찾을 수 없을 뿐 아니라, 시들고 거칠고 마르고 누렇게 뜬 품이 곰팡이 슬은 굴비를 생각나게 한다.
> 여러 겹 주름이 잡힌 훨렁 벗겨진 이마라든지, 숱이 적어서 법대로 쪽찌거나 틀어 올리지를 못하고 엉성하게 그냥 빗겨 넘긴 머리고리가 뒤통수에 염소똥만하게 붙은 것이라든지, 벌써 늙어가는 자취를 감출 길이 없었다. 뾰족한 입을 앙당물고 돋보기 너머로 쌀쌀한 눈이 노릴 때엔 기숙생들이 오싹하고 몸서리를 칠이만큼 그는 엄격하고 매서웠다.
>
> – 현진건, 「B사감과 러브레터」 중에서

매력 없는 용모와 깐깐한 성격을 가진 한 여자의 모습에 대해서 아주 실감나게 잘 묘사하고 있다. 고전소설에서도 이런 식의 인물 제시를 주로 사용한다. 「흥부전」에서 놀부의 모습이나 「장화홍련전」에서 장화와 홍련의 모습 등이 직접적으로 제시되어 있다. 이런 식의 인물 형상화 방식은 인물에 대한 명확한 인식을 가지게 해주기는 하나 유형적 인물을 만들 소지가 많다. 작가가 인물에 대한 나름의 해석이나 평가를 미리 만들어 놓기 때문에 독자들로 하여금 일종의 편견에 빠지게 할 가능성이 많다.

간접제시 방법은 인물들의 행동이나 표정, 또는 대화 등에 의해 인물의 성격이 스스로 만들어지게 하는 방법이다. 다음의 예가 여기에 해당한다.

다음날은 좀 늦게 개울가로 나왔다.

이날은 소녀가 징검다리 한가운데 앉아 세수를 하고 있었다. 분홍 스웨터 소매를 걷어올린 팔과 목덜미가 희었다.

한참 세수를 하고 나더니, 이번에는 물 속을 빤히 들여다본다. 얼굴이라도 비추어 보는 것이리라, 갑자기 물을 움켜낸다. 고기 새끼라도 지나가는 듯.

소녀는 소년이 개울 뚝에 앉아 잇는 걸 아는지 모르는지 그냥 날쌔게 물만 움켜낸다. 그러나 번번히 헛방이다. 그래도 재미있는 양, 자꾸 물을 움킨다. 어제마냥 개울을 건너는 사람이 있어야 자리를 비킬 모양이다.

그러다가 소녀가 물 속에서 무엇을 하나 집어낸다. 하이얀 조약돌이었다. 그리고는 홱 일어나 팔짝팔짝 징검다리를 뛰어 건너간다.

다 건너가더니만 홱 이리로 돌아서며,

"이 바보."

조약돌이 날아왔다.

소년은 저도 모르게 벌떡 일어섰다.

단발머리를 나풀거리며 소녀가 막 달린다. 갈밭 사잇길로 들어섰다. 뒤에는 청량한 가을 햇빛 아래 빛나는 갈꽃뿐.

– 황순원, 「소나기」 중에서

여기서는 등장 인물인 소녀에 대해 아무런 설명이 없다. 소녀의 동작과 대화만을 제시할 뿐이다. 이렇게 제시된 소녀의 행동과 말을 통해 우리는 시골 생활에 신기해하는 도시에서 온 한 소녀의 순진무구한 성품을 느낄 수 있다. 이러한 방식은 독자들이 자신의 감수성으로 작중 인물의 성격을 재구성하게 되므로 생동감과 구체성을 획득할 수 있다.

이러한 인물에 대한 분석이 소설을 이해하는 데 어떤 도움을 줄

수 있는지, 서정인이 쓴 「강」이라는 한 작품의 예를 들어 좀더 살펴
보도록 하자. 앞장과 마찬가지로 이번에도 작품의 요약문을 제시하
기로 한다. (앞서도 지적했듯이 작품을 이해하기 위해서는 꼭 작품의
전문을 구해 읽어야 한다)

〈「강」의 대강의 줄거리〉

　발차 시간이 늦어지고 있는 버스 안이다. 검정 외투 속에
고개를 웅크린 채 앉아있는 김씨는 늙은 대학생이다. 그는 진
눈깨비가 내리던 날 입대한 경험이 있다. 그가 꿈꾸던 입대
풍경이란 단아한 여자가 악대 음악을 배경으로 저만치 서있
는 영화 같은 장면이다. 그러나 현실은 너무나 초라했다. 그
는 한 때 촉망받던 젊은이였으나 이제는 삶 자체에 실망해
버린 사람이다. 그는 검은 안경을 보고 장님 안마사가 되어
옛 애인을 만난다는 엉뚱한 낭만적인 상상을 한다.
　박씨는 전직 국민학교 교사이며, 병역 기피자이다. 그래서
그는 검은 안경만 보면 형사가 생각난다. 그리고 하숙집 주인
이기도 한데, 소심하고 열등감이 많은 사람이다. 그래서 입대
이야기나 논산 얘기에는 애써 못들은 척한다. 밤색 잠바를 입
은 이씨는 세무서 직원인데, 퇴근 후 당구도 치러 다니고, 춤
도 추러 다닌다. 그는 검은 안경을 보면, 그것을 쓰고 폼잡고
싶어하기도 하는 겉멋쟁이요, 건달 같은 사람이다.
　김씨와 이씨는 박씨네 하숙생들이다. 셋은 버스를 타고 혼
삿집에 가는 중이다. 박씨의 옆에는 살찐 젊은 여자가 앉아
있고 김씨는 외투 속에 웅크린 채로 진눈깨비를 바라보고 있
다. 그는 자기만의 상념에 빠져있다. 차에 운전사와 여차장이
올라타고 드디어 차가 출발한다. 차가 달리기 시작하자 여자
와 박씨는 급속도로 친해진다. 그녀는 술집 작부이다. 세무서
직원인 이씨는 여차장의 엉덩이가 크다고 생각하며 그녀와
실없는 대화를 주고받는다.

드디어 그들은 목적지인 군하리에 도착한다. 함께 내린 젊은 여자는 '서울집'이라는 간판이 달린 술집으로 사라진다. 일행 셋은 지나가는 사람에게 그들이 찾아가야 할 돌마을의 혼사집을 묻는다.

그들은 그날 밤 10시쯤에 술에 만취해 돌마을을 빠져나와 김씨는 여인숙으로, 이씨와 박씨는 '서울집'을 찾아간다. 여인숙에서 심부름하는 소년은 5학년 2반 반장 표찰을 자랑스럽게 달고 있다. 김씨는 일등을 한다는 소년의 말을 듣고 자신의 과거를 회상한다. 가난한 대학생, 천재에서 점점 열등생으로 전락해 가는 자신의 모습을 돌이켜 본다.

다른 일행들은 서울집에서 아까의 젊은 여자와 놀고 있다. 박씨는 여자들에게 인기 있는 이씨를 질투한다. 이씨는 여자더러 대학생 김씨를 데려오라고 시킨다. 여자는 김씨가 대학생이라는 말에 귀를 기울인다. 밖으로 나온 여자는 쌓인 눈을 보고 놀란다. 그리고 그런 날 결혼한 신부를 부러워한다. 그녀는 잠들어 있는 김씨를 바라보며 잠시나마 누나가 되어 보기도 했다가 어머니가 되어 보기도 한다. 그녀는 잠든 대학생의 옷을 벗기고 바로 눕혀주고는 남포불을 끄고 마치 신부가 된 듯이 그 옆에 같이 눕는다. 밖에는 그녀가 지나온 발자국들을 지우며 눈이 소복소복 쌓이고 있다.

위의 작품을 쓴 작가 서정인은 「달궁」 등의 대표작을 가진 소설가이다. 얼마 전에 그의 작품 「달궁」이 불어와 영어로 번역된다고 해서 신문에 소개된 적이 있는 작가이다. 그는 일반에게는 별로 알려진 작가는 아니다. 그러나 문학을 하는 사람들에게는 아주 높이 평가되는 소설가이다. 그의 문학은 리얼리즘의 현실 재현을 보여주면서도 모더니즘적 형식 실험을 동시에 하고 있다고 흔히 평가된다.

여기 소개된 이 소설은 여행을 소재로 한 작품이다. 여행은 흔히 소설이나 영화 등에서 중요한 테마로 사용된다. 왜냐하면 여행은 일상으로부터 탈출하여 새로운 경험을 하는 것을 보여주기 때문이다. 그런데 이때 새로운 경험은 단지 신기한 경험만을 의미하는 것은 아니다. 일상이란, 사회구조나 제도, 일상적 삶의 가지가지 구속이 우리를 억압하는 세계이다. 그런데 여행이란 이런 일상의 세계를 떠나, 감추어졌던 본래적 자아, 아니면 또 다른 자아를 찾아가는 길이다. 앞 장에 설명했던 김승옥「무진기행」역시 여행을 통해 본래적 자아에 도달하는 과정을 보여준 작품이다. 이 소설 역시 여행을 통해 여기에 등장하는 '김', '이', '박'이라는 세 인물의 내면의 모습을 보여준다.

세 인물의 성격을 살펴보자. 김씨는 낭만적인 사람이다. 자의식이 강하고 지적인 사람으로 좌절한 지식인의 형상을 보여준다. 이는 진눈깨비를 보고 입대하던 시절의 이야기를 떠올리는 데서 잘 나타난다. 청순한 여자 친구가 슬픈 얼굴로 배웅하는 장면을 떠올리나 현실은 매춘부가 더러운 공중변소에서 나오는 장면만을 보여준다. 이상과 현실의 괴리에서의 좌절을 보여주는 인물로 설정되어 있다.

세무서원인 이씨는 겉멋을 추구하는 허풍쟁이이다. 겉멋을 내고 여자를 쫓는 것으로 자신의 존재를 확인하는 그런 사람이다. 그는 선글라스 낀 사람이 올라왔을 때 자신이 사놓은 중고 선글라스를 꺼내 멋 낼 생각을 한다. 하숙주인인 박씨는 지극히 현세적인 착실한 사람이다. 그는 현실적인 가치관을 쫓는 사람이다. 병역 기피자인 그는 선글라스 낀 사람을 보고 형사를 생각하며 두려워한다.

그런데 이러한 성격적 차이에도 불구하고 이 들은 모두 현실로부터 소외된 인물이다. 진정한 자신의 실현을 통해 능동적으로 살아가는 인물이 아니다. 좌절한 인물들이다. 그러나 또 한편 이들은 사실 모두 평범한 인물들이다. 우리들은 모두 다 이들처럼 현실에서 작건

크건 많은 좌절을 겪으며 살기 때문이다. '김', '이', '박'이라는 성만을 그것도 가장 흔한 성만을 사용하고 이름을 쓰지 않은 것은 익명성을 강조하여 우리 모두의 모습임을 나타내기 위한 것일 것이다.

이와 함께 이 소설의 제목인 '강'의 의미를 생각해 보자. 이 소설에는 강이 전혀 등장하지 않는다. 강이 배경인 것도 아니고 강과 인물들이 큰 관련을 맺고 있는 것도 아니다. 그럼 이 소설의 제목이 왜 '강'일까? 두 가지의 해석이 가능하다고 본다.

첫째는 세 인물들 사이, 이 사회를 살아가는 인간과 인간들 사이에 강처럼 단절이 있다는 해석이다. 한 집에 함께 살고 있으며, 같은 목적지로 여행을 하는 세 사람이지만 이들 사이에는 아무런 정신적인, 심리적인 교감이 없다. 각자 다른 생각만을 할 뿐이며, 다른 사람에 대한 이해나 배려도 전혀 보여주지 못한다. 이들은 모두 세상으로부터 소외된 사람들이지만 또한 각자가 모두 각자로부터 단절되어 있기도 하다. 이것이 현대를 살아가는 평범한 우리들의 모습이다. 이러한 사람들과의 단절을 강이라는 말로 표현했다고 할 수 있다.

둘째로는 여관방에서 학교 반장을 하고 있는 어린아이를 보고 김씨가 자신의 과거를 떠올린 넋두리에서부터 온 말과 관련이 있다는 해석이다. 김씨는 어렸을 때 반짝이던 자신의 모습이 점차 나이가 들고 큰물에서 나오면서 별 볼일 없는 평범한 인물이 되어 가는 것을 한탄한다. 마치, 반짝이던 이슬방울이 내를 이루고 큰 강이 되면 최초의 존재는 흔적도 없어지고 함께 큰물이 되어 흘러가듯이 우리의 인생도 똑같다는 이야기다. 개인의 반짝이는 개성은 사라져 없어지고 우리 모두는 평범한 삶 속에 묻혀 그저 강물이 되어 흘러간다는 것이다.

마지막으로 이 작품의 말미에 아주 아름답게 묘사된 작부의 행위에 대해서도 생각해 보자. 술집 작부인 여자가 쓰러져 자고 있는 늙은 대학생 김씨의 잠자리를 돌봐주고 자신도 그 옆에 드러눕는 행위는 무엇을 말한다고 할 수 있을까? 좌절되고 소외된 사람들의 소박한 소망의 표현이다. 여자는 김씨를 통해 신부가 되고 싶은 자신의 소망을 대신해서 실현한다. 이는 좌절된 현실, 소외된 삶에서도 그래도 버리고 싶지 않은 나름의 꿈에 대한 추구이다. 바로 그런 것을 통해 인간간의 사랑이 가능하고, 그것이 정말 하찮은 것이라고 하더라도 세상을 견디면서 살 수 있게 한다는 것이 작가의 생각이다. 그래서 이 마지막 부분은 다음과 같이 아름답게 표현되어 있다.

> 남폿불이 피시식 소리를 낸다. 그녀는 일어나서 방바닥에 널려 있는 옷들을 주섬주섬 벽에다 건다. 남포는 호야가 시커멓다. 그녀는 고개를 숙이고 위에서부터 남포 호야 속으로 살며시 바람을 불어넣는다.
> 밖에서는 눈이 소복소복 쌓이고 있다. 그녀가 남겨 논 발자국을 하얗게 지우면서.

<연습문제>

* 신경숙의 소설 「풍금이 있던 자리」를 읽고 등장하는 인물들의 성
  격을 다각적으로 분석해 보자.

4. 소설과 시점

소설을 비롯하여 영화나 만화 등 모든 서사 예술들은 연극처럼 이야기의 상황 속에 독자가 직접 처해 있는 것이 아니라, 이야기의 상황을 전달할 매개물을 필요로 한다. 만화는 그림이라는 것을 통해서 영화는 카메라라는 매개물을 통해 이야기의 상황에 접근한다. 소설에서는 이야기를 말해주는 사람 즉 화자를 통해서이다. 이렇게 이야기를 전달하는 매개물을 통하게 될 때 어떤 관점에서 그것을 보고 전하느냐가 아주 중요하다. 그것에 따라 작품의 내용이나 예술적 효과가 아주 달라지기 때문이다.

영화를 생각해 보자. 영화 속에서 어떤 것을 보여줄 때 다양한 형태의 카메라 시점이 있다. 예를 들어 누군가 편지를 읽고 있는 장면을 영화로 보여준다고 하자. 영화 속에서 진행되고 있는 사건 밖에 있는 사람의 시점으로 편지를 들고 있는 한 인물의 모습을 보여주는 방식이 있다. 이와 달리 편지만을 보여주는 방식도 있을 수 있다. 이 경우 카메라의 시점은 그 영화 속에 등장하는 인물의 시점과 일치한다. 흔히 전자를 '객관적 카메라'라 하고 후자를 '주관적 카메라'라 부른다. 그리고 전자에는 주로 카메라를 멀리서 갖다대는 롱샷(long shot) 기법이 사용되고 후자에는 필요한 부분만을 확대하는 클로즈업(close-up) 기법이 사용된다.

이와 같이 영화에서 카메라의 시점이 중요한 것처럼 소설에서는 이야기를 말하는 사람 즉 화자의 시점이 아주 중요하다. 소설의 시점은 바로 이 화자의 위치를 어디에 두느냐의 문제이다. 소설의 시점은 크게 일인칭 시점과 삼인칭 시점으로 나누어 설명된다.

일인칭 시점은 화자가 '나'가 되는 경우이다. 달리 말하면 작품 안에 화자가 일인칭으로 등장하는 경우이다. 그런데 이 일인칭 시점에는 다시 다음과 같이 두 가지가 있다.

1) 일인칭 주인공 시점

일인칭 화자가 작중 주인공이면서 동시에 이야기를 전달하는 화자가 되는 경우가 일인칭 주인공 시점이다. 쉬운 예로 이상의 「날개」 같은 작품을 들 수 있다. 이러한 시점은 작가 자신의 심리나 내면을 세밀하게 드러내기에 알맞다. 심리소설이나 의식의 흐름을 나타내는 소설에 많다. 쉬운 예로는 무라카미 하루끼의 최근 소설들이 다 여기에 해당한다. 일인칭 주인공 시점으로 쓰여져 작중 화자와 소설가가 잘 구별되지 않는 소설을 특히 '사소설(私小說)'이라고도 한다.

2) 일인칭 관찰자 시점

일인칭 화자가 등장하지만 주인공이 아니라 제3의 인물이나 주변적인 인물로 설정되어 주인공의 이야기를 자기가 보는 대로 제시하는 시점을 말한다. 주요섭의 소설 「사랑손님과 어머니」가 대표적이다. 어린 딸인 '나'가 등장하여 자신이 관찰한 어머니의 사랑 이야기를 하고 있다. 이러한 시점은 이야기의 객관성을 강화해서 보다 사실인 것처럼 느끼게 한다. 최근 작품으로는 은희경의 『새의 선물』 같은 작품이 있다. 일인칭 관찰자 시점은 인물의 성격의 어떤 한 측면을 강조해

주는 효과가 있다. 「사랑손님과 어머니」의 경우는 순진한 어린딸을 일인칭 화자로 내세움으로써 어머니와 선생님의 답답하면서도 순수한 사랑을 강조해준다. 어른들의 세계를 잘 알지 못하는 어린이의 눈이라는 유리창을 통과하기 때문에 그러한 점이 강조되는 것이다.

　삼인칭 시점은 작품 밖에 화자가 있어 그 화자가 소설 속의 인물들에 대해 이야기하는 방식이다. 작품 속에 인물은 모두 '그', '그녀' 등의 삼인칭 대명사로 지칭된다. 이 삼인칭 시점은 다음과 같은 네 개의 시점들로 나뉘어 진다.

1) 3인칭 전지적 시점

　화자가 모든 것을 알고 모든 것을 설명하는 전지적 즉 신의 위치에서 서술하는 방식이다. 일반적인 고대소설은 이러한 시점으로 되어있다. 이 삼인칭 전지적 시점은 서술이 간편하므로 이야기를 끌어가기 용이하다. 그러나 이야기의 신빙성이 약하다. 현실적 개연성이나 리얼리티가 떨어진다. 화자가 등장하는 모든 인물의 심리나 모든 사건을 전부 알고 그것을 요약 정리해서 독자에게 말해주는 형식이므로 화자와 등장 인물 사이의 거리는 가까우나 독자와 소설 속의 인물사이는 거리가 멀어진다. 그만큼 신빙성이 약화되는 것이다. 대부분의 고전소설은 물론이고 이인직 등의 신소설이나 이광수의 소설 「무정」 등은 거의 이러한 시점을 가지고 있다.

2) 삼인칭 제한적 시점

　화자가 등장 인물 중의 한 사람 또는 몇 사람에게만 집중하여 그들에 대해서는 전지적으로 나머지는 화자의 눈에 보여지는 대로만 제시하는 시점을 말한다. 화자는 주인공에 대해서만 알고 있고 나머지 인물에 대해서는 아무런 정보를 갖지 않은 채 바라보는 시점이라고 생각할 수 있다. 화자는 주인공 인물과는 거리가 가깝지만 나머지 인물과는 멀리 떨어져 있다. 예를 들어 주인공인 한 남자가 한 여자를 만나는 장면을 소설에서 표현한다고 할 때, 남자 주인공의 심리나 남자 주인공이 그 여자에 대한 느끼는 소감은 이야기되지만 여자의 심리는 직접 서술되지 않고 추측으로 제시되거나 겉으로 드러난 모습만 묘사되는 방식으로 표현되었다면 이것이 바로 삼인칭 제한적 시점이다. 대부분의 근대 리얼리즘 소설은 주로 이 시점을 채용하고 있다. 이는 근대적 원근법과 관계가 있다. 합리적 이성을 가진 한 개인의 눈으로 세상을 조망하는 근대적 원근법의 시선이 바로 이 시점을 가능하게 했다고 말할 수 있다.

3) 삼인칭 인물 시점

등장 인물의 관점에서 그들의 눈에 보이는 것과 생각을 서술하는 시점이다. 화자는 삼인칭 등장 인물을 통해 말을 한다. 어떻게 보면 이는 일인칭과 삼인칭이 혼합된 형태이기도 하다. 그래서 이를 자유 간접화법이라고도 한다. 삼인칭 등장 인물의 심리에 들어가기 때문에 내면심리나 의식의 흐름을 서술하는 데에 아주 알맞다. 그러나 구사하기가 아주 힘들고, 이러한 시점으로 쓰여진 작품은 일반적으로 난해하게 읽혀진다.

4) 삼인칭 관찰자 시점

화자는 등장 인물들의 내면에 대해서는 전혀 아는 것이 없고 오직 보이는 대로만 서술하는 시점을 말한다. 이러한 시점에서는 화자가 등장인물보다 소설 속의 상황에 대해서 더 모르고 있다. 화자와 등장 인물간의 거리가 가장 멀게 느껴지는 시점이다. 헤밍웨이의 「킬러스(Killers)」라는 소설이 이러한 시점으로 쓰여진 대표적인 작품이다. 우리 나라 소설로는 하일지의 「경마장 가는 길」이 이러한 시점을 보여주고 있다.

좀더 이해하기 쉽게 하기 위해 구체적인 예를 들어보도록 하자. 한 남자가 한 여자를 처음으로 소개받고 있는 장면을 위의 여섯 시점으로 각각 표현해 보면 다음과 같다.

1) 일인칭 주인공 시점

나는 오늘 C의 소개로 B라는 여자를 처음 만났다. C는 늙도록 여자가 없는 내가 안쓰러웠던 모양이다. 나는 그녀를 처음 본 순간 마음에 들었다. 계속 사귀어야겠다는 생각을 했다. 그러나 그녀의 마음을 알 수가 없었다.

2) 일인칭 관찰자 시점

나는 오늘 A에게 B라는 여자를 소개해 주었다. 비슷한 처지의 두 사람이 서로 어울릴 것 같았다. A는 B에게 호감이 있는 것 같았다. 그러나 B는 아무런 표정이 없었다. 먼 산을 바라보는 그녀의 무심한 표정은 다른 사람을 생각하는 것도 같았다.

3) 삼인칭 전지적 시점

A와 B가 오늘 C의 소개로 처음 만났다. C는 두 사람이 나이가 들도록 짝이 없는 것이 못내 안타까워했었다. A는 B가 참 아름다운 여자라고 생각해서 계속 만나고 싶었다. 그러나 B는 A가 마음에 들

지 않았다. 그러나 그것을 내색하기 쉽지 않았다.

4) 삼인칭 제한적 시점

A가 B를 소개받았다. A는 그녀가 마음에 들었다. 그러나 B는 아무 말이 없었다. 다소곳한 표정의 그녀는 A를 좋아하는 것 같기도 하였다.

5) 삼인칭 인물 시점

A가 B를 소개받았다. A는 이제 그녀를 나의 애인으로 만들어야지, 라는 생각을 했다. 그러나 B는 아무 반응이 없어 보였다. 다소곳한 그녀의 표정이 나를 좋아하는 것을 말해준다는 생각을 하기도 했다.

6) 삼인칭 관찰자 시점

A와 B가 만나고 있다. 누군가 소개한 듯하다. A가 B를 쳐다보며 진지하게 뭔가를 이야기다. A는 관심이 없다는 표정으로 먼 곳을 보고 있다.

근대 리얼리즘 소설까지는 주로 전지적 시점과 제한적 시점이 일반적이었다. 전지적 시점은 주로 근대 이전의 소설들 서양의 로망스나 우리의 고전소설들에서 나타나는 시점이다. 중세는 동서양을 물론하고 보편적 가치관이 존재했던 시대이다. 누구나 동일한 세계관으로 세상을 바라보고 동일한 가치관으로 삶을 살아왔다. 이런 시대에는 세상을 바라보는 보편적인 눈이 있다고 생각하게 된다. 서양에서는 신의 관점이고 동양에서는 이(이치)의 관점일 것이다. 이런 보편적 눈으로 세상을 보면서 이야기한 것이 바로 전지적 시점이다.

그런데 근대에 들어서면 관념적이고 추상적인 보편 세계가 중요한 것이 아니라 눈에 보이는 객관 세계가 중요하다. 그것을 표현하는 것이 바로 제한적 시점이다. 물리적으로 또는 심리적으로 자신의 근 거리에 있는 인물은 분명하고 세세하게 그렇지 않은 인물은 흐릿하 게 묘사하는 것이다. 이는 그림의 원근법과 같은 것이다. 또한 이는 세상에 대한 객관적 인식을 보여준다.

그러나 모더니즘 소설 이후의 현대 소설에 오면 인물시점이나 관 찰자 시점이 훨씬 더 빈번하게 등장한다. 이는 화자나 등장인물에게 보이는 것만을 서술하는 것이다. 세상에 대한 객관적 인식은 불가능 하고 개인이 파악할 수 없는 어떤 힘과 사회 제도가 개인을 움직이 게 한다는 현대인들의 소외감을 반영하는 것이기도 하다. 객관적 현 실은 불가능하고 개인의 눈과 주관적 심리에 비치는 현실만이 의미 있는 현실이라는 생각을 반영한다.

한 편의 작품을 예로 들어 시점이 왜 중요한가를 좀더 자세히 살 펴보도록 하자. 다음에 요약한 작품은 이청준의 소설 「매잡이」이다. 앞서도 여러 번 얘기했지만 꼭 작품을 구해 전문을 읽도록 하자.

〈「매잡이」의 대강의 줄거리〉

결핵을 앓고 있던 민태준 형은 지난 해 봄 갑자기 단 한 가지 유물만 남기고 세상을 떴다. 아는 이는 다 알고 있는 것이지만 그것은 별로 값지지도 않는 몇 권의 대학 노트로 되어 있는 비망록이었다. 형의 생전에 나는 형으로부터 여행 비망록의 한 부분을 본 바가 있었다. 그것은 전라북도 어느 시골에 살고 있는 매잡이에 관한 것이었다. 그는 나에게 돈 과 취재 요령을 적은 메모지를 주며 그곳을 취재해 보라고 권하였다. 이렇게 해서 나는 첫 번째 「매잡이」라는 소설을 쓰게 된다. 지금 이 작품은 이렇게 첫 번째 「매잡이」를 쓰게 된 경위와 내용을 소개하고자 한다. 따라서 이 작품은 두 번째 「매잡이」가 된다.

나는 민태준이 준 소설의 소재가 적힌 메모지를 들고 민태준이 매잡이에 대하여 취재한 마을을 찾아 벙어리인 중식이라는 소년을 찾아간다. 중식은 쉰 살짜리 매잡이인 곽돌과 같이 '번개쇠'라는 매로 꿩 사냥을 하는 소년이다. 나는 중식과 함께 매잡이를 나서지만 허탕치고 만다.

매잡이 곽 서방은 매잡이라는 옛 관습을 지키는 최후의 사람이다. 중식이가 한 사흘을 굶긴 매를 들고 산골짜기에 가면 곽 서방이 꿩을 몬다. 그러나 이제는 꿩도 없어 매잡이가 되지 않고, 하지도 않는다. 마지막 매잡이에서는 매는 꿩을 배불리 먹고 다른 데로 날아간다. 날아간 매를 붙잡은 사람에게서 되돌려 받을 때는 시장에서 매 값과 바꾸게 되어 있다. 겨우 서 영감에게서 매 값을 구한 곽돌은 매를 가지고 나온 친구에게 매 값을 주었으나 받지 않고 가버린다. 곽돌은 매 값으로 술을 마시고 매를 가지고 와 중식이네 닭을 먹인 후 날려보낸다. 곽돌은 그 뒤 밥 한 숟가락 입에 넣지 않고 죽어간다. 한편 날아간 매는 다시 중식의 손에 돌아오고 나는 취재 여행에서 돌아온다.

얼마 지나 세 번째의 유언에 따라 봉투를 뜯어 본 나는 깜짝 놀란다. 그것은 완벽한 매잡이 소설이었다. 이렇게 해서 「매잡이」란 세 편의 소설이 나오게 된 것이다. 의문의 소설가인 민형은 완벽한 매잡이 소설을 작성해 놓았던 것이다. 이제서야 나는 민형의 취재 노트에서 왜 석 장이 찢겨졌는지를 이해하게 된다.

먼저, 이청준은 70년대 한국 문학을 대표하는 소설가이다. 일반인들에게는 별로 알려지지 않았다가 그의 원작 소설을 영화화한 영화 「서편제」가 대중적으로 크게 성공하면서 덩달아 유명해진 작가이다. 그의 대표작으로는 「병신과 머저리」, 「잔인한 도시」, 「당신들의 천국」

등이 있다. 그의 작품은 대체로 산업사회, 도시화, 자본주의의 발전에 따라 점차 사라져 가고 몰락해가고 소외당하는 사람들의 이야기를 주로 다루고 있다.

이 소설의 시점에 대해 본격적으로 말하기 전에 먼저 이 작품에 대한 다각적인 이해를 해보도록 하자. 우선 '매잡이'라는 직업이 의미하는 바가 무엇이고 이 작품의 주제와 무슨 관련이 있는지 생각해 보자.

매잡이는 사라져 가는, 그리고 현대 사회에서는 전혀 소용도 없을 뿐만 아니라 불가능하기까지 한 직업이다. 효율과 능률과 경제적 가치에 의해서만 평가되는 현대 사회에서는 그 의미가 상실되어버린 무가치한 직업인 것이다. 현대사회 특히 자본주의 사회에서의 인간의 활동이란 경제적 활동이다. 경제적인 가치를 창출하지 못하는 것은 무가치한 것으로 진정한 노동이 아닌 것으로 간주된다. 작품에 등장하는 서 노인이 계속 곽 서방에게 이제 매잡이를 그만두고 어디서 일을 하라고 하는 것이 바로 그러한 사회적 요구를 대변하는 말이다. 산업사회가 요구하는 인물, 즉 가치를 창출하는 인물이 되라는 것이다.

매잡이는 이런 근대적 삶의 노동과는 대척에 있는 행위이다. 그런데 매잡이가 되는 것은 쉬운 일이 아니다. 매를 훈련시킬 수 있어야 하고 막상 매를 부릴 때도 많은 기술이 필요하다. 상당한 기간을 두고 수련해야 하는 장인적인 노력이 필요한 일이다. 그런데 과거에는 그러한 것이 가능했고 또 아주 빛나는 일로 간주되어졌다. 매잡이가 동네에 들어오면 동네 사람들이 모두 즐거워하고 또한 기꺼이 그를 도와 매사냥에 나가곤 했다. 그것은 공동체 사회이기에 가능했다. 몇 사람의 비생산적 구성원이 있다하더라도 그 공동체 안에서 별 문제가 되지 않고, 그들이 가진 다른 능력이 그들을 즐겁게 해주면 그들 또한 인정되는 사회이기 때문이다. 그러나 근대의 자본주의 사회는 그렇치 않다. 경제와 능률이 모든 것을 평가한다. 오직 돈의 가치가 사람을 평가하게 된다. 직업도 마찬가지이다. 돈을 많이 낳는 직업이 좋은 직업이다. 그런 것을 만들지 못하는 직업은 개인에게는 물론 사회에도 해를 주는 것으로 간주된다. 매잡이도 바로 그런 직업이다. 근대화에 의해 몰락해 가는 시대착오적 인간의 활동이기도 하다. 그러나 매잡이와 같은 인간의 활동은 너무도 아름답고 또한 인간적인 것이다. 소설에서도 묘사되었듯이 매를 훈련시켜 꿩을 잡는 것은 그것 자체가 즐겁고 또한 어떤 미학적인 것을 가지고 있다. 또한 그러한 매잡이를 할 때 수많은 사람들이 서로 아무런 이해관계 없이 도우면서 하는 것은 인간적인 유대감을 느끼게 해준다. 그런데 근대화와 자본주의는 바로 이런 아름다움과 인간적인 것을 말살해 가고 있는 것이다. 이 작품은 그것을 통해서 근대화나 자본주의적 가치관이 얼마나 인간을 소외시키고 인간의 많은 것을 파괴하고 있는지를 말해주고 있다.

다음으로 이 작품에는 실질적인 두 명의 주인공이 등장한다. 민태준과 곽 서방이 그들이다. 이 두 사람이 가진 공통점에 대해 생각해 보자. 이 작품에서 말하고자 하는 바는 궁극적으로 이 질문에 있다고 할 수 있다. 작가는 '매잡이'라는 직업만을 얘기하는 것이 아니라 모든 예술(여기서는 소설)이 근대 자본주의 사회에서는 같은 운명이라는 것을 말하고 있다. 민태준이 매잡이에 매달리는 것은 바로 거기서 자신의 운명을 본 때문일 것이다. 곽 서방의 처지와 바로 자신의 처지가 똑같다는 것을 알기 때문에 그렇게 곽 서방의 이야기에 매달리는 것이다. 소설을 쓴다는 것, 인생을 취재하고 그것에 흥미를 갖고 그것을 미학적으로 형상화한다는 것은 아무나 하는 것도 아니고, 대단한 정성과 노력이 필요한 작업이다. 그러나 그것은 돈이 되지 않는다. 때문에 근대화된 사회에서는 살아남기 곤란하다. 잘살던 그가 경제적으로 몰락해 가는 것은 바로 이 때문일 것이다. 돈이 되지 않는 일에 자신의 전 인생을 걸었기 때문이다. 이 점은 곽 서방도 마찬가지이다. 돈이 되지 않고, 이제는 알아주지도 않는 매잡이가 자신의 전 인생이며 자기 자신이니까 그것을 그만 둘 수도 없고 결국 그 직업의 소멸과 함께 자신의 생명까지 버리고 마는 것일 게다.

이렇듯 이 작품은 매잡이의 애기를 하고 있지만 사실은 현대사회에서의 예술가의 운명에 대해 말하고 있다. 과거 예술가는 매잡이처럼 그 자신이 생산을 하지 않더라도 사회적으로 유용한 인물로 받아들여져서 중요한 사회의 일원으로 살 수 있었다. 예술을 필요로 하는 다른 사람들이 그들을 도와주기 때문이다. 그것을 패트론(patron)이라 한다. 그러나 근대 이후의 사회에 와서는 이러한 패트론이 없어져 버린다. 귀족은 없어져 버리고 부르주아가 사회의 지배계급으로 올라서면서 예술이나 고상한 것에는 취미가 없고 오직 돈과 생산성이 중요하게 여겨진다. 이러한 환경에서 전통적인 예술은 설자리를 잃게 되는 것이다. 팔리는 예술 대중적인 상품으로서의 예술이 이제 등장하게 된 것이다.

이와 결부하여 민태준과 소설속의 '나'의 차이에 대해 생각해 보자. 민태준이 이상적 글쓰기 이상적 소설가라면, 즉 장인으로서의 소설가라면 나는 근대화된 소설가이다. 즉 소설을, 지금의 사회를 살아가는 방식으로 택한 사람이다. 소재의 고갈을 한탄하면서 적당한 소재가 나오면 그것으로 소설을 엮어서 원고료를 챙겨 나름의 자본주의적 경제 활동을 하려는 소설가이다. 작가는 바로 이러한 비교를 통해서 근대 사회에서의 예술가의 위치를 반성, 비판하고 있다. 진정한 의미, 진정한 아름다움을 찾아 글로 옮기는 장인적 글쓰기가 사라져 가고 경제적 활동이 되어버린 근대적 예술의 문제를 지적하고 있는 것이다.

베스트셀러가 좋은 작품으로 간주되고 얼마나 팔렸는가가 작품을 평가하는 잣대가 되어버린 시대의 초라한 예술가의 모습을 돌아보게 하는 것이 이 소설의 중요한 의도이기도 하다.

이 소설은 3중의 액자 플롯으로 되어있다. 한 소설 속에 세 가지의 이야기가 함께 전개된다. 민태준 때문에 매잡이에 관심을 가지고 매잡이 곽서방을 만나서 겪은 이야기가 이 소설의 기본 골격을 이루는 이야기이고, 민태준의 이야기를 정리하여 쓴 곽서방의 이야기가 두 번째 이야기이다. 마지막으로 발견된 민태준의 소설 원고가 또 다른 세 번째 이야기이다. 그런데 각각의 이야기가 서술되는 시점이 다르다. 첫 번째 이야기는 일인칭 관찰자의 시점이다. 화자는 소설 속의 '나'이고 주인공은 민태준과 곽서방이다. 두 번째 이야기는 삼인칭 제한적 시점으로 쓰여졌다. 곽서방을 중심에 두고 다른 인물들을 주변에 배치하여 이야기를 끌어나가는 그런 방식이다. 그리고 마지막은 민태준이 남긴 소설은 일인칭 주인공 시점으로 곽서방이 자신의 목소리로 자신의 이야기를 남기는 방식으로 쓰여진 이야기이다.

이러한 시점의 변화는 그들 주인공들의 삶에 다가서는 작중 화자 '나'의 태도를 보여준다. 일인칭 관찰자 시점일 때는 그들의 삶을 비교적 담담한 관점에서 객관적으로 제시하고 있다. 그러다가 두 번째 이야기에서 삼인칭 제한적 시점으로 바뀌면서 조금씩 곽서방의 심정에 동조하게 된다. 그리고 마지막 민태준이 남긴 이야기에서 일인칭 주인공 시점으로 이야기를 진행함으로써 민태준과 '나'가 모두 곽서방과 한 인물이 되는 것 같은 공감을 느끼게 된다. 이렇듯 이 작품은 시점의 변화를 통해 인물들을 객관적으로 보여주기도 하고, 그들의 내면 속에 들어가 보기도 하면서 결국 민태준과 곽서방이라는 두 인물의 공통점을 끌어내고 있다.

<연습문제>

* 한 남자와 한 여자가 헤어지기 위해 만나는 장면을 위에 설명한
  여섯 개의 각각 다른 시점으로 표현해 보자.

제 4 장 최근의 문학 조류

1. 포스트 모더니즘이란 무엇인가 ?

2. 페미니즘 문학이란 무엇인가 ?

1. 포스트모더니즘이란 무엇인가?

여기서는 최근 자주 언급되고 있고 가장 최신의 문학적 경향으로 논의되고 있는 포스트모더니즘이라는 개념을 살펴보도록 하겠다. 그러기 위해서는 그 이전의 여러 문예경향들, 이를테면 고전주의, 낭만주의, 리얼리즘, 모더니즘 등을 살펴보아야겠지만 이는 이 책의 기획에는 합당하지 않다고 여겨지고 또한 앞 장의 여러 설명들에서 이들에 관한 주요 개념과 이해들이 직·간접적으로 언급되었다고 여겨진다.

흔히, 리얼리즘을 초기 자유경쟁 자본주의에 모더니즘을 독점자본주의에 그리고 포스트모더니즘을 후기자본주의에 연결시켜 설명한다. 리얼리즘은 자본주의의 모순을 비판하지만 자본주의를 가져오게 된 기술문명이나 과학기술 등 인간의 이성적 활동의 진보성을 인정하고 그것을 통해 더 나은 사회에 대한 전망이 가능하다고 생각하는 문학적 경향이다. 이에 반해 모더니즘은 점차 독점화 되어가면서 그 폭력성과 억압이 더욱 심해져 가고 있는 자본주의에 대한 공포감의 표현이다. 거대한 조직 속의 공포감을 표현한 『성』이나 그 안에서 사는 개인의 무력감을 표현한 『변신』 등과 같은 카프카 작품을 생각하면 된다. 여기에 비해 포스트모더니즘은 후기산업사회의 발전에 따라 점점 커져가고 있는 인간의 욕망을 중시한다.

포스트모더니즘은 그 이전의 태도를 광의의 모더니즘(근대주의)이라 규정한다. 근대주의는 인간의 이성을 중시 여겨 그것을 통해 인간의 욕망을 통제하고 더 나아가 인간을 지배하는 권력을 만들어나가게 되고 이를 통해 결국 인간의 자유를 억압해 온 것이라고 비판한다. 리얼리즘이나 모더니즘이나 그것이 애초에는 자본주의를 비판하는 해방적 기능을 가지고 있었지만 결국 체계화되고 신념화되고 논리화되면서 인간의 자유를 억압하는 또 다른 권력이 되어가고 있다는 것이다. 그들은 이전의 모든 경향을 로고센트리즘(logocentrism)이라 비판한다. 말중심주의, 이성중심주의라는 것이다. 하나님의 말씀이라든지 아버지의 말씀 등 절대적인 하나의 가치로 환원되는 말이, 특히 근대사회에는 이성이 중심이 되어 인간을 억압하는 권력의 기능을 행사해 왔다는 것이다.

포스트모더니즘은 바로 이러한 가치 체계의 해체를 목표로 한다. 그래서 이들을 '탈구조주의' 또는 '해체주의'라고 부르기도 한다. 기존의 가치체계를 넘어서고 그것을 해체하려는 기획에서 진행된 경향이기 때문이다.

이성의 해체를 위한 이들의 대표적 논의들을 살펴보자. 포스트모더니즘의 대표적 문학이론가인 롤랑 바르트(Roland Barthe)는 '양파이론'을 제기한다. 그에 따르면 우리 주변의 모든 것은 기호이다. 책에 쓰여진 글자뿐만 아니라 문학, 영화와 같은 예술은 물론, 옷이나 음식까지 다 기호일 뿐이라는 것이다. 옷을 입는 것도 사회적인 기호이다. 편리해서 또는 아름다움 때문이 아니라 상갓집이나 잔칫집에 갈 때 특정한 옷을 입어야 하는 것처럼 사회적으로 관습화된 기호이다. 옷 입는 것만 보고도 그 사람의 직업을 알 수 있는 것도 다 이 때문일 것이다. 예를 들어 분식 집에서 라면을 먹는 것과 레스토랑에서 스테이크를 먹는 것도 사실은 그것이 사회적 기호로 작용하여 우리에게

서로 다른 만족감을 주는 것이다. 배부름이나 그 음식으로 섭취할 수 있는 영양의 차이는 사실 별로 없을지 모른다.

그런데 이런 기호들은 시니피앙(signifiant)과 시니피에(signifié)로 나뉘어 진다. 이를 기표와 기의라고 한다. 쓰여진 글자 자체, 말해진 언어의 음성 자체가 기표이다. 그런데 우리는 기표에 숨겨진 기의를 찾을 수 있다고 생각하고 있다. 문학작품의 예를 들어 맛있는 살구 과육 - 그것은 문학의 형식, 문학적 기표라고 할 수 있다 - 을 먹고 나면 살구씨 - 의미, 문학적 기의 - 가 남는다고 생각한다. 그리고 이제까지의 문학 연구는 과육 속에서 씨를 찾아내는 것이었다. 그러나 롤랑 바르트에 따르면 문학작품은 살구가 아니라 양파라는 것이다. 껍질을 벗기면 또 다른 껍질이 나온다. 그리하여 기의는 끝내 확정할 수 없다. 예를 들어 '사과'라는 기호를 생각해보자. '사과'라는 기호는 '사과'라는 말(기표)에 어떤 기의가 들어있을 것이다. 그런데 그것을 확정하기 위해 사전을 찾으면, '능금과에 딸린 나무에서 열리는 식용으로 쓰는 과일'이라고 정의되어 있다. 그러나 의미를 확정하기 위해서는 다시 '능금'이 무엇인지, '나무'가 무엇인지, '과일'이 무엇인지를 또 찾아봐야 한다. 이렇게 기의를 확정하는 일은 끊임없는 말의 연쇄에 빠져들게 된다. '사과'라는 말의 의미를 확정할 수 없고 기표들의 연쇄만이 존재할 뿐이다.

데리다(Jacques Derrida)는 이를 차연(différance)이라는 개념으로 설명한다. 모든 기호는 다른 기호와의 차이에 의해 의미가 만들어진다는 것이다. '사과'라는 개념은 배나 감 또는 태양이나 반지와는 다르기 때문에 사과이다. 그러나 이 차이는 고정된 것이 아니기 때문에 현존하는 것이 아니라 끊임없이 연기된다. 그렇기 때문에 기호의 의미 즉 기의는 확정될 수 있는 것이 아니다. 기표의 무한한 연쇄만이 있을 뿐이라고 설명한다. 한 문학 작품을 예로 들어보자. 그 문학 작품의 의미는 그 문학 작품과 다른 작품들, 이를테면 동시대의 다른 작가의 작품이거나 그 작가의 다른 작품이거나 아니면 같은 주제를 다룬 서로 다른 시대의 작품들이거나 더 나아가서는 다른 예술들, 다른 사회적 현상들과의 관계와 그 관계 속에서의 차이에 의하여 만들어진다고 할 수 있다. 그러나 그 차이는 확정되어 있는 것이 아니다. 사회에 따라, 보는 관점에 따라 무한히 달라질 수밖에 없다. 그러므로 하나의 작품, 하나의 텍스트에 단일한 의미를 부여하는 것은 애초에 불가능하다. 이렇듯이 모든 부분에 있어 확실한 의미를 만들어낼 절대적인 기준이나 가치 체계는 결코 존재할 수 없다는 것이다. 그것을 세우고 그것을 강요하는 것은 사실을 은폐하거나 인간의 자유를 억압하기 위한 도구일 뿐이라는 것이다.

라캉(Jacques Lacan)이라는 철학자는 이를 좀더 재미있게 설명한다. 에드가 앨런 포우(E. A. Poe)의 유명한 소설 「도둑맞은 편지」를 예로 들고있다. 우선, 이 소설은 편지를 두고 일어난 사건을 다루고 있다. 왕비가 편지를 읽다가 왕이 들어오니까 왕이 보면 안 되는 편지여서 이를 감추기 위해 책상 위에 아무 것도 아닌 것처럼 놓아둔다. 이를 눈치챈 장관이 편지를 슬쩍 바꿔치기 해서 왕비에게 협박용으로 가져간다. 왕비는 경찰청장에게 부탁해서 그 편지를 가져오도록 한다. 경찰청장이 아무리 뒤져봐도 편지가 보이지 않는다. 그래서 탐정 뒤팽에게 부탁하고 뒤팽은 편지함에 아무렇게나 구겨진 편지를 찾아내어 바꿔치기 한다.

라캉은 이 작품에 대해 다음과 같이 설명한다. 이 작품에서 편지의 내용에 대해서는 아무런 언급이 없다는 것이다. 편지의 내용은 아무런 중요성을 갖지 않기 때문에 그것은 아무런 의미가 없다. 중요한 것은 편지가 어떤 관계 속에 있느냐에 있다고 한다. 편지라는 기호의 의미는 거기에 쓰여진 내용에 의해서 규정되는 것이 아니라 다른 것과의 관계 속에서 인물들 사이의 관계에 의해서 만들어진다는 것을 말해준다고 한다. 그런데 그 의미는 결핍이라는 것이다. 즉 이 소설에서는 편지가 없기 때문에 생기는 것이고 이 결핍은 편지에 대한 욕망을 만들어 낸다. 그래서 여기서의 편지는 인간의 욕망의 표현이 된다. 결국 기표를 추구하는 것은 인간의 욕망 때문이다. 종교적 신념이나 합리적 이성 등 어떤 가치관이나 이념 체계 때문이 결코 아니라는 것이다.

그런데 이러한 욕망은 채워질 수 있는 것이 아니다. 그런 점에서 욕망은 욕구와는 다르다. 욕구는 의식주가 마련되면 채워지는 것이다. 경제를 발전시키고 사회구조를 개선하고 하는 것은 이러한 인간 욕구를 충족시키는 것이다. 그러나 이러한 욕구만으로는 항상 부족하다. 인간은 끊임없는 욕망을 가지고 있기 때문이다. 차가 없을 때는 중고 소형차라도 한 대 있었으면 바랄 것이 없다고 생각한다. 그것만 있으면 차를 타고 어디든지 다니면서 정말 자유롭게 살 수 있을 것 같은 생각이 든다. 그러나 막상 차가 생겼다고 하자. 그러면 더 크고 더 좋은 차를 갖고 싶어 항상 불만스럽다. 차가 작아 남들이 우습게 보는 것도 같고 더 빨리 더 편안하게 달릴 수 있는 차가 있었으면 더욱 자유로울 것 같이 생각된다. 이렇듯이 끝없는 욕망의 연쇄가 이루어진다. 인간의 욕망을 S라 하면 채울 수 있는 것은 그것에 미치지 못하는 s. s. s 들이기 때문이다. 채워질 수 없는 이러한 욕망 추구의 과정을 '욕망의 환유적 연쇄'라고 한다. 그러므로 이러한 환유적 연쇄 속에 있는 인간의 욕망을 하나의 원리 하나의 체계로 규정하고 제어한다는 것은 불가능하다. 하나의 원리, 단일한 체계를 상정하고 구성하려고 하는 것은 단지 사실을 은폐하거나 권력을 행사하는 것일 뿐이라는 것이 포스트모더니즘을 주장하는 사람들의 견해이다. 이들에게 있어 단일한 체계, 절대적인 논리, 변하지 않는 본질은 불가능하다. 때문에 기존의 체계나 가치를 허무는 것이 중요하게 논의된다. 포스트모더니즘을 한 마디로 요약하면 이러한 해체 정신이다. 기존의 가치관, 진지하게 추구되어오던 논리, 이념, 이성, 이런 것들을 허무는 것이다.

때문에 이들은 비판하는 입장에 있는 사람들은 이들의 비진지성, 허무주의, 대중문화에의 경도 등을 지적하면서 결국 이들의 주장은 자본주의의 논리에 포섭되는 것일 뿐이라고 비판한다. 욕망 충족을 부추겨 더 많이 물건을 사게 하는 자본주의의 요구에 부응하는 논리일 뿐이라는 것이다. 이에 대해 포스트모더니즘 주장자들은 자신들의 입장이야말로 자본주의에 대한 보다 근본적인 비판이라고 반박한다. 이전의 모더니즘적 사고 방식들이 이성을 통해 자본주의를 비판하려 했으나 이는 결국 과학의 지배를 절대시하는 산업화의 논리라는 것이다. 포스트모더니즘이야말로 이러한 이성적 질서를 본질적으로 비판하는 것이라고 주장한다.

포스트모더니즘 문학이 가장 많이 쓰는 문학적 수법은 패러디(parody)와 패스티쉬(혼성모방, Pastiche)이다. 문학텍스트는 항상 그 자체로 존재하는 것이 아니라 다른 텍스트와의 관계 속에서 의미를 갖는다. 예를 들어 돈키호테가 의미를 갖는 것은 그 이전의 기사도 소설이 있기 때문이다. 기사도 소설이 없다면 돈키호테도 없고 그것의 의미도 불가능할 것이다. 이를 '상호 텍스트성'이라 한다. 때문에 엄밀한 의미에서 완전한 창조는 사실 불가능하다고도 할 수 있다. 앞선 것의 베끼기이고 모방이라는 것이 포스트모더니즘의 주장이다.

베끼기 자체를 창작의 방법으로 활용하는 것이 바로 패러디와 패스
티쉬이다.

다음의 작품들을 읽어보자.

> 내가 그의 이름을 불러 주기 전에는
> 그는 다만
> 하나의 몸짓에 지나지 않았다
>
> 내가 그의 이름을 불러 주었을 때
> 그는 나에게로 와서
> 꽃이 되었다
>
> 내가 그의 이름을 불러 준 것처럼
> 나의 이 빛깔과 향기에 알맞는
> 누가 나의 이름을 불러 다오
> 그에게로 가서 나도
> 그의 꽃이 되고 싶다
>
> 우리들은 모두
> 무엇이 되고 싶다
> 너는 나에게 나는 너에게
> 잊혀지지 않는 하나의 눈짓이 되고 싶다
>
> — 김춘수, 「꽃」

> 내가 단추를 눌러 주기 전에는
> 그는 다만
> 하나의 라디오에 지나지 않았다
>
> 내가 그의 단추를 눌러 주었을 때
> 그는 나에게로 와서
> 전파가 되었다

내가 그의 단추를 눌러 준 것처럼
누가 와서 나의
굳어진 핏줄기와 황량한 가슴 속 단추를 눌러 다오
그에게로 가서 나도
그의 전파가 되고 싶다

우리들은 모두
사랑이 되고 싶다
끄고 싶을 때 끄고 켜고 싶을 때 켤 수 있는
라디오가 되고 싶다

　　　　　　　– 장정일, 「라디오 같이 사랑을 끄고 켤 수 있다면」

　위의 두 시는 모더니즘과 포스트모더니즘의 차이를 보여준다고 할
수 있다. 김춘수의 시는 바로 근대 이후 자본주의 사회에서의 인간
의 문제를 지적하고 거기에서의 인간성의 근원적인 회복을 말하고
있다. 김춘수의 「꽃」이 말하고 있는 것은 인간의 소외이다. 산업화에
의해 생기는 인간간의 단절, 개인간의 소통의 불가능성을 이야기하
고 있다. 다른 존재가 '의미 없는 몸짓'에 불과한 것은 산업 사회에서
의 개인과 개인과의 존재 양태를 지적한 말이다. 많은 사람들이 한
도시에 한 집단에 속해 살고 있지만 서로가 서로에게 아무런 의미를
갖지 못하는 그러한 존재로 살아가는 것이 바로 현대를 살아가는 우
리들의 모습이다. 그러나 김춘수는 이것을 넘어선 진정한 인간관계
나 인간들 사이의 소통을 회복할 수 있고, 그것을 통해서 인간성의
회복도 가능하다는 희망을 버리지 않고 있다.
　이렇듯 산업화에 의해 생겨난 인간의 문제를 다루면서도 그것을 극
복하거나 회복할 인간의 능력 특히 이성적 능력을 부정하지 않고 희
망을 버리지 않는 것이 모더니즘의 태도라면, 뒤에 인용한 장정일의

시는 김춘수의 시를 그대로 차용하고 있으면서도 전혀 다른 지향을 보여주고 있다. 장정일의 시 역시 진정한 사랑이 되고 싶다고 말하고 있지만, 이 시는 *끄고* 싶을 때 *끄고*, 켜고 싶을 때 켤 수 있는 라디오처럼 사랑이 값싼 대중 문화가 되어버린 것을 지적하고 있다. 인간의 소통 회복, 인간간의 사랑 등의 진지한 가치가 이제는 사실 불가능하고 아무런 의미가 없음을 역설적으로 말하고 있는 것이다. 진지하게 회복할 인간의 존재가 사실 있기나 하는 것이냐는 지적이다.

<연습문제>

* 다음 시를 읽고 이 시가 무엇을 부정하고 해체하는지 생각해 보자.

> 지금, 하늘에 계시지 않은 우리 아버지 이름을 거룩하게 하
> 옵시며,
> 아버지의 나라 말씀이 아니시며, 뜻이 하늘에서 이룬 것 같
> 이, 그러나 땅에서는 아직도 이루어지지 않았나이다
> 오늘날 우리에게 일용할 거시기는 단 한 방울도 내려 주시
> 지 않으셨으며
> 우리가 우리에게 죄 짓고 있는 자들을 모르는 척하고 있듯
> 이 우리의 모르는 척하는 죄를 눈감아 주옵시고,
> 우리가 우리 스스로의 힘으로 일어설 수 있을 때까지는 몇
> 만년이라도 우리의 시험이 계속되게 하여 주시고
> 다만 어느날 우연히 악에서 구하려 들지는 말아 주시옵소서
> 대개 나라와 권세와 영광이 아버지께 영원히 있다고 말해지
> 고 있사옵니다 언제나 출타중이신 아버지여
> 아멘
>
> 　　　　　　- 박남철, 「주기도문」

2. 페미니즘 문학이란 무엇인가?

　최근 우리 사회에서도 여성 문학인들이 눈에 띄게 늘어나고 있다. 단지 양적인 성장뿐만 아니라 여성 문인들이 문단의 신경향을 이끌어 가고 있다고 해도 과언이 아니다. 많은 베스트 셀러들이 거의 모두 여성작가들에 의해 쓰여졌고, 뿐만 아니라 시나 소설에서의 중요한 성과들, 예컨대 시에서는 김혜순, 김정란 그리고 소설에서는 신경숙, 은희경, 전경린 등, 모두가 여성들에 의해서 이루어져 가고 있다고 해도 결코 지나친 지적이 아니다.

　이러한 현상은 과거 여류 문인이라는 이름으로 남성들의 문학판에 구색을 맞추기 위해 몇몇 여성 작가들이 끼어 있는 것과는 전혀 양상을 달리한다. 이는 사회 각 분야에서 여성의 진출이 눈에 띄게 늘어나고 있는 사회 전반의 여권 신장의 경향과 관련되는 것이라고 할 수 있다.

　특히 과거의 여성 문학들이 남성들의 흉내내기거나 아니면 스스로 여자라는 규정에 자신을 한정하고 지극히 편협한 여성적 삶의 일부분만을 그려내는 그야말로 여류의 작품임에 비해 최근의 경향은 여성 스스로가 여성으로서의 자신의 정체성에 대한 진지한 탐구를 보여주는 작품이 대부분이다. 다시 말해 페미니즘 시각에서 자아 정체성을 찾아가는 노력이 최근 여성 작가들의 일반적 경향이다. 이 장에서는 이러한 페미니즘 문학의 기본 개념과 방향에 대해 간단히 살펴보도록 하겠다.

페미니즘에서는 이제까지의 역사를 가부장적 사회로 규정한다. 남성적인 것, 남성적인 권력과 남성적인 가치가 사회를 지배해왔다는 것이다. 그러한 사회에서는 남성적인 섯이 여성에 비해 우등하고 항상 올바른 것으로 이해되어 왔다고 한다. 예를 들어 아리스토텔레스는 여자를 '불완전한 남자'라고 생각했다. 그래서 그들 시대에는 진정한 사랑은 남자간의 사랑이라고 생각하기도 했다고 한다. 그리고 남성적인 것은 신적인 것 하늘의 것이라고 생각했고 반대로 여성적인 것은 대지의 것이고, 하늘에 비해 불완전하고 하늘의 지배를 받아야 하는 것 등으로 생각해왔다. 남자는 항상 주존재이고 여자는 부존재이다. 이러한 현상을 시몬느 보봐르(Simonne de Beauvoir)는 "여자가 자신을 정의하려 할 때 '나는 여자다'로 시작한다. 남자는 아무도 그렇게 하지 않는다."는 말로 지적한 바 있다. 남자는 인간의 일반성을 대변하는 데 반해 여성은 부존재로서의 특수성을 보여줌을 잘 설명해 준다.

이러한 남성지배를 정당화하기 위해 보통 생물학적 차이를 내세운다. 여자는 자궁을 가지고 어린아이를 출산해야 하는 특성을 가지고 있기 때문에 여자라는 몸의 운명을 타고 태어났다는 것이다. 그래서 생긴 문제를 제기하는 것은 자연적 질서에 역행하는 것이라는 논리이다.

프로이드는 여성의 본질을 다음과 같이 설명한다. 남자아이는 모체와 분리되면서 모체로의 지향을 갖는다고 한다. 이런 단계를 그는 '상상계'라 한다. 그러나 어머니와 함께 한다는 것, 즉 어머니와의 결합은 아버지에 의해 금지된다. 어머니와 자면 거세시키겠다는 위협이 항상 존재하고 이것에 의해서 사회의 질서가 만들어진다. 그래서 아이는 스스로 아버지가 되려고 한다. 이런 단계를 '상징계'라 한다. 바로 상징계에 들어서면서 아이는 사회화가 되어가며 어른이 되는 것이다. 바로 아버지가 만든 법과 질서, 사회제도를 받아들이고 거기에 적응해 가는 과정을 겪게 되는 것이다. 그런데 딸은 남자와 달리 남근이 없기 때문에 스스로를 부족한 남자로 생각한다. 그러므로 여자는 남자와 같은 사회화가 원래부터 불가능하거나 불완전할 수밖에 없다는 것이 프로이드의 주장이다. 그래서 페미니스트들은 프로이드를 반페미니스트라고 비판한다. 여성의 차별을 이론적으로 정당화하고 있다는 것이다.

그런데 페미니스트 문학연구가들에 따르면 이러한 불평등이 문학의 언어에도 그대로 반영되어 나타난다고 한다. 대부분의 문학작품에서 여성은 남성의 보조로서 또는 지극히 관념적으로만 그려질 뿐 여성 자신이 주체적인 인간으로 그려지고 있지 않다는 것이다. 예를 들어 '신데렐라'는 남성이 바라는 완전한 여성형이다. 아름답고 착하고 순수한 모든 이상적 가치를 다 가지고 있는 인물이다. 이는 개체로서의 한 존재, 독립된 주체적 인간이 아니라 남성이 바라는 관념일 뿐이다. 그렇기 때문에 그녀의 인생은 남자에 의해서만 구원을 받는다. 인어공주 역시 마찬가지이다. 남성을 위해 모든 것을 갖춘 인물이다. 그리하여 남자를 위해 자신의 전존재가 결국은 거품으로 소멸된다. 그것은 인물이 아닌 인물, 남자에 의해서만 의미있는 그런 인물이다.

이러한 문화적 환경에서는 여성 스스로도 남성의 시각에서 여성을 바라보고 여성을 그려낸다. 예를 들어 화장품 선전을 보자. 섹시하고 아름다운 여성이 모델로 등장한다. 여성이 그 모델을 보고 화장품을 사겠다고 생각하는 것은 사실 남성의 눈으로 보고 판단하기 때문이다. 자신이 그 모델처럼 섹시하고 아름답게 되어 남성의 욕망의 대상이 되어야겠다는 생각을 가지기 때문이다.

이러한 남성 지배사회의 문제를 비판하기 위해 페미니스트들은 다음과 같은 개념을 사용한다. 섹스(sex)와 젠더(gender)의 구분이 그것이다. 생물학적인 성이 전자이고 사회적이고 문화적인 성이 후자이다. 그런데 후자인 젠더가 차별을 만들어내는 것인데 남성들은 이를 생물학적인 성의 차이로 정당화한다는 것이다. 그래서 "여자는 태어나는 것이 아니라 길러지는 것이다"는 보봐르의 유명한 말이 만들어졌다. 이때 여자는 물론 젠더이다. 여자라고 말해지는 것, 여성성이라고 말해지는 것은 사실 생물학적으로 타고나는 것이 아니라 사회가 여성에게 부과한 것이라는 지적이다. 교육을 통해 여러 가지 문화를 통해, 문학이나 예술작품을 통해 알게 모르게 여자라는 어떤 특성을 여성들에게 강요하고 내면화시켜서 결국 여성이라는 남성의 보조물로 만들어 지배하는 논리라는 것이 페미니스트들의 비판이다.

학교에서도 여성에게는 덕성과 순결을 최고의 덕목으로 가르치고, 주체적이고 적극적인 삶보다는 수동적이고 복종적인 태도를 보다 바람직한 여성상으로 가르친다. 학교뿐만 아니라 집이나 사회도 마찬가지이다. 딸아이가 사내처럼 거칠게 놀면 그렇게 커서는 시집가기 힘들다고 협박해서 순정적인 여자가 되도록 끊임없이 강요한다. 사회에서도 마찬가지이다. 여성적이라고 생각되지 않는 여자, 주체적이고 적극적이고 활동적인 여자들을 적대시하고 배척한다. 문학 작품을 보더라도 주인공은 항상 예쁘고 수동적이고 연약한 청순가련형의 여자이다. 적극적이고 활동적인 여성은 못생겼거나 너무 거칠어서 그래서 아무 남자도 좋아하지 않은 그런 여자로 묘사된다. 이렇듯이 사회적 문화적 환경이 여자를 만들어 낸다는 것이다.

이러한 남성지배사회의 구조와 인식을 넘어서기 위해 페미니스트들이 주장하는 바는 대체로 다음의 두 가지 방향이다.

첫째는 남녀의 성차 자체를 부정하는 방향이다. 주로 미국의 페미니스트들이 보여주는 경향이다. 남녀의 생물학적 차이라는 최소한의 차이를 빼고는 남녀의 차이는 없고 단지 사회적으로 강요되었을 뿐이라는 논리이다. 그래서 이러한 것을 넘어서기 위해서는 여성 스스로가 남성과 똑같은 강력한 힘을 가지고 적극적으로 남성 지배사회에 뛰어들어야 한다는 생각이다. 이러한 생각을 보여주는 가장 대표적인 쉬운 예가 '델마와 루이스'나 '지아이 제인' 같은 영화라고 생각된다. 데미 무어가 연기한 '지아이 제인'의 주인공 여군처럼 단단한 육체를 연마할 때 남녀의 차이란 존재할 수 없는 것이고, 남녀차별은 극복될 수 있다는 것을 보여준다.

다음으로는 여성성 자체를 긍정하고 그것의 선진성이나 적극적 측면을 강조하는 경향이다. 주로 프랑스 페미니즘이 이런 경향을 갖는다. 여성의 생물학적 속성, 거기서부터 나오는 여성적인 어떤 정신이 열등한 정신이 아니라 오히려 우월감의 원천일 수 있다는 생각이다. 여성적인 경험과 여성적인 삶이 남자들과는 다른 방식으로 삶을 바라보고 다른 방식의 문학을 만들어낼 수 있다는 주장이다.

한 예를 들어보자. 얼마 전 한 방송국 교양 프로에서 왜 여자들은 남자들에 비해 주차를 잘 못할까라는 의문을 재미있는 실험 등을 통해 설명한 적이 있다. 실제로 실험을 해보니까 대부분의 남자들은 주차하는 데 걸리는 시간이 10~20초 사이인데 여자들은 두 배 이상의 시간이 걸린다는 것을 알 수 있었다. 왜 그럴까? 남녀의 성차를 부정하는 사람들은 여자들이 운전의 경험이 부족하기 때문이라든가, 어렸을 때부터 기계를 조작하는 등의 환경에서 멀어져 있었기 때문이라고 설명할 것이다. 그러나 최근의 학문 경향은 이와 다르다. 원래 생리학적으로 유전자적으로 차이가 있다는 것이다. 어떤 공간을 파악할 때 여자들은 다른 사물이나 공간의 다른 부분을 한꺼번에 보게 되는 반면 남자들은 그 공간 중의 특정 부분을 장소의 개념을 가지고 분리해서 파악한다는 것이다. 때문에 비좁은 하나의 공간이 주차공간으로 남아있을 때 남자들은 그 공간만을 분리해서 집중해서 파악하기 때문에 쉽게 주차를 하나 여자들은 그 주변의 자동차라든가 주차장의 기둥 등을 한꺼번에 보기 때문에 헷갈려서 제대로 주차를 할 수 없다는 것이다. 그래서 시간이 오래 걸린다. 여자들의 이런 성향을 '장의존적' 성향이라 하고 반대로 남자들은 '장분리적' 성향을 가지고 있다고 한다. 그런데 이 경우 남자들이 보다 발전되고 바람직한 것이라고 말할 수 없다. 남자가 더 능력 있다고 여겨지는 것은 지금의 문명이 남자에게 유리한 방향으로만 발전했기 때문이다. 마치 주차를 잘하는 것이 더 능력 있는 것으로 인정되는 식으로 말이다. 그러나 여성적인 성향, 장의존적인 성향이 결코 열등한 것이라고 할 수 없다. 장분리적인 파악은 현실을 추상화하고 관념화하는 데는 유리할지 모르지만 구체적으로 여러 연관 속에서 공존적으로 사태를 파악하지는 못한다. 세세한 것까지 더 섬세하게 세상과 사물을 구체적으로 다른 사람과의 다양한 연관을 가지고 바라보는 데는 여성적 성향이 훨씬 더 유리하다고 할 수 있다. 페미니스트들은 더 나아가 앞으로의 미래는 이러한 방향으로 세상이 발전할 것이라는 전망까지 내세우고 있다.

위의 두 번째 경향을 문학적인 이론으로 정립한 사람이 크리스테바(Julia Kristeva)이다. 그는 앞서 말한 외디푸스 삼각형을 프로이드와는 다른 방식으로 설명한다. 프로이드는 아이가 어머니를 지향하는 단계(상상계 – 구순기)에서 점차 스스로가 아버지가 되기 위해 아버지의 말씀과 규율에 복종하는 그래서 사회화가 되어 가는 단계(상징계)로 발전해간다고 하면서 어머니를 소유하는 아버지라는 큰 남근이 되기 위해 아버지의 가치관과 말을 배우고 따르는 그러한 과정이 인간적 성숙의 과정이라 설명했다. 그런데 여아는 아버지처럼 될 수 있는 남근이 없기 때문에 아버지를 지향하기는 하나 결코 완전하지 않은 불완전한 개체로 남을 수밖에 없다는 것이 프로이드의 설명이다.

그런데 크리테바는 이를 달리 설명한다. 상상계라는 말 대신 '기호계'라는 말을 쓴다. 기호계는 어머니를 지향하는 단계로 어머니에 대한 욕망을 다른 기호로 발견하는 단계인데 – 아이들의 옹아리가 바로 이런 기호이다 – 이 기호계에서 아버지의 단일한 가치관과 체계의 세계로 나아가는 상징계의 단계로 변천한다. 그래서 아버지의 세계가 억압적인 세계라면 이 기호계의 세계는 억압되지 않은 해방적인 에너지의 흐름이 존재하는 세계이다. 그런데 남아는 기호계에서 상징계로 넘어가면서 아버지의 세상에 종속되지만 여자는 아버지를 지향하는 한편 또 어머니의 신체에 가까이 있기 때문에 두 세계 사이의 끊임없는 갈등과 긴장 속에 놓이게 된다. 바로 이것이 변화와 혁명의 원천이 된다는 것이다. 체계에 끊임없이 저항하고 질서에 끊임없이 반기를 드는 문학적이고 무정부주의적인 정신이 바로 여기서 생겨난다고 한다. 그렇기 때문에 여성성은 문학의 본질이기도 하고 인간해방적이기도 하다고 크리스테바는 주장한다. 남성적인 것, 아버지의 이름으로 행해지는 모든 것은 하나의 단일한 가치관 단일한 체계를 지향한다. 종교라는 이름으로, 때로는 이성이라는 이름으로, 또 다른 데서는 윤리라는 이름으로, 인간을 단일한 가치체계로 몰아넣는 것이다. 그만큼 그것은 억압적이다. 그러나 어머니의 신체에서 아버지의 가치로 쉽게 넘어가지 못하는 여자는 둘 사이의 갈등 속에서 끊임없이 아버지의 가치관에 반기를 들고 저항한다. 이것이 바로 문학정신이고 혁명정신이다. 때문에 페미니즘은 단순히 여성의 해방이 아니라, 인간의 해방이며 예술과 문학의 근본적 원천이라는 것이 바로 크리스테바의 주장이다.

페미니즘적 시각에서 우리의 소설 한 편을 읽고 이해해 보도록 하자. 은희경의 「빈처」라는 작품인데 작품의 전체적 내용을 요약하기 곤란한 작품이므로 줄거리를 소개하기보다는 작품의 주제가 가장 선명히 살아난 마지막 부분을 그대로 옮기기로 한다.

〈「빈처」 중에서〉

그날 밤도 나는 자정이 다되어서야 집에 왔다. 그런데 아무리 벨을 눌러도 그녀가 문을 열어 주지 않는다. 아들 녀석 병 치다꺼리에 피곤해서 잠이 깊이 든 모양인가? 할 수 없이 열쇠로 문을 따고 들어갔더니 과연 그녀는 일기장을 펼쳐 놓은 채 그대로 엎드려 잠들어 있다. 워낙 고단했는지 오늘은 날짜만 써놓고 빈칸이었다. 그런데 펼쳐진 일기장의 왼쪽 페이지가 갑자기 내 눈에 확 들어온다.

때때로 나는 똥을 보고 놀란다. 저 흉측한 것이 내 몸에서 나왔다고 인정할 수 없다. 그러나 똥은 엄연하다. 우리 관계는 부인할 수 없다. 그래서 한참을 보니 신기하게도 저것이 더러운 똥이라는 생각이 안 든다. 이제 막 궂고 수고로운 일을 마친 가족 같기도 하다. 나는 똥을 자세히 본다. 내 똥을 자세히 보는 나를 거울 속으로 보니 참 정답다.

아들 녀석이 칭얼거린다. 아까 5분 넘게 벨을 눌러도 끄떡 않던 그녀의 잠은 아이의 뒤척이는 소리에 민감하게 깨어난다. 그녀는 황급히 아이 곁으로 다가가더니 이마 위의 물수건을 내려놓고 아이를 품에 끌어안는다. 그러고 는 눈을 감은 채 아이의 뺨에 자기 뺨을 대고 앞뒤로 몸 을 흔들며 등을 토닥거린다. 그러나 잠이 덜 깬 탓에 등 을 토닥이다가 뒤통수를 토닥이다가, 손놀림이 일정하지 않다. 그녀의 앉은 엉덩이께는 약봉지며 체온계며 대야, 수건 같은 것이 어지럽게 널려 있어 지금 아이를 안는 그 녀의 동작이 몇 시간 동안이나 반복된 것임을 말해 준다.

아이를 안은 채 눈을 꼭 감고 있는 그녀의 얼굴은 피 곤에 절어 있다. 뒤로 묶은 머리가 머리핀 사이로 잔뜩 빠져 나와 어수선하다. 살아가는 것은, 진지한 일이다. 비 록 모양틀 안에서 똑같은 얼음으로 얼려진다 해도 그렇 다, 살아가는 것은 엄숙한 일이다.

여기 인용문만으로는 알 수 없지만 먼저 이 작품의 구성에 대해 살펴보자. 일종의 액자구조로 되어있다. 기본 골격의 이야기는 남편 인 '나'가 주인공이 되어 일인칭 주인공 시점으로 쓰여져 있다. 그러 나 더 중요한 것은 액자인 일기 속의 이야기이다. 여기에는 아내가 주인공인 일인칭 주인공 시점이다. 이러한 구성을 통해 작가는 남편 과 아내라는 두 자아 사이의 갈등을 선명히 대립시키는 효과를 노리 고 있다. 남편의 입장에서 보여진 아내와 아내의 입장에서 생각한 자신이 얼마나 다를 수 있는가를 잘 보여준다.

이 작품은 우리 사회에서 가장 평범해 보이는 한 가족의 이야기이 다. 흔히 가족은 가장 가까운 사이라든가 가족은 모든 것을 이해해 줄 수 있고 사랑을 확인할 수 있는 공간이라고 생각하고 또 가르친 다. 또 단란한 가정을 이루고 사는 것이 가장 좋은 행복이라고도 여겨진다. 이 부부도 겉으로는 그렇게 보일 것이다. 아들 딸 두 자식이 있고 남편은 회사에 나가 그럭저럭 잘 지내고 아내는 착실하게 집안 일을 돌보고 있다. 누군가 가족 중에 성격이 이상한 사람이 있는 것도 아니고, 외부로부터의 큰 방해가 있는 것도 아닌데, 남들이 보기에는 정말 단란하고 행복해 보이는 부부인데, 어쩐 일인지 아내는 전혀 행복하지 않다. 왜 그럴까? 바로 이 소설은 이 문제를 다루고 있다.

그럼 왜 그럴까? 이 작품의 주제를 생각해 보면 될 것이다. 가족의 문제 특히 한 가정 안에서의 여자라는 존재가 무엇인가에 대해 이 소설은 말하고자 한다. 결혼하기 전, 처녀일 때는 공부도 잘하고 얼굴도 예뻐서 누구나 선망했고, 자기를 얻기 위해 지금의 남편 역시 많은 노력을 했다. 그래서 여자는 한 남자를 선택하고 결혼할 때까지 자신은 인생의 주인이며 마치 공주라는 생각에 젖어 살아왔다. 그러나 막상 결혼을 하게 되면 상황은 전혀 달라진다. 남편은 회사 일로 바쁘고, 왜 자기하고 사는지 그 이유를 알 수 없을 정도로 자기에게 무관심해진다. 그리고 모든 집안 일은 자신의 차지가 된다. 남편은 돈을 벌고 자신은 집안 일을 하고 하는 것이 당연한 것이기는 하지만, 그러나 밖에서 돈을 버는 남편은 항상 당당하고 자기하고 싶은대로 해도 되지만, 여자인 자신은 집에 묶여 있다, 오직 남편이 일찍 들어오기를 기다리며. 그리고 남편을 위해서, 오직 남편만을 위해서 빨래하고 밥하고 음식을 만들고 하는 생활의 연속이다. 그런데 그러한 자신의 노동이 아무런 가치를 가지고 있지 않고 또 아무도 알아주지 않는다는 데 문제가 있음을 여자는 깨닫는다.

과거에는 이런 것이 아무런 문제가 되지 않았다. 여자는 남자를 위해 존재한다고 모두 생각했기 때문이다. 남자는 하늘이고 여자는 땅이었다. '여필종부'니 '지아비 섬기기를 하늘 같이 해라' 등의 말이 다 그런 것을 나타낸다. 여자들 스스로도 여자로 태어나서 당연히 그래야 하는 걸로 생각했다. 그러나 지금은 다르다. 똑같이 교육받고 어렸을 때부터 평등에 대한 교육을 받으면서 살아왔다. 같은 등록금 내고 대학을 나와서, 남자는 사회에 나가 직장 다니면서 뭔가 자기를 실현하면서 사는 것 같은데 여자는 결혼해서 남편 뒷바라지를 하면서 산다. 요새 여자들은 그런 자신의 처지를 인정하려하지 않는다. 왜 이런 불평등한 구조 속에서 살아야만 하느냐는 것이 이 소설이 제기하는 문제이고 주제이다.

그러나 이는 한 남자와 한 여자 사이의 개인적인 문제가 아니다. 흔히 남편이 이해하지 못해서라고 생각하기 쉽다. 소설 속의 남편이 이를 모르는 것이 아니다. 그런데 사회 생활을 하다 보면 자신도 모르게 그렇게 되어버린다. 이는 가족이라는 제도의 문제이고 사회적인 문제이다.

가족이란 사실 사회적으로는 노동력을 만들어내는 공간이다. 사회에 나가 일하는 사람이 휴식을 취하고 영양을 섭취해서 또 나가서 일할 수 있는 힘을 비축하는 공간이다. 이런 중요한 일을 하는 데가 가정인데 이 모든 것이 여자들의 희생에 의해 이루어지고 있는 것이다. 남편들의 일은 사회적인 성공을 통해 돈으로 보상받는데 이를 있게 한 여자들의 노동에는 아무런 보상도 대가도 평가도 주어지지 않는다. 왜냐하면 남성지배사회이기 때문이다. 사회에서 중요한 것, 가치 있는 것은 모두 남성들이 차지하고 있고, 남성들의 세계에 주어지기 때문이다.

위에 인용된 일기 부분을 마지막으로 생각해 보자. 여기에서 주인공 여자는, 똥이 더럽다고 생각되지만 막상 그것이 자기에게서 나왔다고 생각하고 친근한 눈으로 바라보면 정다운 느낌이 든다는 생각을 한다. 이것이 무엇을 의미하는지 생각해 보자.

이 소설이 제기한 가족의 문제 특히 아내의 문제를 생각하는 데는 크게 두 극단의 서로 다른 태도가 있다. 이를테면 이문열의 「선택」이라는 소설에서 보여지는 생각이 한 극단이다. 전통적인 여자들의 삶도 가치 있다고 생각하는 방식이다. 지금의 여자들의 생각, 예컨대 사회활동을 하고 남자와 똑같이 살아가야 한다는 생각만이 좋은 것이 아니라 가족을 돌보고 자식을 교육하는 전통적인 여자들의 삶이 어쩌면 더 가치 있는 해 볼만한 일이라는 생각이다. 또 다른 한 극단은 가족을 벗어나거나 해체하는 방식의 삶이다. 자신의 자유를 위해 가족 자체를 부정하고 스스로 하나의 인간으로서 주체적인 자신의 욕망을 실현하는 삶을 택하는 방식이다.

위의 인용된 부분은 또 다른 삶의 방식을 말하고 있다. 그냥 똥을 보고 정다움을 느끼듯이 자신의 누추한 삶을 견디면서 살아가는 방식이다. 누추해지고 늙어가고, 술 같은 것에나 의지하는 등 조금은 망가져 가지만 그렇게라도 견디면서 살아갈 수밖에 없는 자신의 생을 인정하지 않으면 살 수 없기 때문이다. 그래서 쓸쓸하고 비극적이다.

<연습문제>

* 김형경의 소설 「담배 피우는 여자」를 읽고 다음을 생각해 보자.

1) 한 가정주부의 소외된 삶을 이야기하고 있는데 그것이 이 작품에
   서 어떤 양상으로 나타나고 있는가?

2) 옆 집 여자와 '나'의 관계를 통해 무엇을 말하고자 하는가?

3) 이 소설에서 담배를 피우는 행위는 무엇을 의미하는가?

부　　록

주 요 문 학 용 어 해 설

◈ 여기의 해설은 김윤식 편『문학비평용어사전』(일지사, 1976), 이
상섭 편『문학비평용어사전』(민음사, 1976), 이명섭 편『세계문학
비평용어사전』(을유문화사, 1985) 등의 책들을 참고하여 그 중 중
요한 용어에 대한 해설들을 골라 쉬운 언어와 문장으로 재정리한
것이다.

감상주의(感傷主義, sentimentalism) : 감상주의 애상감, 비감 등의 정서
를 인간성의 사실적 표현으로서가 아니라 그런 정서에 빠져
있는 상태를 즐기기 위하여 인위적으로 조장할 때 생긴다. 문
학이 어떤 정서를 일으킬 때 독자는 일종의 쾌감을 느끼지만,
그 쾌감을 일으키는 것만을 목적으로 하여 작품의 사실적 상
황과는 관계없이 그 정서를 조장하고 연장시키려고 하면 우
리는 얼마 안 가서 그 허위를 감지하게 된다. 이런 것이 감상
주의이다. 감상주의는 또한 소박한 낙관주의와도 관계가 있
다. 인간과 사회의 현실을 도외시하고 값싼 이상주의나 낙관
주의에 탐닉하는 것 역시 감상주의이다.

감정이입(感情移入, empathy) : 예술작품을 대할 때 그것과 우리 자신
을 동일시하는 것을 말한다. 예를 들어 소설을 읽은 독자가
소설의 주인공과 자기를 동일시하여 그 주인공이 우는 대목

에서 자신도 모르게 따라 울었다면 이것이 바로 감정이입이
다. 독일의 헤르만 롯체가 1858년 처음으로 예술과 관련하여
이 말을 썼고, 이후 테오도르 립스가 예술의 이론으로 정립시
켰다. 그들에 따르면 수사학에서의 의인법, 비유 등은 모두
감정이입의 결과라고 한다.

객관적 상관물(客觀的 相關物, objective correlative) : 엘리어트가 실생활
에서의 정서와 작품에서 구현된 정서의 차이를 강조하기 위해
사용한 용어이다. 그에 따르면 일상생활에서의 개인의 감정이
문학작품에 그대로 반영되는 것이 아니라, 그 감정과는 상식
적으로는 어떤 관계가 없는 심상, 상징, 사건에 의하여 구현된
다고 한다. 즉 개인 감정이 그것들을 통해 객관화된다는 것이
다. 그런데 그러한 객관화를 위해 이용된 심상, 사건, 상징 등
이 바로 객관적 상관물이다. 개인의 정서가 그러한 예술적 객
관화의 과정을 거치지 못하고 그대로 생경하게 노출될 경우
그것은 문학적 형상화가 미흡한 것으로 인정된다.

계몽주의(啓蒙主義, enlightenment) : 봉건적 구습과 종교적 전통에 의존
하는 무지, 미신, 도그마 등에서 벗어나, 이성과 사실의 논리
를 믿고 자유 사상, 과학적 지식, 비판 정신 등을 고취하려는
정신 운동이다. 그 바탕은 인간의 존엄을 자각하게 하려는 합
리주의이다. 일반적으로 서양에서 18세기를 <이성의 시대>,
<계몽의 시대>라고 하거니와, 특히 18세기 프랑스 및 독일을
비롯한 유럽의 반종교적, 반형이상학적 사상을 자연의 인식뿐
만 아니라 사회 인식에까지 넓혀, 넓은 의미의 계몽으로 사회
적 부자유와 불평등을 제거하려는 합리주의 사상운동을 가르
킨다. 이러한 사상은 일찍이 영국에서부터 싹이 텄는데, 그

대표자는 로크이다. 프랑스에서는 18세기에 들어와서도 절대주의 유지되고 있었으므로 로크의 사상이 볼테르와 몽테스키외에 의하여 도입되자 계몽사조라는 형태를 이루어 급진적 경향을 띠게 되고 디드로, 튀르고 등에 의해 더욱 철저화되었다. 독일은 통일된 근세 국가를 이루지 못한 상태여서 이 사상이 프랑스만큼 충분히 발전하지 못했다.

고전주의(古典主義, classicism) : 고전주의란 르네상스 이후 유럽인들이 그리스와 로마의 모범적 예술작품들의 특질을 모범으로 삼아 다시금 예술작품으로 구현하는 태도를 말한다. 르네상스 이후의 유럽 저성인들은 고대의 문학작품을 경모한 나머지 그들을 잘 모방하는 것이 훌륭한 문학을 하는 길이라고 믿었다. 그들을 제대로 모방하기 위해서는 개인의 자유분방한 재능을 발휘하는 대신 고전에서 발견되는 법칙을 따라야 한다고 생각했다. 특히 아리스토텔레스의 『시학』과 호라티우스의 『시의 기술』은 고전의 법칙을 망라하고 있다고 믿어 이들을 세밀히 설명하고 주해하는 데 심혈을 기울였다.

　고전주의는 개인적 감정과 사상의 억제를 통하여 보편적 합리성에 도달하는 것을 이상으로 삼았다. 그러므로 형식적 제약을 강조했다. 또한 우주적 질서와 조화를 구현하기 위해서라도 문학적 서술의 질서 있는 전개는 필요한 것이라고 생각해 형식을 아주 중요하게 생각했다. 이와 같은 형식에의 강조는 그것을 방해하는 자질구레한 세부적 요소들을 되도록 제거한다. 결국 전체적 형상을 위한 통일성, 명징성, 단순성, 균형이 뚜렷한 윤곽, 견고한 조직이 강조된다. 자연은 변함없는 실재라 믿어졌으므로 고전주의는 문학적 유행이나 진보를 경시하고 과거의 모범과 전통을 중시여기는 보수적 태도를 갖는다.

공감각(共感覺, synaesthesia) : 이는 한 감각을 통해 둘 또는 그 이상의
감각 양식을 경험하는 것을 말한다. 문학에서 이 용어는 다른
종류의 감각으로 어떤 종류의 감각을 기술하는 데 쓰인다. 예
컨대 색채가 소리의 속성을, 향기가 색채의 속성을 지닌 것으
로 여겨질 수 있는데 이것이 바로 공감적 경험이다.

구조주의(構造主義, structuralism) : 주로 프랑스에서 언어학을 비롯하여
인류학, 사회과학, 심리학 등 여러 학문의 공통적인 방법론으
로 추구되고 있는 지적 경향이다. 구조주의는 본래 철학에 있
어서 '기호론'의 한 분파로서 의미를 전달하는 일체의 사물을
기호로 보는 입장이다. 이러한 기호로서의 언어의 구조를 처
음 체계화한 사람은 스위스의 언어학자 소쉬르였는데, 프랑스
의 인류학자 레비스트로스는 주로 소쉬르의 언어구조론을 응
용하여, 격식을 갖춘 모든 사회적 제도가 가진 모든 체계를
기호로서 분석하려 하였다.

낭만주의(浪漫主義, romanticism) : 18세기 후반에서 19세기 초엽까지
독일, 프랑스, 영국을 중심으로 전개된 문학과 기타 문예상의
운동을 말한다. 이성과 지성을 강조하는 신고전주의에 반대하
여 인간의 자유로운 상상과 정서를 강조하는 데 기본 특징이
있다. 이 낭만주의는 영국의 산업혁명, 프랑스 혁명 등으로 문
명 개화의 사상과 자유주의 정신이 고양된 질풍노도의 분위기
가 고조되면서 본격화되기 시작하였다. 낭만주의는 매우 다양
한 위상과 모습으로 전개되어 일률적으로 정의를 내린다는 것
은 불가능하다. 이 사조는 대체로 개인주의, 자연숭배, 중세에

대한 관심, 철학적 이상주의, 자유사상과 종교적 신비주의, 정치적 권위에 대한 반항 등으로 정리될 수 있다. 낭만주의는 문학을 유동적인 것으로 생각해서 문학의 형식을 그렇게 중요하게 여기지 않는다.

로망스(romance) : 이 말은 본래 로마의 직접적인 영향권 속에 있던 이탈리아, 프랑스, 스페인, 포르투갈 등지에서 사용되던 로마 말(즉 라틴어)의 방언을 뜻하였다. 언어학에서는 그들의 말을 로망스어라 부른다. 그들은 중요한 문서나 저술은 이미 죽은 말이 되어버린 라틴어로 기록하였으나 그들의 오락을 위한 시와 이야기는 구어체의 방언으로 기록하였다. 그렇게 기록된 이야기를 로망스라 불렀는데, 이는 로망스 방언으로 쓴 하찮은 글이란 뜻이었다. 그런데 특히 프랑스 남부 지방에서 쓰인 로망스는 환상적으로 이상화된 기사의 무용담과 연애 이야기가 대부분이어서 그후 로망스 하면 환상적 무용담이나 연애담을 뜻하게 되었는데 이 용어가 오늘에 이른 것이다. 로망이란 말이 유럽에서 소설이란 뜻으로 사용된 것은 바로 이 때문이다.

12세기에서 15세기까지 크게 번성한 로망스 문학의 중요한 소재가 되었던 것은 옛날 영국의 전설적 왕이었던 아더왕과 그의 기사들, 프랑크족의 왕이었던 샤를르마뉴 대왕과 그의 기사들에 관한 전설이었다. 르네상스 시대 이후 합리주의의 발흥으로 로망스 문학은 조소거리가 되었다. 세르반테스의 『돈키호테』는 로망스 문학에 대한 이러한 조소를 가장 잘 보여준다.

모더니즘(modernism) : 우리말로 현대주의 또는 근대주의라고 한다. 이

는 현대 예술의 경향을 지칭하는 다소 막연한 명칭이다. 모더
니즘은 19세기 후반과 20세기 초에 융성하였던 사실주의 및
자연주의에서 벗어나려는 노력이다. 사실주의와 자연주의 19
세기적 유물론과 관련이 깊은데 모더니즘은 그러한 우주관은
물론, 일체의 물질주의와 산업사회를 개인정신의 억압으로 보
고 반발한다. 모더니즘은 자연히 현대의 실제세계에서 스스로
를 소외시킬 수밖에 없다. 현대에 문제가 되는 문인들은 모두
모더니즘과 관계가 있다. 표현주의, 이미지즘, 엘리어트류의
주지주의 등은 모두 모더니즘이라는 다소 막연한 범주에 속한
다. 우리 나라에서는 프로 문학이 퇴조하고 일제의 군국주의가
노골적으로 대두하는 1930년대에 영·미 주지주의의 영향을
받고 일어난 문학사조를 가리킨다. 이 경우의 모더니즘은 주지
주의와 동의어이다. 반낭만주의적 태도, 지성과 시각 이미지의
중시 등을 그 내용으로 한다. 한국 문단에 모더니즘 이론을 도
입한 이는 김기림, 최재서 등이며, 모더니즘의 영향을 받고 시
를 쓴 시인은 김기림, 정지용, 김광균, 장만영 등이다.

묘사(描寫, decription) : 근본적으로 말에 의한 사물의 전달은 모두 묘
사에 의한다고 할 수 있다. 그러나 문학적 묘사는 기술적이고
의도적인 것을 일컫는다. 근대 문학에서 가장 중요한 묘사는
배경묘사일 것이다. 예전에는 주인공의 행위가 벌어지는 장소
로서의 배경을 막연히 제시했을 뿐인데, 최근에 이르러서는
배경을 인물의 행위와 직결시킴으로써 배경 묘사는 결국 인
간의 행위에 대한 직접적인 암시, 대조 또는 비판이 된다고
본다. 다음으로 중요한 묘사는 인물 묘사이다. 인물의 외모에
대한 사실적 묘사는 근대 사실주의 문학에서 비롯되어 그 방
법도 무척 발달하였다. 심리학의 영향으로 심리 묘사가 발전

한 것도 현대 문학의 특징이다.

배경(背景, setting) : 서사 문학에서 사람의 행위가 벌어지는 물리적 또는 정신적 장소이다. 배경은 인물, 행위와 더불어 소설의 3대 요소라고 불려진다. 사람의 행위가 벌어지기 위해서는 장소가 반드시 필요하지만 장소는 단지 행위가 벌어지기 위한 마당으로만의 중요성을 갖는 것은 아니다. 작품에 따라서 배경이 오히려 행위를 통제하는 경우도 있다. 특수한 장소, 예컨대 어느 특정한 농촌지역, 또는 어촌의 생활상을 부각시키기 위해서 생활의 터전과 지형과 풍습과 생활 방식 등을 자세하고도 정확히 묘사하여 배경을 강조하면 사람의 행위는 그 배경에 묻히는 듯한 인상을 준다. 이런 작품을 지방주의 문학이라고도 한다.

사실주의(寫實主義, realism) : 문예사조상의 사실주의는 넓은 의미에서는 공상적이고도 비현실적인 이상주의와 대립하여 현실을 있는 그대로 관찰하고 묘사하는 경향 또는 양식이다. 사실주의자는 평범한 개인들이 뒤섞여 사는 사회를 자세히 관찰하면서 자연히 사회의 모순점들을 찾아낸다. 그러한 모순점에 대하여 그는 관념적 설명을 피하고, 실용주의적 내지 실증주의적 사회관에 입각하여 비판한다. 그러나 그 비판의 소리를 직접 들려준다기보다는 그가 선택한 소재와 그 소재에 대한 면밀한 묘사에 의하여 간접적으로 독자에게 호소한다. 사실주의는 사람의 사회윤리 문제를 제기하되 스스로 윤리 교사의 입장이 되는 것을 회피한다.

　사실주의는 사실을 있는 그대로 보여줄 수 있는 모든 기법을 동원하였다. 특히 당시 새로 생겨난 사회학적 고찰 방식을 본따서 사회환경과 관련지어 개인을 묘사하되 당시 크게 발전된 신문처럼 객관적으로 보도하는 양식을 취하였다. 사실들에 대한 충실한 보고가 사실의 의미를 보여주리라고 믿은 것이다. 실증주의적 사회학과 역사학의 기록 방법을 본따서 사실의 원인, 경과, 결과에 관하여 객관적인 어휘와 문장으로 증빙서류를 작성하듯 하는 것을 이상으로 삼았다. 아마 당시 처음 발명된 사진술도 상당한 자극이 되었을 것이다. 언어 사용에 있어서는 아름답든가 감동적이라고 해서 미문에 쓰이던 글을 피하고 실제로 보통 사람이 사용하는 말을 그대로 옮겨 놓고자 노력하였고, 한편 도덕적, 종교적인 이유로 금기시되었던 말을 필요하면 거침없이 사용하였다.

사회주의 문학을 추구하는 사람들은 그 후 사실주의가 자연주의에 의하여 대치되어 현실의 무의미함을 파들어가는 것에 반발하고, 사회주의적 이념을 향하여 사회를 이끌어가는 의도를 분명히 가진 사실주의를 추구하기를 요청하였다. 이를 사회주의적 사실주의라 하는데, 어떤 특정한 이념을 분명히 제시한다는 것은 사실주의 객관성을 위반하는 것이라고 할 수 있다.

상징(象徵, symbol) : 그 자체로서 다른 것을 내포하고 있는 사물 일체를 우선 상징이라고 할 수 있겠다. 아라비아 숫자는 어떤 수량을, 한글 24자는 각각 어떤 소리를 대표한다. 낱말들은 뜻을 대표한다. 화학의 분자식이나, 기호학의 도표나 도형 등도 모두 어떤 관념, 생각, 형상 등을 대표한다. 이러한 종류의 상징은 <기호>라고도 한다. 국기, 상표, 학교나 단체의 로고, 십자가 같은 종교의 표식 등은 일반적 기호와 구별해 제도적 상징이라고 부른다. 어떤 제도적 집단에 소속한 사람에게 제도적 상징은 큰 의의가 있으나 그 집단에 소속되지 않은 사람에게는 거의 무의미하다.

문학에서는 언어와 문자를 표현 수단으로 사용하는 만큼 기호적 상징을 주로 사용하여 특히 문학적이랄 수 있는 상징을 찾는 일에 정성을 기울인다. 문학적 상징은 이미지의 일종이다. 그러나 일반적인 이미지가 구체적, 감각적 사물을 환기시키는 것이라면 상징은 그런 사물이 암시하는 또 다른 의미의 영역을 나타낸다. 예를 들어 '장미꽃'이라는 낱말이 하나의 구체적 감각적 인상을 되살리는 것으로 쓰인다면 그것은 이미지이고, 이 장미꽃이라는 말이 정열 또는 사랑의 아름다움을 암시하면 그것은 상징이 된다. 상징은 다른 뜻을 함축하고 있다는 점에서 은유의 일종이라고 할 수 있으나 일반적인 은유는 두 사실 사이의 유사성을 근거로 한 유추 관계를 가지므로 그러한 유추 관계를 갖고 있지 않은 상징과는 다르다.

상징주의(象徵主義, symbolism) : 상징주의라는 용어는 과학, 철학, 신학 등에서도 쓰이나 예술 분야에 한정해서 보면, 특정 시대와는 관계없이 일반적, 범시대적 개념과 특정 시대 사조에 따른 개념으로 나누어 볼 수 있다. 범시대적 개념으로서의 상징주의는 예술상의 표현 방법으로 상징을 사용하여 사물, 정서, 사상 등을 암시적으로 표현하는 태도이다. 대상이 초감각적 형이상학적 실재이거나, 추상적 내면적인 것이어서 보통의 수단으로는 표현할 수 없으므로 상징을 사용한다. 시대 사조로서의 개념은 19세기말 프랑스를 중심으로 일어난 상징파의 예술 운동을 뜻한다. 사실주의, 자연주의 등의 외면적 객관적 경향에 대한 반동으로 일어난 것으로 상징적 방법에 의하여 형이상학적 또는 신비적 내용을 암시적으로 표현하려 했다.

보들레르를 선구자로 하고 베를렌느, 말라르메 등이 대표적인
시인들이다.

순수시(純粹詩, pure poetry) : 1850년에 미국 시인 에드거 앨런 포가 발
표한 평론 「시의 원리」에 자극받아 프랑스의 보들레르가 발
전시킨 시의 이론이다. 그로부터 말라르메를 거쳐 발레리에
이르기까지 프랑스 상징주의 기본 이념이 되었다. 순수시의
가장 중요한 주장은 시에서 웅변, 교훈, 관념 등 산문으로 해
석할 수 있는 일체의 요소를 제거하고 음악처럼 언어적 의미
와 관계없는 효과를 내어야만 진정한 시, 즉 순수한 시가 된
다는 것이다. 이것은 언어의 의미 요소를 최소한도로 축소시
키고 교란시킴으로써 시의 자율성을 기하려 했다고 보인다.
순수한 시가 암시하는 세계는 말의 의미로 설명할 수 있는
세계가 아니라 음악의 여운처럼 직접적이면서 형언할 수 없
는 세계이다. 20세기의 순수시 이론가였던 브레몽은 시의 음
악성보다는 신비경에 파묻힌 자의 기도처럼 최면적이고 주문
같은 효과를 강조하였다. 일반적으로 순수시는 산문적인 사고
를 유발한 개념이나 낱말을 피하고 청각적 자극 또는 시각적
자극에 주력하는 시라고 하겠다.

신비평(新批評, new criticism) : 1930년대 후반에서 1950년대 후반에 이
르기까지 주로 미국에서 왕성하게 일어났던 문학이론 및 문
학비평 방법론으로서 세계적인 영향을 미쳤다. 뉴 크리티시즘
이라는 명칭은 1941년에 미국 시인이며 비평가인 죤 크로우
랜섬이 바로 그 이름의 책을 내면서부터 유래하였다. 랜섬은
그의 저서에서 리처즈, 엠슨, 엘리어트 등의 비평 방법 중에
서 좋은 점들을 지적하고 그것들을 확대 보완하여 이른바 죤

재론적 비평을 수립해야 한다고 하였다. 그의 후배인 부룩스나 워렌 등은 그의 존재론적 비평을 계승하고자 애썼다.

그들은 문학 작품을 존재, 즉 객관적, 독립적, 자율적 사물로 보고 그것의 존재방식, 그 자율의 양식을 서술하고자 하였다. 이때 문제가 되는 것은 그 작품을 낳은 작가와 그 작품이 반영하고 있는 사회 현상과 그 작품을 읽고 즐기던가 감화를 받는 독자 등이다. 신비평은 작가의 의도나 사회나 독자의 감화는 작품과 인과관계가 있으나 작품 자체는 아니며 작품의 의미는 그것들에서 얻을 수 있지 않고 작품 안에서 얻을 수 있다고 주장하였다. 더욱이 작품의 가치는 작품 자체가 가진 본질 때문에 생기는 것이자 작가의 의도나 독자의 감동이나 사회적으로 좋게 인정되는 사상이 들어있기 때문에 주어지는 것이 아니라고 보았다.

때문에 신비평은 자연히 문학작품의 언어조직에 관심을 기울였다. 자세히 읽기는 신비평가의 기본 태도이다. 소리, 낱말, 문장, 문체, 이미지, 상징 등이 작품 전체의 문맥 속에서 어떻게 작용하고 있는가를 살폈다. 그 결과 아이러니, 파라독스, 애매성, 긴장 등의 언어관계가 문학, 특히 시의 언어의 특징을 이루고 있다고 보게 되었다.

애매성(曖昧性, ambiguity) : 영국의 문학 이론가 엠슨이 『애매성의 일곱 가지 형태』라는 책에서 다룬 이래 문학의 언어적 표현으로 중요하게 대두된 개념이다. 서양 원어는 '두 길로 몰고 감'이라는 뜻을 가지고 있다고 한다. 보통 글에서는 애매성은 분명함의 반대로 피해야 할 결함이다. 범조문이 애매하다면, 그 법조문은 법조문으로서 무가치할 뿐 아니라 해롭기까지 하다. 그러나 사람의 말은 동음이의어 같은 명백히 애매한 말 이외

에도, 억양의 변화나 말의 끊고 이음을 달리 함으로써 뜻이
여러 가지로 해석될 수 있는 경우가 많다. 문학, 특히 압축된
언어를 사용하는 시에서는 언어의 애매성을 오히려 적극적으
로 이용하여 의미의 풍부를 기할 수도 있다. 시는 단지 한정
된 의미의 전달이라는 기능을 넘어선다. 시의 어떤 낱말들은
핵심적인 의미와 더불어 풍부한 암시성을 수반한다. 그런데
애매성은 난해성과는 구별되어야 한다. 어떤 낱말이나 문장이
애매하다고 하는 것은 이미 그것의 복합적 의미, 또는 의미의
풍부성을 의식했음을 뜻한다. 그러나 한 낱말이나 문장이 난
해하다고 규정할 때에는 아직 그 의미를 판별하지 못했다는
말일 수도 있다.

원형(原型, archetype) : 문자적 의미대로 하자면 원형은 근본적인 형식
으로서, 그것으로부터 많은 실제적 개체들이 만들어질 수 있
는 것을 말한다. 이런 뜻의 원형은 플라톤 철학의 관념과 그
리 멀지 않다. 문학에 있어서도 독특하든가 특징적인 요소말
고, 보편성을 띤 요소를 원형이라 할 수 있다. 원형이란 용어
가 20세기 문학 비평에 좀더 독특한 뜻을 갖게 된 것은 프레
이저의『황금가지』라는 비교인류학의 주요 저술과 융의 심층
심리학이 문학에 영향을 미친 후부터다. 특히 원형이나 원형
적 심상 등의 용어가 일반화된 것은 모드 보드킨의『시에 있
어서의 원형적 심상』이란 저서에서 비롯되었다. 그후 노드롭
프라이가『비평의 해부』에서 문학을 원형들의 수용양상의 면
에서 포괄적으로 다룸으로써 문학비평은 곧 원형의 추적이라
는 설이 확립되었다.

　　인류학자 프레이저는 세계 각 민족의 신화와 종교제식을
비교 연구한 결과 신화 및 의식의 근본적인 양식이 공통된 것

을 발견하였다. 심리학자 융은 우리 조상들이 수만년 동안 살아오면서 반복하여 겪은 원천적이 경험들이 인간정신의 구조적 요소로 고착되어 집단적 무의식을 통하여 유전된다고 하고, 그것이 신화, 종교, 꿈, 환상 또는 문학에 상징적이 형태로 나타난다고 하였다.

유미주의(唯美主義, aestheticism) : 탐미주의, 심미주의, 예술지상주의라고도 한다. 이 주의는 예술이란 그 자체로서 자족한 것이며, 어떠한 이면적 목적이 그 속에 내포되어서는 안되고 윤리적, 정치적 또는 다른 비심미적 기준에 의하여 평가되어서는 안된다는 주장을 담고 있다. 유미주의 지지자들은 계몽주의에 의식적으로 반기를 들어왔다. 그들은, 이해관계, 실용성, 의지의 속박은 인간의 현실 생활에 속한 것이라고 하여, 이것들을 강조하는 것은 정신의 순수하고 자유로운 비약을 저해함으로써 예술 자체의 순수함과 존엄성을 파괴하는 것으로 인식했다.

프랑스의 급진적 유미주의자들은 로마와 그리스의 쇠퇴기의 문화가 융성기의 문화보다 오히려 기이한 향기와 미가 있다고 하였다. 19세기 후반의 유럽 문화도 그처럼 쇠퇴, 퇴폐의 향기와 미가 있으므로 동질성을 느낀다는 것이었다. 고전주의는 자연을 예술의 원천이요, 목적이요, 또한 표준으로 보았는데 유미주의자들은 예술은 자연과의 관계를 끊지 않으면 불가능하다고 주장하였다. 따라서 유미주의적 퇴폐주의자들은 기발한 인공성, 자연의 흔적을 찾아볼 수 없도록 일그러뜨린 사물의 기괴미, 인간의 자연적 윤리, 풍습에 위배되는 난잡한 생활방식과 성윤리를 추구하였다. 프랑스 시인 랭보의 말대로 하자면 '모든 감각의 체계적 교란'을 위해서 그런 것들이 필요하다는 것이었다. 그들의 악마주의도 종교적 신앙의

자연적 형태를 뒤집어 놓은 결과이다. 즉 신에 대한 숭배가
악마에 대한 숭배로 뒤바뀐 형태이다. 보들레르의 『악의 꽃』
이라는 시집 제목이 이를 암시한다.

의식의 흐름(stream of consciousness) : 의식의 흐름이라는 말은 미국 심
리학자 윌리엄 제임즈가 1890년에 사람의 정신 속에서 생각
과 의식이 끊어지지 않고 연속된다는 견해를 말하면서 처음
썼다. 현대소설의 한 소재로서의 의식의 흐름은 소설적 인물
의 의식이 중단되지 않은 채로 외부로부터의 자극을 계속 받
아들이고 그에 반응하면서 연속되는 것을 말한다. 생각, 기억,
특히 비논리적이고 예측할 수 없는 연상이 때로는 추상적이
고 논리적인 단편적 사고와 뒤섞여 흐르는 것을 말한다. 의식
의 흐름을 사실적으로 제시하고자 하는 소설가는 이야기와
논리와 수사법과 문법을 희생시키면서라도 그러한 무질서한
잡다한 흐름을 그대로 옮겨놓고자 한다. 자기의 설명이 필요
하다면 극히, 간결하게, 객관적으로, 삽입할 뿐이다.

　　의식의 흐름을 주 소재로 삼는 소설가는 사람의 실존은 외
부로 나타난 것에서보다는 정신과 정서의 끝없는 과정에서
더 잘 발견될 수 있다고 믿는다. 사람의 내적 실존은 외부에
나타나는 것처럼 조직적이고 논리적이 아니라 비논리적이고
파편들이 뒤섞여 연속되어 있으며 이 파편들이 연속될 수 있
는 것은 잡다한 일상체험의 연속성과 자유로운 연상작용 때
문이라고 믿는다.

　　내적독백의 그 비논리적 연속을 처음 사용한 것은 프랑스
의 작가인 에두아르 듀쟈르댕의 「월계수는 부러졌다」란 작품
이라고 하지만 세계적인 반향을 일으킨 작가들은 영국의 도
로디 리처드슨, 제임스 조이스, 버지니어 울프 등이다. 그 후

에는 내적 독백으로 일관하기보다는 그런 부분이 간간이 삽입된 작품을 쓰는 작가가 많아졌다. 제임스 조이스는 그 후에 『피네간즈 웨이크』라는 소설에서 무의식의 흐름까지 재생하려고 하였다.

이미지즘(imagism) : 1912년에서 1917년경까지 일단의 영·미 시인들이 일으켰던 시운동이다. 처음에는 에즈라 파운드가 주도하였으나 1914년경부터는 미국의 여류 시인 에미 로우웰이 주도하였다. 이미지스트들은 본래 1909년경 영국 사상가 흄과 어울리던 일단의 예술가들이었는데, 그들은 그에게서 19세기 낭만주의를 배격하고 고전주의적 예술관을 부활시켜야 할 필요를 배웠고, 또한 윤곽이 뚜렷한 시를 짓는 연습도 했다. 그들은 낭만주의의 막연한 정신편향, 센티멘탈리즘에 반대하고, 벽돌을 쌓아올리는 듯한 정밀함과 억제력을 요구하는 고전적 태도를 가지려고 하였다. 그들의 지도자인 파운드로부터는 심상에 대한 확고한 개념을 배웠는데, 그는 심상을 '지적 및 정서적 복합을 일순간에 제시하는 것'으로 정의하였다. 그것은 최대의 힘이 한데 모인 초점이라고도 하였다. 그러한 순간적으로 집약된 엄청난 힘이 느껴지지 않는 시는 무가치하다고 보았다. 그러한 힘의 집약을 방해하는 요소는 막연한 감정, 사색, 묘사, 기계적인 리듬 등이라고 보았던 것이다. 그런 종류의 이미지를 제시하는 것이 시이므로, 시는 자연히 짧을 수밖에 없다. 일본의 하이쿠, 중국의 한시는 그 간략한 인상적 묘사방식으로 말미암아 이미지즘의 한 모범이 된 것으로 알려져 있다.

자연주의(自然主義, naturalism) : 문예상의 자연주의는 사실주의의 뒤를 이어 소설과 연극에서 일대 세력을 차지하였다. 사실주의는 현실을 있는 그대로 관찰하려고 하지만, 자연주의는 그 관찰에다 실험을 덧붙이려고 한다. 인간의 윤리를 무시하고 인간의 추악한 면과 야수성을 기탄없이 폭로하여 인간 멸시 사상과 염세 사상을 조장하였다는 지적도 받는다. 자연주의 작가들은 다윈의 생물학 이론과 텐느의 사회 환경 결정론의 영향을 받았다. 이 운동은 인간 사회와 그에 속한 인간들을 마치 자연 과학의 주제를 구명하듯이 객관적이고 진실하게 묘사하는 것을 가장 큰 과제로 삼았다. 철학에서는 물질을 유일한 실존으로 보는 실재론을 말하며, 반자연주의적인 관념론에 대립된다.

일반적으로 문예사조상 자연주의는 넓은 뜻의 리얼리즘(사실주의)의 한 분파로서 생리학, 생물학이 인간의 모든 조건을 결정짓는다고 하는 졸라의 소설들로부터 비롯되는 사조를 의미한다. 그런데 사실주의와 자연주의의 차이점은 우선 사실주의가 현실의 총체적이고 충실한 재현만을 의도하는 예술로서 기록적 소설로 만족하는 반면에, 자연주의는 과학적 방법에 의거해서 어떤 결론을 내리려는 의도로 실험적 소설을 창조했다는 데에 있다. 또 사실주의 소설은 현실 생활뿐만 아니라 과거나 혹은 다른 지역의 생활 모습까지도 묘사할 수 있지만 자연주의 소설은 전적으로 현재의 사실만을 대상으로 삼는다. 문장에서도 사실주의는 모든 사람의 이해를 위하여 가능한 단순하고 적확한 재현으로 구성의 정연함과 표현의 정확성에 부심하는 데 비해 자연주의는 문장의 세련으로 진실이 왜곡되고 개성이 드러나는 것을 꺼려 의식적으로 구성과 표현을 해체하고 확대하고 있다.

초현실주의(超現實主義, surrealism) : 2차대전 후에 처음 다다이즘에 동조했던 시인 예술가들이 앙드레 브르통을 중심으로 일으킨 문학운동의 하나이다. 공식적인 발족은 앙드레 브르통이 1924년에 파리에서 「선언문」을 발표하면서부터였지만, 사람의 비이성적, 비논리적 성질에 대하여 관심을 보이던 오랜 역사를 가진 문학의 한 가닥이 낭만주의와 더불어 표면화하고 그 후예인 상징주의자들에 의하여 심화되고 다다이즘에 이르러 잠시 철저한 허무주의로 전락하였다가 사람에 대한 새로운 긍정적인 비전을 주장하게 된 것이 초현실주의였다.

초현실주의라는 이름이 암시하듯이 사실주의에 대한 비판을 내포한다. 의식세계의 사실은 실제에 있어서는 인위적인 조직과 합리화의 과정을 통하여 꾸며낸 것이므로 그만큼 인간의 진정한 의식에서 멀다는 것이다. 인간의 내면에서 볼 때 표면적 사실은 거짓인 셈이다. 또는 무의미하든가 무가치하다. 초현실이야말로 진실이며 이 진실을 파악하고 전달하는 것은 인간을 조작된 일상의 사실에서 해방시키는 일이다. 그러므로 현실, 아니 진실을 덮어버리는 일체의 도덕, 철학, 미학은 부정되어야 한다. 그런 후에야 비로소 사람은 우주와 진실된 관계를 맺을 수 있고 또한 진실된 사회를 이룰 수 있다. 바로 이러한 인간 해방을 강조하는 혁신적 태도가 그 전 시대의 다다이즘과 크게 다른 점이며, 또한 1930년대의 다수 초현실주의자들이 공산주의자를 겸한 배경도 된다.

카타르시스(catharsis) : 보통 정화(淨化)로 번역되는 이 낱말은 아리스토텔레스가 『시학』에서 '연민과 공포를 통하여 비극은 그 감정들의 카타르시스를 초래한다'는 대목에서 사용한 말이다. 그러나 비극이, 나아가서는 예술이 독자에게 주는 직접적인 영향을 설명하는 개념으로서는 최고로 적절한 것으로 인정되어 역사적으로 많은 해석이 생겨났다.

아리스토텔레스가 문학의 심리적 효과를 중요한 대목에서 언급한 동기는, 그의 스승 플라톤이 비극은 이성적 생활에 방해가 되는 감정을 억눌러 없애는 대신 조장한다고 비난한 데 대하여 대답하고자 한 것으로 보인다. 이성적 생활의 혼란을 제거하기 위해서는 감정을 억압해야 하는 것이 아니라, 오히려 감정을 적절히 표현, 배출해야 한다고 본 것이다. 비극이 바로 그런 일을 가장 잘 할 수 있다고 보았다. 비극은 플라톤이 주장하듯 단지 공포와 연민이라는 상극적인 강렬한 감정을 일으킬 뿐만 아니고, 또한 그 감정들을 적절히 소화시켜주며, 또한 거기서 오는 쾌적한 균형감과 안정감으로 사람의 정신적 건강에 크게 도움이 되게 한다고 그는 생각했다. 카타르시스는 단순히 심리적 효과만이 아니고, 또한 비극의 고통 너머에 있는 어떤 지혜, 직관에 도달하게도 한다. 문학, 특히 비극이 단지 무섭고 슬프지만 않고 심각하고도 의미심장하게 느껴지는 것은 카타르시스가 심리적 효과를 넘어서 인식의 체험까지 마련하기 때문이다.

카타르시스에 대한 역사적 해석을 보면, 르네상스 이론가들은 그것을 주로 교훈주의의 입장에서 해석하여, 불행에 대한 인내의 정신을 길러주는 것이라고도 하고, 또는 세상의 부귀영화가 하루아침에 무너질 수 있음을 보고 영혼이 구원받아야 할 필요를 절감하게 해주는 것이라고도 했다. 또는 격렬한 열정이 비극의 원인이 되는 것을 보고 자기의 열정을 순화, 억제하는 법을 배우는 것이라고도 했고, 무서움과 슬픔이라는 불쾌한 감정을 무섭고도 슬픈 사실을 목격함으로써 몰아내는 것이라고도 했다. 낭만주의자들은 그러한 명백한 교훈주의를 배격하고, 카타르시스를 우주적인 비극의 그 막막함과 숭엄함으로 압도되어 세속적인 공포와 연민을 잊는 것, 엄숙한 비극 앞에 이성적 동의 이전에 승복하는 것, 겸허하게 되는 것, 인간으로서의 동류의식을 느껴 무조건적으로 비극에 같이 참여하는 것 등으로 해석했다.

표현주의(表現主義, expressionism) : 1911년 독일에서 그림에 관하여 처음 사용된 용어로서 곧 문학, 특히 희곡의 한 유파를 지칭하는 말로 쓰여졌다. 대체로 표현주의 19세기에 크게 득세했던 사실주의와 자연주의의 모방적 성격에 반발하여 삭막한 현실세계 속에 사는 개인의 깊은 정신의 상태를 그대로 나타내고자 하였다. 그러기 위해서는 전혀 새로운 비유, 리듬, 문체를 사용해야 했고 희곡의 경우 조명, 분장, 무대장치, 인물의 연기 등이 사실감을 나타내기 위함이 아니라, 볼 수 없는 내면 세계를 강렬히 암시할 수 있도록 꾸며져야 했다.

역사적으로 볼 때 스트린드베르흐의 희곡에 표현주의적 수법이 포함되어 영향을 끼치기 시작하였고, 이어서 독일의 희곡작가들이 광범위하게 그 수법을 이용하였을 뿐 아니라 거기에 어울리는 주제와 소재를 개발하였고 고트프리트 벤, 게오르그 트라클 등의 시인들과 카프카 같은 소설가도 같은 주제를 다루었다. 미국의 유진 오닐 등의 희곡 작가도 그 수법을 응용하였으며, 현재의 부조리극도 상당히 그것으로부터 영향을 입고 있다. 특히 이상 심리를 다루는 잉그마르 베르히만 같은 영화 감독의 영상 작품들은 표현주의 수법을 기계의 가능성에 의하여 확대시킨 본보기이다.

풍자 문학(諷刺文學, satire) : 풍자란 대상을 왜소화시키는 방법을 통해 조롱, 멸시, 농락하는 방법이다. 비판적 의도가 노골적으로 나

타나서 사람을 놀라게 할 만한 통쾌미는 없으나 찌르고 질
식시킬 만한 신랄미와 심각미가 있다. 이와 같이 인물과 사회
현실의 모순, 불합리, 결점 등을 재치 있게 파헤친 작품을 풍
자 문학이라고 하고, 그러한 시를 풍자시라 한다. 대상에 따
라 첫째, 개인 공격의 저급한 풍자, 둘째, 정치권력을 비판하
는 정치적 풍자, 셋째, 인류의 전체를 조소하는 고급 풍자, 넷
째, 자기가 자기를 해부하고 비판하는 자아 풍자가 있다.

행동주의(行動主義, behaviourism) : 제1차 세계대전 후 프랑스에서 일
어난 문학 운동이다. 1929년 전 세계에 걸친 경제 공황, 히틀
러의 집권, 파리 폭동과 좌우 정치 세력의 충돌 등으로 조성
된 혼란과 허무 속에서 자의식으로의 침잠에 반발하여 작품
을 통한 영웅적 행동을 중요시한다. 앙드레 말로와 생텍쥐베
리가 그 대표자들이다. 말로는『왕도』,『인간의 조건』등에서
행동을 실험하고, 생텍쥐베리는『야간비행』,『인간의 대지』
등에서 위험을 무릅쓰고 행동하는 인간의 아름다움과 고귀함
을 묘사하여 독특한 휴머니즘의 경지에 이르기도 하였다.

형식주의(形式主義, formalism) : 작가의 사상이나 감정, 작품에 다루어
진 사회상, 작품이 사회에 끼치는 영향 등을 세밀히 분석하고
평가하는 문학론과는 달리 작품 자체의 형식적 요건들, 작품
각 부분들의 배열관계 및 전체와의 관계를 분석, 평가하는 문
학론을 형식주의라고 할 수 있다. 따라서 20세기 중엽에 기세
를 떨친 미국의 신비평가들에게 형식주의자라는 명칭을 붙일
만하다. 그러나 구미에서 형식주의라 하면 특별히 20세기초에
러시아와 체코에서 일어났던 문학이론을 지칭한다. 이른바 러
시아 형식주의라는 것이다. 1915년 혁명전야에 모스크바 대학

의 20대 청년학도들이 언어학의 새로운 경향에 자극받아 문학의 언어적 특성에 관심을 기울인 것이 그 출발이며, 1916년에는 비슷한 써클이 페테르부르그에서도 결성되었다. 그들은 막연한 정신주의 및 신비주의에 빠져있는 상징주의자들에 대항하여 문학의 언어를 언어과학에 의하여 분석, 비교하는 방법을 개발하였다.

휴머니즘 문학 : 자아의 각성을 통해 인간과 인간의 본성에 눈뜨고 인간을 존중하며 인간의 자유 발전에 기여하는 것을 그 정신적 기반으로 삼는 문학을 말한다. 본래 휴머니즘은 문예 부흥과 함께 발전한 사조인데, 문예부흥은 신만능의 중세 체제에서 인간의 자유, 인간의 해방을 부르짖는 일종의 반체제 운동이었다. 인간 존엄성이 말살당할 위기에 직면하고 있는 현대에 들어오면서 휴머니즘에 대한 관심이 더욱 고조되고 있다. 즉, 기계 문명의 여파, 인간들의 소외감으로 현대인들은 과연 미래에도 인간성의 옹호가 가능할 것인가에 대한 회의 빠지게 된 것이다. 그리하여 이 위기를 극복할 방법으로 휴머니즘이 부각된다. 20세기의 대표적인 휴머니스트 작가는 토마스 만, 앙드레 지드 등이다.

·참고문헌·

김 영 철,　『현대시론』(건국대 출판부, 1993)

이 승 훈,　『시론』(고려원, 1979)

오 규 원,　『현대시작법』(문학과지성사, 1990)

홍 문 표,　『문학개론』(양문각, 1985)

윤명구 외,　『문학개론』(현대문학사, 1988)

오 성 호,　『한국근대시문학연구』(태학사, 1993)

최 유 찬,　『문예사조의 이해』(실천문학사, 1995)

이 상 섭,　『문학연구의 방법』(탐구당, 1995)

이 상 섭,　『문학의 이해』(서문당, 1996)

이명섭 편,　『세계문학비평용어사전』(을유문화사, 1985)

이상섭 편,　『문학비평용어사전』(민음사, 1976)

김윤식 편,　『문학비평용어사전』(일지사, 1976)

필립 윌라이트,　『은유와 실재』, 김태옥 역 (문학과지성사, 1982)

김 인 환,　『언어학과 문학』(고대출판부, 1999)

김 욱 동,　『문학이란 무엇인가』(문예출판사, 1996)

조너선 컬러,『문학이론』, 이은경·임옥희 역 (동문선, 1999)

나 병 철,　『문학의 이해』(문예출판사, 1994)

유 종 호,　『시란 무엇인가』(민음사, 1995)

김 인 환,　『상상력과 원근법』(문학과지성사, 1993)

김 준 오,　『시론』(문장사, 1982)

김인환·성민엽·정과리 편, 『문학의 새로운 이해』(문학과지성사, 1996)

테리 이글턴,『문학이론입문』, 김명환 역 (창작과비평사, 1986)

김 상 욱,　『다시 쓰는 문학에세이』(우리교육, 1998)

김 홍 규, 『한국문학의 이해』 (민음사, 1986)

김용권·김우창·유종호·이상옥 편역, 『현대문학 비평론』 (한신문화사, 1994)

조 동 일, 『문학연구방법』 (지식산입사, 1980)

레이먼 셀던, 『현대문학이론』, 현대문학이론연구회 역 (문학과지성사, 1987)

정현종·김주현·유평근 편, 『시의 이해』 (민음사, 1983)

로만 야콥슨, 『문학 속의 언어학』, 신문수 편역 (문학과지성사, 1989)

게오르그 루카치, 『소설의 이론』, 반성완 역 (심설당, 1985)

르네 웰렉·오스틴 워렌, 『문학의 이론』, 김병철 역 (을유문화사, 1982)

나 병 철, 『소설의 이해』 (문예출판사, 1998)

프레드릭 제임슨, 『변증법적 문학이론의 전개』, 여홍상·김영희 역 (창작과 비평사, 1984)

프랭크 렌트리키아, 『신비평 이후의 비평이론』, 이태동·신경원 역 (문예출 판사, 1994)

클리언스 브룩스·W. K. 윔셀, 『문예비평사』, 한기찬 역 (청하, 1984)

빅토르 어얼리치, 『러시아 형식주의』, 박거용 역 (문학과지성사, 1983)

유진 런, 『마르크시즘과 모더니즘』, 김병익 역 (문학과지성사, 1986)

김현 편, 『쟝르의 이론』 (문학과지성사, 1987)

쉽게 쓴
문학의 이해

1판 1쇄 2000년 10월 4일
2판 1쇄 2002년 8월 30일
2판 2쇄 2006년 3월 5일
2판 3쇄 2006년 3월 10일
2판 4쇄 2014년 2월 25일
2판 5쇄 2016년 2월 25일
2판 6쇄 2019년 10월 25일

지은이 | 황정산
펴낸이 | 김진수
펴낸곳 | 한국문화사
등 록 | 제1994-9호
주 소 | 서울특별시 성동구 광나루로 130 서울숲 IT캐슬 1310호
전 화 | 02-464-7708
팩 스 | 02-499-0846
이메일 | hkm7708@hanmail.net
웹사이트 | www.hankookmunhwasa.co.kr

ISBN 978-89-7735-780-8 93810